JANNES C. CRAMER

DIE FRAUENKAMMER

Thriller

Vollständig überarbeitete Neuauflage 2019

ein Imprint der pixcept KG
Burgblick 67, 56288 Kastellaun
kontakt@romanfieber.de

Zuvor veröffentlicht bei: Amazon Publishing

Lektorat: LektorenDuo – www.lektorenduo.de
Umschlaggestaltung: pixcept KG, Kastellaun
Umschlagabbildungen: © Chepko Danil / Fotolia.com; lightpoet, minervastock, yurayavorovich, stillfx / Depositphotos.com
Druck: CUSTOM PRINTING, Warschau, Polen

ISBN: 978-3-96698-138-5

www.romanfieber.de

EINS

JULIA

Nachdenklich blickte Kommissar Frank Holper in die stumpfen, leblos starrenden Augen. Diesen Anblick hatte er nicht erwartet, als er über Funk zum Fundort einer weiblichen Leiche gerufen worden war. Holper schätzte die junge Frau, deren Körper hier gänzlich unbekleidet, mit nahezu friedlich auf ihrer Brust ruhenden Armen vor ihm lag, auf höchstens zwanzig Jahre. Sie war kaum älter als seine Tochter und für einen kurzen Augenblick jagte ihm ein Gedanke kalte Schauer über den Rücken. Er mochte sich nicht vorstellen, wie es sich anfühlte, das eigene Kind so zu sehen.

Die Spurensicherung war noch nicht eingetroffen, doch Holper war sich auch ohne forensische Untersuchungen sicher, dass die Frau nicht an dieser Stelle ums Leben gekommen war. Jemand hatte sie fein säuberlich hier zurechtgelegt, als wollte er ein Kunstwerk präsentieren, einen nackten Körper zwischen den Gebäuderuinen dieses verlassenen Kasernengeländes.

Es war stockdunkel. Die uniformierten Kollegen hatten bereits kleine Scheinwerfer aufgestellt und sperrten die Umgebung ab, denn trotz des abgelegenen Ortes mussten sie jede Minute mit den ersten Reportern rechnen.

»Moin, Chef!« Heinz Knecht klopfte ihm auf die Schulter. »Kann ich loslegen?«

Holper wurde aus seinen Gedanken gerissen. Er musste sich erst daran gewöhnen, dass er nun für die Koordination am Einsatzort zuständig war. Nach dem tragischen Tod seines Chefs beim letzten großen Einsatz hatte er unerwartet früh dessen Platz einnehmen müssen. Er nickte dem Neuankömmling freundlich zu. »Grüß dich, Heinz. Du kannst anfangen.«

Schon einige Male hatte er mit Heinz Knecht zusammengearbeitet und beobachtete nun, wie der Forensiker mit routinierten Handgriffen die Untersuchung der Leiche begann. Nach all den Jahren und zahllosen Fällen seiner Laufbahn bekam Holper dabei immer noch ein flaues Gefühl in der Magengegend.

Es dauerte nicht lange, bis Heinz Knecht dem Kommissar seine erste Einschätzung mitteilen konnte: »Sie wurde gewürgt, siehst du?« Er deutete auf die verfärbten Stellen am Hals der Frau. »Ich kann allerdings noch nicht sagen, ob das auch die Todesursache war. Auf jeden Fall wurde sie transportiert. Gestorben ist sie nicht hier.«

Holper hatte nichts anderes erwartet. Dies war ein perfekter Ort, eine Leiche loszuwerden. Spaziergänger traf man in dieser Gegend nicht und wäre kein anonymer Tipp bei der Notrufzentrale eingegangen, hätte man die Tote vielleicht erst Jahre später gefunden.

»Haben Sie die Vermisstendatenbank schon überprüft?« Holper wendete sich an einen der Kollegen, die inzwischen mit mehreren Streifenwagen eingetroffen waren.

»Kein Treffer, Chef.«

Das machte die Identifizierung nicht leichter. Der Kommissar strich sich über den stoppelig sprießenden Dreitagebart. Heinz Knecht und die Kollegen der Spurensicherung hatten in der näheren Umgebung keine persönlichen Gegenstände der Toten finden können, die ihnen weitergeholfen hätten. Holper beschlich ein ungutes Gefühl. »Wer auch immer das getan hat, weiß anscheinend, wie man uns den Job erschweren kann«, sprach er seine Gedanken laut aus.

× × ×

Lukas sah sich in seinem versteckten Kellerraum um. Hatte er auch wirklich an alles gedacht? In Gedanken ging er die vergangene Nacht noch einmal in aller Ruhe durch. Es war einfacher gewesen, als er angenommen hatte. Die wochenlange Planung hatte sich ausgezahlt. Niemand würde die junge Frau vermissen, da war er sicher. Jeden ihrer Schritte hatte er überwacht, alle Kontakte notiert und akribisch ausgewertet. *Planung ist alles. Alle Eventualitäten müssen einkalkuliert werden.* Das war sein Motto, seit er begonnen hatte, seine Dienste als Privatdetektiv anzubieten; und er war gut in diesem Job. Neben zahlreichen prominenten Kunden vertraute inzwischen sogar die örtliche Polizei auf seinen Spürsinn und engagierte ihn von Zeit zu Zeit als externen Berater. Er lächelte. Wenn die Beamten wüssten, welchem Hobby er nachging! Sein Job war die perfekte Tarnung, eine mögliche Zielperson für die Befriedigung seiner Bedürfnisse zu finden und zu beobachten. Und durch seine zeitweilige Arbeit mit der Polizei kannte er das Vorgehen und die Methoden der Ermittler genau. Von ihnen hatte er nichts zu befürchten.

Er dachte an die junge Frau, die er schon vor zwei Monaten auserkoren hatte, seine ›Erste‹ zu werden. Sie war perfekt: alleinstehend, keine Verwandten in der Nähe, nur wenige, flüchtige Bekannte und nächtliche Arbeitszeiten in wechselnden Bars und Klubs der Stadt – kein Grund anzunehmen, dass jemand sie in nächster Zeit vermissen würde.

Vor sieben Tagen, an einem Samstag, hatte er sie an einer ihrer nächtlichen Arbeitsstellen angesprochen. Kontakte zu knüpfen, besonders mit dem anderen Geschlecht, fiel ihm ausgesprochen leicht. Fremde würden ihn wohl als gut aussehenden Mann beschreiben, mit modischer Frisur, einer gut gebauten Statur und ohne auffällige Merkmale. Gepflegtes, seriöses, selbstsicheres Auftreten und ein gewinnendes Lächeln schienen ihn für Frauen ungemein anziehend zu machen.

Als ihm die schlanke Dunkelhaarige in ihrem tief ausgeschnittenen Kleid seinen Drink im Klub servierte, stellte sie sich ungefragt als Julia vor und erzählte schon nach kurzer Zeit bereitwillig aus ihrem Leben, ohne zu ahnen, dass er längst alles von ihr wusste. Zu später Stunde lud er sie mit routiniertem Charme in sein Hotelzimmer ein und sie ging ohne zu zögern darauf ein. Natürlich erhoffte sie sich von den darauffolgenden Stunden etwas anderes als das, was er im Sinn hatte.

Den Ablauf des Treffens und der gemeinsamen Nacht hatte Lukas penibel vorausgeplant. Im Klub war er nie zuvor gewesen und er verließ ihn ein paar Minuten später als seine Eroberung. Nichts sollte auf eine Verbindung zwischen ihnen hindeuten. Das Hotelzimmer hatte er bar und unter falschem Namen bezahlt. Julia hatte er unter dem Vorwand, dass er verheiratet war und keine Spuren einer fremden Frau in seinem Auto riskieren wollte, mit einem Taxi vorfahren lassen. Aus seinen Recherchen wusste Lukas, dass die Kellnerin keine Hemmungen vor einer Affäre mit einem verheirateten Mann hatte, und in fremde Identitäten zu schlüpfen, war für ihn nichts Neues, sein Beruf erforderte so etwas immer wieder.

Während sich Julia im kleinen Badezimmer für eine gemeinsame Nacht zurechtmachte, hatte er ihren Schlummertrunk vorbereitet. Die K.-o.-Tropfen entfalteten schnell ihre Wirkung. Danach wurde es schwieriger. Die Frage, wie er eine bewusstlose Frau zu seinem Haus transportieren konnte, ohne Aufmerksamkeit zu erregen, hatte ihm einiges Kopfzerbrechen bereitet, doch schließlich hatte er eine akzeptable Lösung gefunden.

× × ×

Frank Holper stand in der Rechtsmedizin und betrachtete nachdenklich die noch immer unbekannte Tote. Er hatte schon mit einigen Morden zu tun gehabt, doch dieser Fall war anders. Ein unbehagliches Gefühl breitete sich in seinem Bauch aus und er hatte gelernt, diesem Gefühl zu vertrauen.

»Möglicherweise kannte sie ihren Mörder.« Der Rechtsmediziner Rajab Halabi war ein freundlicher, leicht untersetzter Mittfünfziger, der sich auch nach vielen Jahren in diesem Beruf noch darum bemühte, den Opfern einen Rest Würde zu bewahren.

»Wie bitte?« Holper war noch halb in Gedanken versunken.

»Entweder wurde sie völlig überrascht oder sie kannte ihren Mörder. Obwohl sie von vorne erwürgt wurde, gibt es keine Abwehrverletzungen, keine Kampfspuren, wir haben keine Medikamente, Drogen oder Gifte gefunden.«

»Gar nichts?«

»Nein, absolut nichts Verwertbares. Tut mir leid. Allerdings kann ich ausschließen, dass sie vergewaltigt wurde.«

Holper seufzte. Dass die Leiche nackt gewesen war, hatte auf ein sexuelles Tatmotiv hingedeutet. Rajab Halabi hatte trotz aller Gründlichkeit kaum Hinweise gefunden, die etwas zur Aufklärung des Falles hätten beitragen können. Fremde DNA hatte er vergeblich gesucht und die einzige Auffälligkeit war ein kleines Tattoo in Form eines Schmetterlings am rechten Knöchel. Der verschnörkelt gestaltete Buchstabe ›L‹ im linken Flügel konnte ein Hinweis auf den Namen eines Partners oder Angehörigen sein. Alle weiteren Untersuchungen des toten Körpers waren ergebnislos geblieben.

× × ×

Lukas begann, seine Utensilien zu ordnen. Die schallschluckende Verkleidung der Wände war übersät mit Notizen und Fotos von allen Kandidatinnen, die es in seine engere Auswahl geschafft hatten. Zufrieden markierte er das Porträtfoto von Julia mit einem breiten roten ›X‹. Alles war perfekt gelaufen.

Ohne allzu große Mühe hatte er sein bewusstloses Opfer vom Zimmer im Erdgeschoss des Stundenhotels in sein Auto gebracht und auf dem Beifahrersitz angeschnallt. Ein Beobachter hätte vermutet, dass er einer betrunkenen Frau half; an einer solchen Örtlichkeit nichts Auffälliges also. Gut beleuchtet war der Parkplatz des Hotels ohnehin nicht. Dennoch war Lukas froh, dass niemand in der Nähe zu sehen gewesen war.

Auf dem Weg zu seiner Wohnung achtete er darauf, sich an die Verkehrsregeln zu halten, jedoch auch nicht übervorsichtig zu fahren, um keine Aufmerksamkeit auf sich zu lenken.

Zu Hause angekommen, war der Rest kein Problem mehr. Er fuhr in die Garage, ließ mit der Fernsteuerung das Tor hinter dem Wagen zuschwingen und trug Julia, die noch immer ohne Bewusstsein war, direkt in den Keller. In seinem geheimen Raum setzte er sie vorsichtig in die ›Frauenkammer‹.

In wochenlanger Arbeit hatte Lukas eine Zelle von einem mal einem Meter Grundfläche und etwa zwei Metern Höhe gebaut. Von außen ähnelte sie einer großen Transportkiste aus gehobeltem, unbehandeltem Holz mit verstärkten Kanten. Innen jedoch war sie nach dem Vorbild der speziellen Räume einer psychiatrischen Anstalt des 19. Jahrhunderts weich ausgekleidet, sodass es nahezu ausgeschlossen war, dass seine Gäste sich darin selbst verletzten. Für die unvermeidbaren menschlichen Bedürfnisse hatte er eine Art Trichter in eine Ecke der Kammer eingelassen – nicht bequem, aber zweckmäßig. Die größte Herausforderung hatte darin bestanden, zu verhindern, dass sich unhygienische Zustände entwickelten. Es hatte ihn viele Tage gekostet, ein Spülsystem zu finden, das sein Problem löste. Gegen die Gerüche konnte er die einströmende Frischluft zeitweise mit neutralisierendem Raumerfrischer versetzen.

Als besonderes Highlight hatte Lukas eine versteckte Kamera in der winzigen Zelle untergebracht, mit der er alles beobachten konnte, was im Inneren geschah. Noch jetzt, Tage später, war er begeistert von den Bildern, die ihm Julia geboten hatte.

Gespannt hatte er vor dem Monitor abgewartet, dass ihre Betäubung nachließ, und ihre anfängliche Verwirrung genossen, die schnell in Panik umschlug. In den folgenden Tagen hatte er viele Stunden vor dem Bildschirm verbracht und alles aufgezeichnet: stundenlange, natürlich völlig vergebliche Hilferufe, allmählich einsetzende Verzweiflung, banges Flehen und schließlich – mit der Gewissheit, dass sie aus diesem Gefängnis nicht würde entkommen können – Resignation.

Die ganze Zeit hatte Lukas penibel darauf geachtet, dass die Gefangene – nein, die Bezeichnung mochte er nicht –, dass ihn sein weiblicher Gast nicht persönlich zu Gesicht bekam. Er war gespannt, ob sie in ihrer Angst und Verzweiflung bemerken würde, was er gleich am ersten Tag getan hatte. Er hatte keinerlei sexuelles Interesse an der Frau. Vielmehr wollte er eine dauerhafte Visitenkarte auf ihr hinterlassen; eindeutig und doch nicht zu offensichtlich. Dazu hatte er Julia nach wenigen Stunden erneut betäubt. Durch die Belüftung konnte er jederzeit Gas in die Kammer strömen lassen. Als sein Gast endlich eingeschlafen war, hatte er ihr einen Schmetterling auf den Knöchel tätowiert. Ein verschnörkeltes ›L‹ zierte den linken Flügel des Insekts.

Lukas war zufrieden mit dem Ergebnis. Das Training auf Schweineschwarte hatte sich gelohnt. Er fragte sich, nach wie vielen Opfern die Polizei darauf kommen würde, dass sie mit dem Tattoo seine persönliche Visitenkarte vor sich hatte.

Trotz der leichten Schmerzen, die ihr das frische Tattoo bereiten musste, schien Julia in ihrer ausweglosen Lage sein Werk jedoch nicht zu bemerken. Ein kleiner Wermutstropfen in dem sonst genau nach Lukas' Geschmack ablaufenden Schauspiel.

× × ×

Kommissar Frank Holper saß in seinem Büro und versuchte, seine Gedanken und Eindrücke zu ordnen. Dieser Fall kostete ihn mehr Nerven als gewöhnlich. Eine erwürgte junge Frau, abgelegt auf einem ehemaligen Kasernengelände, zumindest nach derzeitigem Stand der Ermittlungen ohne verwertbare Spuren und ohne Hinweis auf ihre Identität. Solange sie nicht wussten, wer sie war, blieb Holper und seinem Team auch ihr Umfeld verborgen, doch gerade dort mussten sie die Suche nach dem Täter beginnen.

Holper hatte schon zweimal darum gebeten, weitere Mittel genehmigt zu bekommen und einen Spezialisten für Täterprofile anzufordern. Ohne Erfolg. Sein Bauchgefühl, dass hinter diesem Fall mehr steckte, als es bisher den Anschein hatte, reichte seinen Vorgesetzten nicht aus. Im Gegenteil. Man hatte ihn schon mehrfach ermahnt, seine übrige Arbeit nicht zu vernachlässigen, doch Holper konnte sich nur schwer auf die Routinefälle konzentrieren. Die erste Mordermittlung unter seiner Leitung entwickelte sich zu einem Reinfall. Er musste sie erfolgreich abschließen, mit allen Mitteln, die ihm zur Verfügung standen. Und genau diese Mittel waren so gut wie ausgeschöpft. Nicht einmal den anonymen Anrufer, der den Fundort in der Notrufzentrale gemeldet hatte, konnten sie ausfindig machen.

Holper griff zum Telefon, drückte die Kurzwahl vier und bat den Rechtsmediziner um eine weitere, noch peniblere Untersuchung der Leiche. Trotz der Sorgfalt des Täters musste irgendetwas zu finden sein.

× × ×

Nach sieben Tagen, die sein Gast in der Frauenkammer verbracht hatte, war es für Lukas an der Zeit, die letzte Phase ihres Aufenthaltes einzuleiten, bevor ihn ihre Anwesenheit langweilte. Er spürte Vorfreude und Wehmut zugleich. Einerseits hatte er lange auf diesen Moment hingearbeitet, andererseits … danach würde es vorbei sein. Doch es würde nicht lange dauern, bis er einen neuen Gast beherbergen durfte.

Der letzte Akt des Julia-Schauspiels konnte beginnen. Zum Finale sollte sie sehen, wer sie für die Hauptrolle auserkoren hatte, die sie hier spielte. Dieses Mal benötigte er keine Betäubung. Nach einer Woche ohne Essen, mit nur wenig Flüssigkeit und kaum Schlaf musste Lukas keine große Gegenwehr befürchten.

Es kostete ihn unerwartet wenig Überwindung, seine kräftigen Hände um Julias Hals zu legen und sie langsam mit stetig steigendem Druck zu schließen. Während sie ihre letzten Kraftreserven mobilisierte und vergeblich um sich schlug, schaute er tief in ihre blauen Augen, die nur noch Todesangst erkennen ließen. Mit steigendem Genuss beobachtete er, wie der Angst hilfloses Flehen folgte und langsam, Stück für Stück, das Leben aus ihnen wich, bis ihm nur noch leere Augen aus einer leblosen Hülle entgegenstarrten.

Vorsorglich hatte Lukas den versteckten Raum des Kellers kühl temperiert. So konnte er den restlichen Tag über seiner Arbeit nachgehen und sich erst im Schutz der

Dunkelheit um die Entsorgung kümmern. Für diesen abschließenden Schritt hatte er sich während seiner Observierungen ein Bild von allen Teilen der Stadt gemacht und war sicher, den perfekten Ort gefunden zu haben: ein ehemaliges Militärgelände, verlassen und heruntergekommen, auf dem außer einigen zwielichtigen Gestalten kaum ein menschliches Wesen anzutreffen war.

Lukas fuhr Julias Leiche mit dem Wagen möglichst nah an das verwahrloste Gelände heran. Die verbliebenen Wege, Pflanzungen und Gebäudereste ließen erahnen, dass sich hier einstmals ein Übungsplatz befunden hatte. Inzwischen war die Anlage verwildert. Die freien Flächen waren überwuchert, überall lagen leere Bierflaschen und sonstiger Müll.

Lukas legte die tote, unbekleidete Frau an einer schwer einsehbaren Stelle ab. Ihre Kleidung hatte er mehrfach gewaschen und in einem Kleidersammelbehälter am anderen Ende der Stadt entsorgt. Zu groß schien ihm das Risiko, dass sich daran, trotz aller Vorsicht, Spuren befinden könnten. Vielleicht hatte dies auch etwas Gutes. So würde die Polizei womöglich von einer sexuell motivierten Tat ausgehen und falschen Spuren folgen.

Nicht weit vom Kasernengelände entfernt benutzte Lukas eines der wenigen verbliebenen öffentlichen Münztelefone, um die Notrufzentrale zu alarmieren. Die Verkleidung der Telefonzelle war zu großen Teilen demoliert und auch am Kabel des Hörers waren die blanken Drähte zu sehen. Lukas war froh, dass das Telefon in diesem Zustand überhaupt noch funktionierte. Das ersparte ihm die Mühe, eine nicht zurückverfolgbare Simkarte für sein Mobiltelefon aufzutreiben nur um sie nach dem kurzen Anruf direkt wieder zu entsorgen.

Ohne einen Tipp würde in den nächsten Wochen oder Monaten wohl niemand die Leiche finden. Das war nicht Sinn und Zweck seiner Aktion. Er wollte die Kontrolle. Er und niemand sonst entschied, dass Julia gefunden werden sollte. Jeder würde erkennen, dass die Planung und Ausführung seiner Vorhaben perfekt war. In Gedanken war er schon beim nächsten Objekt seiner Begierde.

HEIKE

Miriam war neu in der Stadt. Sie war aus einem kleinen Ort im Süden hierhergezogen, um zu studieren, und hatte noch wenig Anschluss gefunden. Partys waren nicht ihre Welt und sie hatte ein eher schüchternes Wesen, auch wenn man sie mit ihren blonden, schulterlangen Haaren, den braunen Augen und der leicht gebräunten Haut nicht als unattraktiv bezeichnen würde.

Es war Miriam nicht schwer gefallen, ihren Heimatort zu verlassen. Nach dem plötzlichen Tod ihrer Mutter war sie mit knapp achtzehn zu Hause zum Mädchen für alles geworden. Ihr Vater hatte den Verlust nicht verkraftet, sich gehen lassen und begonnen zu trinken. Das Zusammenleben mit ihm war für Miriam unerträglich geworden. Schließlich hatte sie es nicht mehr ausgehalten. Ihr Vater hatte nicht einmal versucht, sie davon abzuhalten, ein Studium zu beginnen. Sie hatte den Eindruck, dass es ihm gleichgültig war, was mit ihr geschah. Als Miriam schließlich einen Studienplatz in einer Stadt viele Kilometer von zu Hause entfernt fand, ergriff sie die Chance, ohne zu zögern.

Die Sonne schien. Miriam saß in einem der kleinen Cafés der Innenstadt und trank einen Milchkaffee. Von Kommilitonen hatte sie den Tipp bekommen, dass es hier den besten Kaffee der Stadt geben sollte. Kein Wunder, dass nahezu jeder Tisch belegt war. Sie sah sich um. Das

Café war modern eingerichtet, wenn auch nicht nach ihrem Geschmack. Dunkles Mobiliar, rote Kunstlederbezüge auf Stühlen und Bänken und moderne Kunst an den Wänden, die teilweise mehr an Kinderzeichnungen erinnerte. Miriam ließ ihren Blick schweifen und seufzte. Hier würde sie wohl keine Kontakte knüpfen können. Jeder Besucher war entweder in ein Gespräch oder eine Lektüre vertieft. Niemand sah aus, als sei er an einer morgendlichen Unterhaltung interessiert.

× × ×

Lukas war mit einer Observierung für eine Stammkundin beschäftigt. Schon mehrfach hatte sie ihren Ehemann verdächtigt, eine Affäre zu haben, doch bis zum heutigen Tag hatte Lukas keine Anzeichen dafür gefunden, dass ihre Vermutung begründet war.

Er saß in einem kleinen Café nahe der Innenstadt und beobachtete zum wiederholten Mal den Ehemann bei einer morgendlichen Kaffeepause. In Gedanken plante er dabei das weitere Vorgehen in seinem privaten Vergnügungsprojekt. Er hatte bereits eine neue Kandidatin ausgewählt und sie seit einiger Zeit beobachtet. Obwohl nicht unbedingt seine erste Wahl, war sie doch immerhin zufriedenstellend. Von seiner Kellerwand hatte er zuvor mehrere Porträts von anderen Kandidatinnen aus den verschiedensten Gründen entfernen müssen.

Eine von ihnen hatte einen zu engen Kontakt zu Familie und Freunden. Ihr Verschwinden wäre mit absoluter Sicherheit spätestens nach einem Tag bemerkt worden. Außerdem hatte er sie nie ohne Begleitung in Bars oder Klubs gesehen. Bei ihr wäre die Gefahr zu groß gewesen, jemandem aufzufallen. Eine andere Kandidatin, so hatte er nach kurzer Recherche herausgefunden, lebte in einer Beziehung und war Mutter. Einem Kind die Mutter zu nehmen, konnte er mit sich und seinem Gewissen nicht vereinbaren. Er selbst hatte seine Mutter bei einem Autounfall verloren, als er sechs Jahre alt war. Er wusste, wie schwer es für ein Kind war, ohne Mutter aufzuwachsen.

So musste er nach jedem Fehlschlag die Suche nach der passenden Frau fortsetzen, nach einer Lebensabschnittsgefährtin sozusagen, wobei der Abschnitt ausgesprochen kurz sein würde. Für die perfekte Planung musste er seine Recherchen außerordentlich akribisch durchführen. Jeder Kontakt, den er bei einem Objekt der Begierde beobachtete, wurde notiert und auf Regelmäßigkeit und Art der Beziehung hin analysiert.

Bei Heike – so hieß die sechsunddreißigjährige alleinstehende Krankenschwester, auf die seine Wahl schlussendlich gefallen war – hatte Lukas zwar mehrere engere Freunde und Familienmitglieder ausmachen können, doch der Kontakt zu jedem Einzelnen war so unregelmäßig, dass ihm genügend Zeit bleiben würde, bevor sie jemand ernsthaft vermisste. Heikes Job im Schichtdienst mit den stetig wechselnden Arbeitszeiten hatte für Lukas einen erhöhten Aufwand bei den Observierungen und auch einige Nachtschichten erforderlich gemacht.

Optisch hatte sein neues Opfer nur wenig mit Julia gemeinsam. Sie hatte einen leicht asiatischen Einschlag, schwarze, kurz geschnittene Haare, grüne Augen und war nicht besonders groß. Knapp einen Meter sechzig.

Für seine dritte Eroberung – er war sicher, dass diese schon bald nach der zweiten folgen würde – hatte er sich höhere Ziele gesteckt: So viel wie nur möglich sollte sie sich vom Profil seiner ersten Projekte unterscheiden. Helle Haare, die Haut jedoch nicht zu hell, keine blauen oder grünen Augen. Er wollte der Polizei kein eindeutiges Opferprofil auf dem Silbertablett servieren.

Während er darauf wartete, dass der angeblich untreue Ehemann das Café verließ, sah er sie. Sie war perfekt! Sie sollte und musste es sein. Zwei Tische weiter saß sie ohne Begleitung und trank ihren Kaffee. Schnell machte sich Lukas ein paar Notizen und verließ das Café. Der Auftrag der Kundin musste warten. Im Vorbeigehen ließ er unauffällig einen winzigen Peilsender in die Tasche fallen, die die junge Frau achtlos neben sich gestellt hatte. Ein grandioses kleines Gerät. Der Sender war kaum größer als ein Knopf und lieferte ihm jederzeit die Position seiner Zielperson auf wenige Meter genau.

Lukas vermutete, dass es sich bei der jungen Dame um eine Studentin handelte, daher wäre es wahrscheinlich, dass sie die meiste Zeit des Tages ihre Tasche bei sich hätte. Selbst wenn sie den Sender durch Zufall entdecken sollte: Wer diese Art von Überwachungstechnik nicht kannte, würde kaum darauf kommen, was er da in der Hand hielt.

Einen Moment lang überlegte Lukas, seine Planung über den Haufen zu werfen, Heike von seiner Liste zu streichen und sich ganz auf dieses Mädchen zu konzentrieren. Doch die Bemühungen, die er in die Krankenschwester investiert hatte, sollten nicht umsonst gewesen sein. Er würde versuchen, mit den Recherchen über die neue Kandidatin zu beginnen und sie gelegentlich zu observieren, während er sich mit Heike beschäftigte. Wenn Heike erst einmal in seinem Keller war, gab es mit Sicherheit oft Gelegenheit dazu.

× × ×

Heikes Schichtdienst hatte für Lukas einen großen Vorteil: Er musste sich nicht bemühen, mit ihr in Kontakt zu kommen, oder sich mit ihr verabreden, um sie im Schutz der Dunkelheit entführen zu können. Ihr Heimweg, den sie auch nachts nach einer späten Schicht nahm, führte sie durch eine schwer einsehbare und für Autos nicht befahrbare Seitenstraße.

Lukas parkte seinen Wagen am Anfang dieser Straße und wartete darauf, dass die Krankenschwester ihm in die

Arme lief. Über das Darknet hatte er sich unter falschem Namen etwas Chloroform an eine Postfachadresse liefern lassen. Für die Bezahlung waren Bitcoins perfekt geeignet. Anonym und nicht zurückzuverfolgen. So würde es keinerlei für Lukas belastende Aufzeichnungen über diesen Kauf geben.

Für elektronische Kommunikation, die direkt oder indirekt mit seinem Hobby in Verbindung stand, nutzte er ständig wechselnde sogenannte Wegwerf-E-Mail-Adressen, auf die er ausschließlich von öffentlichen Internetzugängen, wie es sie in Bahnhöfen, Bibliotheken oder Internetcafés gab, zugriff.

Lukas sah Heike in die Gasse kommen. Er zog seine dunklen Lederhandschuhe an, öffnete die Wagentür einen Spalt und wartete. Kaum war Heike am Wagen vorbeigegangen, stieg Lukas leise aus, griff sie von hinten und hielt ihr das mit Chloroform getränkte Tuch über Mund und Nase. Ein paar Sekunden lang versuchte sie, sich zu wehren, doch gegen den kräftigen Griff und die betäubende Wirkung des Gases war sie hilflos. Schnell verließen Heike die Kräfte und sie sackte in Lukas' Armen zusammen. Er hievte sie auf den Beifahrersitz und schnallte sie dort an. Die Fahrt nach Hause verlief ohne Zwischenfälle. Schon eine Viertelstunde nach ihrer Entführung lag die Krankenschwester bewusstlos in der Frauenkammer.

Lukas hatte in den letzten Tagen unzählige Stunden in das Vorhaben investiert, die Frauenkammer wasserdicht zu machen. Die Arbeiten stellten sich als zeit- und kraftraubend heraus, da die Kammer großen Druck würde aushalten müssen. So befriedigend der direkte Kontakt mit Julia in den letzten Sekunden ihres Lebens für Lukas gewesen war; dieses Mal wollte er etwas Neues ausprobieren.

Er schaltete die Beleuchtung der Kammer ein, startete seine Aufnahmegeräte, damit er sich später ansehen konnte, wie sein Gast die ersten Stunden bei ihm verbrachte, und ging schlafen.

Am nächsten Morgen widmete er sich gleich dem nächsten Projekt: Die junge Frau aus dem Café war ihm nicht mehr aus dem Kopf gegangen. Zufrieden stellte Lukas fest, dass die Studentin den Sender in ihrer Tasche bisher nicht bemerkt hatte. So konnte Lukas den Zeitpunkt abpassen, als sie am Vormittag in das Café ging, in dem er sie zum ersten Mal getroffen hatte. Er setzte sich an einen freien Tisch mit Blick auf das Objekt seiner Begierde.

× × ×

Miriam musste erst zum zweiten Vorlesungsblock in der Uni sein und verbrachte die Zeit bis dahin in ihrem neuen Lieblingslokal. Auch heute waren die meisten Tische belegt und wieder fühlte sie sich fast, als wäre sie unsichtbar. Niemand hatte sie beachtet, als sie hereinkam, und niemand beachtete sie jetzt, während sie mit ihrem Milchkaffee an einem der Tische saß und sich umsah.

Ihr Blick fiel kurz auf einen Mann zwei Tische entfernt. Er war leger, doch schick gekleidet und sah gut aus, wie sie fand, auch wenn er deutlich älter war als sie selbst – schätzungsweise Anfang vierzig. Das Café war offenbar bei Studenten und Geschäftsleuten gleichermaßen beliebt. Der Mann war in die Lektüre seiner Zeitung vertieft und beachtete sie, wie alle anderen Gäste, nicht weiter. Miriam nahm ihre Tasche vom Boden, holte die Unterlagen heraus und begann, sich auf die Vorlesungen des Tages vorzubereiten.

× × ×

Lukas ließ sich sein Interesse an der jungen Frau nicht anmerken, bemerkte aber deutlich, dass sie ihn kurz musterte. Je länger er sie – geübt unauffällig – ansah, desto klarer wurde ihm, dass er sie haben musste. Unbedingt. In Gedanken malte er sich aus, wie sie in seiner Kammer verzweifelt um Hilfe rief. Ein zufriedenes Lächeln huschte über sein Gesicht.

× × ×

Miriam blickte auf ihre zierliche Armbanduhr. Verdammt! Sie würde zu spät zur Vorlesung kommen. Während der Lektüre ihrer Vorlesungsmitschriften hatte sie die Zeit vergessen. Schnell bezahlte sie ihren Kaffee und machte sich auf den Weg zur nächsten U-Bahn-Station. Fünfzehn Minuten würde sie mindestens zur Universität brauchen, weitere fünf bis zum Hörsaal. Sie ärgerte sich über sich selbst.

Der Bahnsteig der unterirdischen Station war nicht übermäßig belebt. Nur wenige Menschen waren um diese Zeit unterwegs. Die Wände waren in freundlichen Farben gefliest, überall hingen Werbeplakate in den verschiedensten Größen und Motiven. Miriam entdeckte nichts Neues; die gleichen Plakate sah sie schon seit einigen Wochen bei jedem Aufenthalt hier. Ungeduldig beobachtete sie die ein- und ausfahrenden Züge.

Nach einigen Minuten hielt endlich eine Bahn der Linie, die direkt zur Universität fuhr. Etwas Gutes hatte Miriams Verspätung nun doch noch: Sie fand problemlos einen Sitzplatz, der ihr sonst regelmäßig verwehrt blieb. So konnte sie die Fahrtzeit nutzen, sich noch etwas mit den Vorlesungsunterlagen zu beschäftigen. Als sie in die Bahn stieg, glaubte sie einen kurzen Moment lang, wieder den Mann aus dem Café zu sehen. Sie ließ ihren Blick noch einmal über den Bahnsteig schweifen, konnte ihn jedoch nicht entdecken. Abgelenkt wie sie war, hatte ihr das Unterbewusstsein wahrscheinlich einen Streich gespielt.

× × ×

Lukas folgte der jungen Frau in sicherem Abstand bis zur Station und notierte sich die Bahnlinie, in die sie stieg. Ihr weiter zu folgen, schien ihm zu auffällig. Als sie den Zug in Richtung Universität bestieg, ließ Lukas sie fahren. Bis zum Nachmittag würde eine Verfolgung kaum neue Erkenntnisse bringen. Sollte sie das Universitätsgelände wider Erwarten früher verlassen, würde es der Peilsender an sein Notebook melden.

Lukas fuhr nach Hause. Heike musste inzwischen seit einigen Stunden wach sein und er konnte es kaum erwarten, sich das gesammelte Videomaterial anzusehen. Mit jeder Minute stieg die Vorfreude. Im geheimen Kellerraum angekommen, startete er sofort die Wiedergabe des aufgezeichneten Materials. Kein Bild. Er versuchte es noch einmal. Wieder nichts. Das konnte nicht wahr sein. Verdammte Technik! Irgendetwas war gehörig schiefgelaufen. Lukas prüfte die Kabelverbindungen. Nein! Das Kabel, das die Kamera in der Kammer mit dem Computer verband, hatte sich gelöst. Wütend steckte Lukas das Kabel wieder ein und warf einen Blick auf die Livebilder auf seinem Monitor. Das Häufchen Elend, das er dort sah, hatte wenig mit der selbstbewusst auftretenden Frau gemeinsam, die Heike noch am vergangenen Tag gewesen war. Er sah ihr deutlich an, dass sie lange geweint hatte. Umso mehr ärgerte er sich, dass er um die wertvollen Augenblicke gebracht worden war, die ihm bei Julia so viel Freude bereitet hatten. Das würde ihm nicht noch einmal passieren. Seine Ausrüstung musste ein Upgrade erhalten, sobald er mit Heike abgeschlossen hatte. Bei seinem nächsten Projekt durfte es keine Fehler geben.

Lukas öffnete das Ventil und ließ Betäubungsgas in die Kammer strömen. Das Tattoo war an der Reihe. Er wartete, bis Heike fest eingeschlafen war. Dann schleifte er sie heraus, hievte sie auf seine Werkbank und machte sich an die Arbeit. Der bunte Schmetterling gelang ihm diesmal sogar etwas besser als bei Julia. Zum Abschluss noch das ›L‹ auf den Flügel … perfekt. Lukas trug die bewusstlose Frau zurück in die Kammer und verschloss die Tür. Noch einmal kontrollierte er den festen Sitz des Videokabels und die korrekte Anzeige der Livebilder auf seinem Computer, dann startete er die Aufnahme und machte sich auf den Weg zu seinem aktuellen Kundenauftrag. Eine Frau vermisste ihre Schwester – welch Ironie.

× × ×

Der Tag hatte kein Ende nehmen wollen. Als sie die letzte Vorlesung endlich hinter sich gebracht hatte, war Miriam erleichtert. Über fünf Stunden hatte sie in den verschiedenen Sälen der Betriebswirtschaftlichen Fakultät verbracht und mit Zahlen, Texten, Erklärungen der Dozenten und dem immer wieder aufkommenden Gefühl der Überforderung gekämpft. Nun war sie froh, wieder zu Hause zu sein.

Ihre Zweizimmerwohnung war nicht besonders groß. Obwohl Miriam erst vor Kurzem eingezogen war, hatte sie schon das meiste nach ihrem Geschmack eingerichtet. Die weißen Möbel im Wohnzimmer hatten den Großteil des Budgets aufgebraucht, sodass für bezahlte Helfer bei der Renovierung und Verschönerung der Wohnung kein Geld geblieben war. Umso stolzer war Miriam auf die pastellfarbenen Wände. Es hatte zwei Tage gedauert und ihren Wortschatz um einige Kraftausdrücke bereichert, das Wohnzimmer ganz ohne fremde Hilfe neu zu streichen. Aus ihrem Elternhaus hatte sie nichts mitgenommen außer einem Foto ihrer verstorbenen Mutter, das nun in einem schlichten Bilderrahmen auf dem Nachttisch stand. So fühlte sich Miriam in der neuen Umgebung ein bisschen weniger einsam.

Für heute hatte sie genug von allem. Sie warf ihre Tasche in die Ecke neben dem kleinen Sofa und ging unter die Dusche. Der heiße Wasserstrahl, der ihre Schultern massierte, half ihr, den Kopf vom stressigen Alltag wieder freizubekommen. Sie genoss die entspannenden Minuten unter der Dusche und fiel anschließend todmüde ins Bett. In der Frühe musste sie wieder fit sein für den nächsten Tag voller Informationen, die sie in ihren Kopf prügeln und zumindest bis zur nächsten Prüfung behalten musste. Miriam war froh, dass sie nicht, wie viele ihrer Kommilitonen, auf einen Nebenjob angewiesen war, um das Studium zu finanzieren. Ihre Eltern hatten schon früh einen Ausbildungsfonds für sie angelegt, der ihr nun die Freiheit gab, sich ganz auf die Uni zu konzentrieren.

× × ×

Lukas war rechtzeitig am frühen Abend mit dem Tagesjob fertig geworden. Seine Studentin war länger auf dem Campus geblieben, als er angenommen hatte. Das hatte ihm Zeit gegeben, einige Dinge für den nächsten Morgen vorzubereiten. Jetzt, da er ihr dank des Signals aus der Tasche bis zu ihrer Wohnung folgen konnte, hatte er sich vorgenommen, den nächsten Schritt anzugehen. Er musste herausfinden, ob sie für seine Zwecke geeignet war. Hatte sie Kontakte hier in der Stadt? Mit wem telefonierte sie? Was unternahm sie?

Das Haus, in dem sie wohnte, war ein Paradebeispiel für die Anonymität der Großstadt. Lukas zählte fünfundzwanzig Klingeln. Kurz bevor die Haustür hinter der Studentin ins Schloss fiel, folgte er ihr vorsichtig in den Hausflur. Er musste darauf achten, dass sie ihn nicht sah, und durfte keinesfalls den Moment verpassen, in dem sie ihre Wohnung betrat. Die unzähligen Male, die er solche Situationen in seinem Job schon durchlebt hatte, zahlten sich aus. Dritter Stock, zweite Wohnung links. Das war alles, was er wissen musste.

Bis zum Morgen machte er es sich in seinen Wagen bequem, den er schräg gegenüber geparkt hatte. Über eine gesicherte Internetleitung konnte er auch von hier aus einen Blick auf die Livebilder seiner Kammer werfen. Heike schien zu schlafen, obwohl es für sie nicht einfach sein konnte, eine bequeme Schlafposition zu finden. Die Kammer war dafür zu klein. Er selbst war das Schlafen im Sitzen gewohnt und es dauerte nicht lange, bis ihm die Augen zufielen.

Rechtzeitig bei Sonnenaufgang gab Lukas' innere Uhr ihm das Signal zum Erwachen. Drei ereignislose Stunden später sah er die junge Frau aus dem Haus gehen. Er wartete, bis sie um die nächste Ecke gebogen war, holte seine Tasche mit der Überwachungsausrüstung aus dem Kofferraum, schloss den Wagen ab und lief zur Haustür.

Lukas klingelte bei mehreren zufällig ausgewählten Namensschildern, bis jemand ohne nachzufragen den Türöffner betätigte und ihm Zugang zum Treppenhaus gab. Erstaunlich, wie leicht es die Leute Einbrechern und zwielichtigen Gestalten machten, ins Innere ihrer Häuser zu gelangen.

Da die meisten Menschen zu bequem waren, Treppen zu laufen, entschied sich Lukas gegen den Aufzug und nahm den anstrengenderen Weg über die zweiundvierzig Stufen nach oben. Er wollte das Risiko gering halten, anderen Hausbewohnern zu begegnen. Zudem installierten die Hausverwaltungen in Immobilien dieser Art gelegentlich Videoüberwachung in den Aufzügen.

Vor der Wohnungstür angekommen, zog Lukas ein kleines Etui mit Werkzeugen aus der Hosentasche. Er hatte Glück. Niemand hatte es für nötig gehalten, ein Sicherheitsschloss oder etwas Vergleichbares zu installieren. Nach wenigen Handgriffen war die Tür offen. Mit geübtem Blick verschaffte sich Lukas einen Überblick über die kleine Wohnung und prüfte die Möglichkeiten, die Überwachungstechnik versteckt zu platzieren.

In den Hörer des schnurlosen Telefons setzte er die erste kleine Wanze ein, eine drahtlose Kamera fand ihren Platz im Gehäuse des Fernsehers gegenüber der Couch. In manchen Fällen verfluchte Lukas den technischen Fortschritt. Seine Überwachungstechnik war in den alten Röhrengeräten deutlich leichter zu verstecken gewesen als in modernen Flachbildschirmen. Im Badezimmer und Schlafzimmer brachte Lukas lediglich Mikrofone an. Er hatte kein Interesse daran, die Studentin dort zu beobachten. Die Zeit in seiner Kammer würde ihm mehr Befriedigung verschaffen als ein paar flüchtige Nacktbilder.

Gerade als Lukas im Schlafzimmer den besten Platz für die Wanze suchte, hörte er, wie ein Schlüssel im Schloss der Wohnungstür gedreht wurde und jemand die Wohnung betrat. Schnell und ohne ein Geräusch zu verursachen, warf er sich auf den Boden und robbte unter das Bett.

× × ×

Wo war sie nur mit ihren Gedanken? Gestern war sie zu spät in der Uni angekommen, weil sie die Zeit im Café vertrödelt hatte, und heute hatte sie doch tatsächlich vergessen, ihre Tasche und ihr Handy aus der Wohnung mitzunehmen. Jetzt würde sie schon wieder den ersten Teil ihrer Vorlesung verpassen. Sie ging zur Couch und nahm die Tasche vom Boden. Wo hatte sie gestern das Handy abgelegt? Im Wohnbereich war es nicht zu finden, auf der Ablage im Bad ebenso wenig. Auch im Schlafzimmer konnte Miriam es nicht entdecken. Sie setzte sich aufs Bett und dachte nach.

× × ×

Lukas hielt den Atem an. Er überlegte, was er tun würde – oder besser gesagt tun müsste – wenn sie ihn unter dem Bett entdeckte. Er spannte jeden Muskel im Körper an, um sich schnellstmöglich aus seiner beengten Position befreien und nach der jungen Frau greifen zu können. Falls sie seine Anwesenheit bemerkte, durfte er sie keinesfalls aus der Wohnung entkommen lassen.

× × ×

Jetzt fiel ihr ein, dass sie das Telefon zum Laden in den Nachttisch gelegt hatte. Sie beugte sich vor, öffnete die Schublade, nahm das Mobiltelefon heraus und löste den Stecker des Ladekabels.

× × ×

Noch ein wenig tiefer und sie würde ihn entdecken. Lukas war ihr so nah, dass er ihr Bein greifen könnte. Im Kopf ging er seine Optionen durch.

Plötzlich klingelte ein Telefon. Die Studentin erhob sich vom Bett und verließ das Schlafzimmer. Lukas atmete auf. Von hier aus konnte er zwar noch nicht auf das Mikrofon, das im Telefon platziert war, zugreifen, doch zumindest hörte er deutlich genug aus dem Nebenzimmer, was die Frau zur Person am anderen Ende der Leitung sagte.

»Hallo, Miriam Homeier.« Kurze Pause. »Nein, daran habe ich kein Interesse.« Erneute Pause. »Nein, wirklich nicht. Vielen Dank, auf Wiederhören.«

Offenbar nur ein Werbeanruf. Immerhin: Das Gespräch ergab keinen Hinweis auf einen persönlichen Kontakt und er kannte nun ihren Vornamen. Das würde bei der weiteren Recherche hilfreich sein.

Kurz darauf hörte Lukas die Tür ins Schloss fallen. Er nutzte die Gelegenheit, dass er schon unter dem Bett lag, und befestigte die Wanze, die er für das Schlafzimmer vorgesehen hatte, am Bettrahmen. Dann kroch er aus seinem Versteck und ging ins Badezimmer. Das letzte Mikrofon fand seinen Platz hinter dem Spiegel. Als er die Wohnung verließ, war er trotz des unerwarteten Zwischenfalls zufrieden mit seiner Arbeit.

Lukas wusste, dass die nächsten Wochen den langwierigsten und ereignislosesten Teil seiner Vorarbeiten für das Projekt Miriam bringen würden. Er würde aufgezeichnete Telefonate und die Mitschnitte von Gesprächen anhören, die in der Wohnung stattgefunden hatten, und die für sein Vorhaben relevanten Informationen herausfiltern müssen. Dazu würden stundenlange Suchen im Internet kommen.

Nach zwei demotivierenden Arbeitstagen beschloss Lukas, die Beziehung mit Heike abzukürzen. Er hatte schließlich einen Job, der sein Hobby finanzierte und den er nicht vernachlässigen durfte. Außerdem wollte er sich in der Freizeit ganz auf das Profil von Miriam konzentrieren. Lukas seufzte. So viel Mühe hatte er in die Vorbereitungen für den Aufenthalt seiner Krankenschwester gesteckt. Alles vergebens. Anscheinend hatte sie sich ihrem Schicksal längst ergeben und saß die meiste Zeit reglos zusammengekauert in einer Ecke. Uninteressantes Videomaterial.

Lukas drehte an einem Hebel an der Außenwand der Kammer. Innen begann es aus kleinen Öffnungen an der Decke zu tropfen und dann stärker zu fließen, ähnlich wie bei einer Regenwalddusche. Das Wasser war kalt. Heike sprang erschrocken auf und blickte irritiert zur Kammerdecke. In den ersten Minuten schien der unerwartete Regenguss für sie lediglich unangenehm und kalt zu sein, doch dann bemerkte sie mit Schrecken – und zu Lukas' Freude –, dass das Wasser nicht aus der Kammer abfloss und den Raum Zentimeter um Zentimeter füllte.

Nach zwanzig Minuten stand der zierlichen Frau das Wasser bis zur Brust. Sie hatte begonnen, an die Wände zu trommeln und um Hilfe zu schreien. Endlich. Diese Bilder würden Lukas für die entgangenen Glücksmomente zu Beginn der Heike-Show entschädigen.

Weitere zehn Minuten später musste sie bereits schwimmen, um den Kopf über Wasser zu halten, wobei das Schwimmen sich in dem engen Raum schwierig gestaltete. Lukas fragte sich, wie lange sie durchhalten würde. Angst und ausgeschüttetes Adrenalin setzten ja bekanntlich zusätzliche Kräfte frei.

Erst als der Wasserpegel bis wenige Zentimeter unter die Decke gestiegen war, stoppte er den Zufluss. Möglichst lange wollte er sich am letzten Rest Hoffnung ergötzen, an den sich Heike klammern würde, weil er ihr diese kleine Luftblase gelassen hatte.

Von Minute zu Minute wurden ihre Bewegungen angestrengter. Die todgeweihte Frau konnte ihre Arme und Beine kaum noch koordinieren, verschluckte sich und hustete immer wieder, bis ihre Kräfte schließlich nicht mehr ausreichten, das Gesicht an der Oberfläche zu halten. Wieder atmete sie Wasser ein. Noch ein paar schwache Zuckungen, der letzte Rest Atemluft strömte in tanzend aufsteigenden Luftblasen aus ihrem Mund, dann erschlaffte ihr Körper. Es war vorbei.

Lukas besah sich noch eine Weile den leblos in der Kammer treibenden Körper, dann ließ er das Wasser abfließen. Er war zufrieden.

THOMAS

Das Telefon klingelte. Frank Holper sah auf die Uhr. Zwei Uhr nachts. Ein Telefonanruf um diese Zeit bedeutete in der Regel nichts Gutes. »Holper, hallo? … Ich verstehe … Ja, ich mache mich auf den Weg. Bin gleich da.«

Er zog sich leise an und gab seiner Frau, die durch das Klingeln wach geworden war, einen kurzen Abschiedskuss. »Ich muss noch weg. Schlaf ruhig weiter.«

Roswitha war an die nächtlichen Störungen gewöhnt. Sie drehte sich wortlos auf die andere Seite.

Holper nahm seine Schlüssel von der Kommode im Flur und ging in die Garage zu seinem Wagen. Noch wusste er nicht genau, was ihn erwarten würde, nur dass eine weibliche Leiche am Ufer eines Badesees außerhalb der Stadt lag. Der kleine, künstlich angelegte Strand am nördlichen Ufer des Sees war ein beliebtes Ausflugsziel, besonders bei den jetzt herrschenden sommerlichen Temperaturen. Das Wasser war nicht tief, auch weit vom Ufer entfernt konnte man an den meisten Stellen noch stehen. Holper war selbst schon oft mit seiner Frau und seiner Tochter dort gewesen, wenn es die Arbeitszeiten zugelassen hatten. Er hatte die Zeit dort immer sehr genossen, doch in dieser Nacht hätte er gern auf den Ausflug verzichtet.

Der Bereich um den Fundort der Leiche war weiträumig abgesperrt. Bis auf einige Polizisten, den Rechtsmediziner und zwei Reporter war nur ein junges Pärchen innerhalb der Absperrung. Holper ging zu ihnen und ließ sie von ihrem Fund berichten.

Die beiden hatten beim nächtlichen Badeausflug eine Frau im flachen Wasser treiben sehen und an Land gezogen. Der junge Mann hatte noch versucht, sie wiederzubeleben, war jedoch erfolglos geblieben. Holper nahm die Personalien des Pärchens auf und entließ sie anschließend nach Hause.

Rajab Halabi hatte seine vorläufige Untersuchung soeben abgeschlossen und begrüßte jetzt den Kommissar: »Hallo Frank. Kein schöner Anlass für ein Wiedersehen, was?«

Holper nickte. Das letzte Mal hatten sie sich getroffen, als es um die Untersuchung des Mordopfers auf dem alten Kasernengelände ging. Der Fall nagte noch immer an ihm. Bis heute hatten sie weder Hinweise zum Täter noch zur Identität der Toten ermitteln können. Er hatte in den letzten Wochen auf Fortschritte gehofft, aber die Mordkommission trat weiterhin auf der Stelle. Er warf einen Blick auf das Gesicht der Toten, die gerade von Helfern zum Transport in die rechtsmedizinische Abteilung vorbereitet wurde.

»Der Zeuge, der versucht hat, sie zu retten, hatte keine Chance«, erklärte Rajab Halabi. »Sie war schon lange tot, allem Anschein nach mehrere Stunden vorher ertrunken. Mehr werde ich erst nach der Obduktion sagen können.«

Ein Kollege hatte am Ufer ein Bündel Kleidung gefunden, das vermutlich der toten Frau gehörte. Natürlich war der Tod nie ein schönes Ereignis, doch Frank Holper war erleichtert. Alles sah nach einem Unfall aus und er würde diesen Fall zügig zu den Akten legen können.

× × ×

Leider konnte Lukas seinem neuen Projekt nicht die volle Aufmerksamkeit widmen. In letzter Zeit hatte er kaum einen Auftrag für seine Detektei ablehnen können, denn sein Hobby kostete ihn einiges. Auch wenn er viele der Gerätschaften, die er für seinen Job angeschafft hatte, verwenden konnte, streckten allein in seiner Frauenkammer neben unzähligen Stunden Handarbeit mehrere Tausend Euro Kapital.

Erst an diesem Vormittag hatte er die letzten Verbesserungen abgeschlossen. Auf keinen Fall wollte er eine weitere technische Panne erleben. Also hatte er die Kammer mit zusätzlichen, hochauflösenden Kameras und zwei Dutzend LED-Lichtern ausgestattet, die ihm nicht nur eine bessere Ausleuchtung boten, sondern es auch ermöglichten, die Kammer in jede gewünschte Lichtstimmung zu tauchen. Zudem hatte er kleine Lautsprecher montiert, über die er die Frauen mit Musik, Geräuschen oder – falls er sich dazu entschließen sollte – auch mit seiner Stimme *erfreuen* konnte. Diese Erweiterungen würden sein Vergnügen noch einmal deutlich steigern.

Bei seinen Internetrecherchen durchforstete Lukas außer den Suchmaschinen grundsätzlich auch die sozialen Netzwerke, das Paradies für Kriminelle auf der Suche nach persönlichen Informationen. Es war immer wieder erstaunlich, wie viel die Menschen dort von sich preisgaben.

Wie er erfuhr, war Miriam zweiundzwanzig Jahre alt, Single, liebte Hunde, Urlaub in Italien, chinesisches Essen und Daily Soaps, war kein Partyfan und auch sonst eher eine Einzelgängerin. Ihre Freundesliste war überschaubar. Er fand darüber hinaus nur wenige Fotos von Urlauben oder anderen persönlichen Ereignissen in ihren Online-Profilen, aber doch genügend, sich ein Bild von ihr und ihrem Alltag machen zu können.

* * *

Kommissar Holper ging mit schnellen Schritten durch den Flur zur Rechtsmedizin. Im Kellergeschoss begrüßte ihn der typische, leicht süßliche und zugleich beißende Geruch, an den er sich einfach nicht gewöhnen konnte. Wenn er hierher gerufen wurde, konnte das nur bedeuten, dass etwas an der Leiche gefunden worden war, das nicht ins Bild passte. Wahrscheinlich musste er sich von dem Gedanken verabschieden, den Fall schnell als Unfalltod abschließen zu können.

»Guten Morgen.« Rajab Halabi begrüßte ihn mit einem kräftigen Händedruck. »Ich dachte, das solltest du dir ansehen.« Er rückte seine Brille zurecht und führte den Kommissar zum Metalltisch.

Holper betrachtete die Leiche. Eine Frau, schwarze Haare, nicht sehr groß. Ihm fiel nichts Besonderes auf. Moment. Holper stutzte und sah noch einmal genauer hin. Auf dem Knöchel des rechten Fußes prangte ein buntes Tattoo in Form eines Schmetterlings mit einem geschwungenen ›L‹ im linken Flügel. Es musste relativ frisch sein, denn er konnte noch eine deutliche Rötung der Haut erkennen. »Dieses Tattoo … Das kenne ich doch.«

»Volltreffer, Frank«, bestätigte der Rechtsmediziner. »Du erinnerst dich an die Tote, die vor einigen Wochen bei der verlassenen Kaserne gefunden wurde, nicht wahr? Erwürgt …«

Natürlich erinnerte er sich.

»Sie hatte auch solch ein Tattoo. Wenn ich es recht in Erinnerung habe, sogar ein identisches.«

Holper seufzte. Also war diese Frau vermutlich nicht bei einem Badeunfall ums Leben gekommen.

Rajab Halabi bestätigte seine Befürchtung prompt. »Da ist noch etwas«, begann er vielsagend.

»Es war kein Unfall, habe ich recht?«

»Korrekt. Sie ist zwar ertrunken, doch nicht in dem See, in dem sie gefunden wurde. Das Wasser in ihren Lungen war reines Leitungswasser und das Labor konnte keine Zusätze finden, die zu einem Pool oder Schwimmbad passen würden. Höchst unwahrscheinlich also, dass ein Unfall infrage kommt. Wie sollte jemand in einem See in Leitungswasser ertrinken?«

Holper nickte. Zwei tote Frauen in kurzer Zeit, beide mit einem identischen Tattoo am Knöchel. Ein Zufall? Er glaubte nicht eine Sekunde daran. Nun hatte er endlich eine handfeste Begründung für seinen Chef, den alten Fall wieder aufrollen zu dürfen.

× × ×

Ab und an lockerte Lukas seine Recherchen mit einer Observierung auf. Er beobachtete sie bei den täglichen Auszeiten in ihrem Lieblingscafé, von Zeit zu Zeit auf dem Campus der Universität und über die Kameras in ihrer Wohnung. Am liebsten begleitete er sie jedoch an den seltenen Abenden, die sie in einer Diskothek oder Bar verbrachte. Mit jedem Moment, den er sie begleitete, wuchs seine Überzeugung, dass Miriam die Richtige war. Er sah etwas in ihr, das unter der schüchternen Fassade verborgen lag. Etwas, das er nur an die Oberfläche bringen musste. Es wurde Zeit, in die Offensive zu gehen und sich mit ihr bekannt zu machen.

× × ×

Die Identität der zweiten Toten war durch einen Abgleich mit der Vermisstendatenbank geklärt worden. Das Zentralkrankenhaus hatte eine Mitarbeiterin, Heike Timmermann, als vermisst gemeldet, nachdem sie unentschuldigt mehrere Tage nicht zum Dienst erschienen war. Letzte

Gewissheit brachte schließlich die Identifizierung durch eine Tante, die von der Polizei benachrichtigt worden war.

Holper und seine Kollegen hatten versucht, eine Verbindung zwischen Heike Timmermann und der unbekannten Toten aus der verlassenen Kaserne zu finden, doch außer den markanten Tattoos gab es scheinbar keinerlei Gemeinsamkeiten. Keiner der Befragten aus dem Umfeld von Heike Timmermann kannte die erste Tote. Auch zu den Tattoos gab es keine neuen Informationen. Angehörige und Freunde konnten sich nicht erinnern, jemals ein Tattoo bei Frau Timmermann gesehen zu haben, und auch Ermittlungen in den sechzehn Tattoo-Studios der Stadt und der näheren Umgebung waren ergebnislos geblieben.

Mit jedem Tag ohne Ergebnisse wuchs der Frust der Kollegen. Sie mussten etwas übersehen haben. Holper überlegte. Sein Chef hatte ihm nach dem zweiten Opfer wie erwartet genehmigt, einen Berater zu engagieren, der schon mehrfach für die Polizei tätig gewesen war. Einen gewissen Lukas Bender, von Beruf Privatdetektiv. Persönlich hatte er mit ihm noch nicht gearbeitet, von Kollegen hatte er jedoch Gutes gehört. Vielleicht konnte eine neue Sichtweise auf beide Fälle die Ermittlungen voranbringen. Holper ließ sich die Telefonnummer aus den Unterlagen heraussuchen. Gleich am nächsten Tag würde er einen Kontakt herstellen.

× × ×

Miriam brauchte Ablenkung. Die anstrengenden Vorlesungen und Prüfungen der letzten Wochen hatten ihr zugesetzt. Sie hatte immer häufiger das Gefühl, neben sich zu stehen, war unkonzentriert und leicht abzulenken. Zuletzt hatte sie sich sogar in ihrer eigenen Wohnung beobachtet gefühlt, obwohl sie allein war. Irgendetwas schien dort anders zu sein, denn sie fühlte sich nicht mehr so heimisch und sicher wie noch vor einigen Wochen. Totaler Unsinn, das wusste sie selbst. Vermutlich war der ganze Studienstress im Moment einfach zu viel für sie.

Heute wollte sie noch einmal den Versuch wagen, in einen Klub zu gehen, obwohl sie für den Besuch im ›Palermo‹ keine Verabredung hatte und auch wenig Hoffnung, an diesem Abend jemanden kennenzulernen. Bei keinem ihrer bisherigen Versuche hatte sie sich überwinden können, einen fremden Mann anzusprechen.

Miriam stand vor ihrem Kleiderschrank und wusste nicht, was sie anziehen sollte. Die Auswahl auf den Kleiderbügeln war überschaubar. Sie gab nicht viel Geld für Mode aus und kleidete sich im Alltag überwiegend in Jeans und Pullover. Schlussendlich entschied sie sich für ihr Lieblingskleid. Es war dunkelblau, sportlich und kurz geschnitten und zeigte trotzdem nicht zu viel Haut. Miriam hatte das Kleid vor einiger Zeit in einem Schaufenster entdeckt und sich auf den ersten Blick darin verliebt. Passend zum Kleid wählte sie dunkle Sandaletten mit einem kleinen Absatz, der sie etwas größer wirken ließ. Miriam seufzte. Es gab viel zu wenige Gelegenheiten, dieses Outfit zu tragen.

Das ›Palermo‹ war schon am frühen Abend gut gefüllt. Miriam suchte sich einen freien Platz an der Bar, bestellte einen Cocktail und beobachtete die Tänzer, die sich in ganz unterschiedlichen Stilen bewegten und sich auf der großzügigen Tanzfläche trotzdem zu einer seltsamen Gesamtchoreografie vereinten.

Nach einer guten halben Stunde, in der niemand sie angesprochen hatte, geschweige denn sie sich getraut hätte, jemanden anzusprechen, war ihr Glas beinahe leer. Ihre Stimmung war entsprechend dem Füllstand des Glases gesunken und sie hatte keine Lust, einen weiteren Drink zu bestellen. In ein paar Minuten würde sie sich auf den Heimweg machen und es sich zu Hause in Jogginghose mit einer Tüte Chips vor den Fernseher bequem machen.

Plötzlich spürte sie den leichten Druck einer Hand auf ihrer Schulter. Jemand beugte sich von der Seite zu ihr herunter.

»Hallo, ist hier noch frei? Darf ich mich zu Ihnen setzen?«

Miriam blickte irritiert zur Seite. Sie hatte nicht erwartet, noch angesprochen zu werden. Der Mann neben ihr musste fast schreien, um sich über die dröhnenden Bässe hinweg verständlich zu machen. Sein Gesicht kam ihr bekannt vor, sie konnte sich jedoch nicht erinnern, woher. Sie nickte ihm wortlos zu.

Er zog den freien Barhocker näher zu ihrem heran und setzte sich. »Hi. Ich heiße Thomas. Ganz allein hier?«

Sie nickte erneut.

× × ×

Lukas merkte der jungen Frau die Verunsicherung an. Nachdem er ihr in den Klub gefolgt war, hatte er einige Zeit gewartet, bevor er sich ihr näherte und sie ansprach. Nur langsam schien sie zu realisieren, dass er wirklich sie gemeint hatte.

»Und Sie?«, fragte sie ihn. »Sind Sie öfter hier? Ach, ich bin übrigens Miriam.« Sie streckte ihm die Hand entgegen.

Lukas erwiderte ihren Händedruck. »Nein, heute zum ersten Mal. Kannst übrigens gerne Du zu mir sagen. Beim Sie fühle ich mich immer so alt.« Er sah, wie sie errötete. »Kann ich dir noch einen Cocktail ausgeben?« Er deutete auf ihr fast leeres Glas.

× × ×

Miriam zögerte einen Moment. Wollte Thomas mit ihr flirten? Er schien Ende dreißig oder Anfang vierzig zu sein, viel zu alt für sie. Ihr letzter Freund war gerade einmal achtundzwanzig gewesen und sie konnte sich nicht vorstellen, einen noch älteren Partner zu haben. Dennoch fand sie ihr Gegenüber nicht unattraktiv und ein kleiner, unverfänglicher Flirt konnte ja nicht schaden. Wenn es für ein wenig Ablenkung sorgte, war es ihr nur recht.

Die Unterhaltung mit Thomas war angenehm. Er gab sich charmant, schien intelligent zu sein und er bemühte sich ernsthaft um sie. Wie sich im Gespräch herausstellte, hatte er zwei Hunde. Miriam liebte Hunde. Leider war in ihrer kleinen Wohnung nicht genug Platz und der Vermieter hätte Haustiere dort sowieso nicht erlaubt.

Nach zwei weiteren Cocktails merkte Miriam, dass der Alkohol langsam seine Wirkung entfaltete. So kurzweilig das Gespräch mit Thomas auch war, wurde es nach einiger Zeit und mit steigendem Alkoholpegel zunehmend anstrengender, sich im Musikgetöse des Klubs zu verständigen. Außerdem hatte sie am Abend noch nichts Vernünftiges gegessen. Als könnte er ihre Gedanken lesen, lud Thomas Miriam ein, die Unterhaltung in einem Chinarestaurant in der Nähe fortzusetzen. Dankbar willigte sie ein. Der Abend entwickelte sich doch noch zum Guten.

× × ×

Lukas war mit dem Verlauf des Treffens sehr zufrieden. Miriam schien keinen Verdacht zu hegen, dass kaum etwas, das er erzählte, der Wahrheit entsprach. Er hatte seine Rechercheergebnisse dazu genutzt, die Gesprächsthemen und angeblichen Interessen genauestens auf das Date abzustimmen. Die Cocktails hatten, so schien es, das Übrige getan. Die Studentin hatte keinen Moment gezögert, ihn in ein Restaurant zu begleiten.

Da er aus seiner Beratungstätigkeit die Ermittlungspraktiken der Polizei kannte, ließ er Miriam allein vor die Tür gehen, während er sich zum Schein kurz auf die Toilette begab. Sollten die Beamten während der Ermittlungen Klubgäste oder den Barkeeper nach Miriam befragen, durfte es nicht zu offensichtlich sein, dass sie den Klub gemeinsam verlassen hatten.

× × ×

Miriam wartete in der Nähe des Klubeingangs auf Thomas. Es war ein sehr milder Abend, die Sonne war gerade erst untergegangen und der Himmel ließ eine sternenklare Nacht erwarten.

Als ihr Begleiter aus dem Klub kam, hatte er eine Flasche Sekt und zwei Gläser in der Hand. Als er vorschlug, den kurzen Weg zum Restaurant zu Fuß zu gehen, war sie gern bereit dazu. Die frische Luft und die Ruhe der nächtlichen Straßen war eine Erholung für die überreizten Sinne. Thomas wurde ihr von Minute zu Minute sympathischer. Er war nicht aufdringlich und hatte zu keinem Zeitpunkt versucht, sie zu bedrängen.

Auf dem Weg zum Restaurant kamen sie an einer kleinen Bank vorbei. Sie setzten sich und Miriam ließ ihren Kopf gegen Thomas' Schulter sinken. »Es ist schön hier«, sagte sie zufrieden und schloss für einen Moment die Augen.

»Das ist es.« Thomas reichte ihr ein Glas Sekt.

Sie sah ihm in die Augen und war für einen Moment versucht, ihn einfach zu küssen. Hier und jetzt. Er gab ihr ein Gefühl, das sie in der letzten Zeit schmerzlich vermisst hatte. Das wurde ihr erst in diesem Augenblick bewusst.

»Wir sollten weitergehen«, unterbrach Thomas die Stille. »Nicht dass wir mit leerem Magen die Nacht verbringen müssen.«

Miriam lächelte. Die Art, wie er es sagte, ließ ihr alle Optionen. Sie konnte entscheiden, was nach dem Essen geschah. Er bedrängte sie nicht. Mit einem tiefen Seufzen ließ sie sich von Thomas hochhelfen. »In Ordnung.«

Nach ein paar Schritten fühlte sich Miriam schwindelig und ihr wurde schwarz vor den Augen. Das Letzte, das sie bemerkte, war, wie ihr Begleiter sie auffing, bevor sie zu Boden stürzen konnte.

× × ×

Das Timing war optimal. Lukas hatte sein Auto in der Nähe der einzigen Bank geparkt, die am Weg zwischen dem Klub und dem Chinarestaurant stand. Als Miriam dank der K.-o.-Tropfen in ihrem Sektglas zusammensackte, ging alles sehr schnell. Er musste sie kaum zwanzig Meter weit zu seinem Auto tragen, um sie dort auf den Beifahrersitz zu setzen und anzuschnallen. Im Dunkel der frühen Nacht dürfte niemand etwas von dieser Aktion mitbekommen haben.

Die Fahrt nach Hause verlief ohne Probleme. Lukas' größte Sorge war es, in eine der regelmäßig stattfindenden Polizeikontrollen zu geraten, auch wenn er im Vorfeld versucht hatte, die geplanten Kontrollstellen über seine Kontakte bei der Streifenpolizei herauszufinden. Feiernde, die sich trotz zu viel Alkohol die Fahrt mit dem Auto erlaubten, waren ein beliebtes Ziel der Beamten.

Miriam war schlank, daher fiel es ihm nicht schwer, sie aus der Garage in seinen Keller zu tragen. Für dieses Mal hatte er entschieden, seine Visitenkarte sofort anzubringen. So musste er seinen Gast nicht noch einmal betäuben. Er legte Miriam auf die Werkbank und begann damit, den bunten Schmetterling auf ihren rechten Knöchel zu tätowieren. Zum Abschluss zeichnete er das verschnörkelte ›L‹ auf den linken Flügel. Er wurde gerade rechtzeitig fertig. Die Wirkung der Betäubung begann bereits nachzulassen, als er die junge Studentin in die Kammer legte.

MIRIAM

Miriam kam langsam wieder zu sich. Ihr Kopf dröhnte und sie nahm ihre Umgebung nur verschwommen wahr. Was war passiert? Das Letzte, woran sie sich erinnerte, war, dass sie gemeinsam mit Thomas zum Chinesen gehen wollte. Danach war alles leer, sie konnte sich beim besten Willen an nichts mehr erinnern. Sie sah sich um und versuchte aufzustehen, doch sie war zu wackelig auf den Beinen und musste sich gleich wieder setzen. Um sie herum war es gleißend hell. Miriam konnte sich nicht vorstellen, wo sie war.

»Hallo? Ist da jemand?« Ihre Stimme klang dumpf. Erst jetzt bemerkte sie, dass der Raum, in dem sie sich befand, winzig klein war. Langsam, Sekunde für Sekunde, gewöhnten sich ihre Augen an die Helligkeit, sodass sie die Details ihrer Umgebung erkennen konnte. Was sie sah, verwirrte sie nur noch mehr. Der Raum war nicht breiter und länger als je einen Meter; nicht einmal groß genug, sich ausgestreckt hinzulegen. Die Wände waren weich ausgekleidet und eine Tür konnte sie ebenso wenig entdecken wie Fenster, Möbel oder sonstige Gegenstände.

Sie versuchte erneut, sich bemerkbar zu machen. »Hallo? Haaaaaaallooooo?« Keine Reaktion. Langsam stieg Panik in ihr auf. Ihr Herz raste. Wo war sie bloß? Wie kam sie hierher? Sie bemühte sich, ruhiger zu werden und klare Gedanken zu fassen. Konzentriert versuchte sie, sich an den letzten Abend zu erinnern. Bruchstückhaft flackerten einzelne Bilder in ihrem Kopf auf. Tanzende Menschen im Klub, ein Cocktailglas mit buntem Schirmchen, das gewinnende Lächeln des Mannes, der mit ihr an der Bar saß, ein Moment auf einer Bank im Freien, Thomas …

Stopp. Sie hatte mit Thomas auf einer Bank ein Glas Sekt getrunken. Kurz darauf war ihr zuerst etwas komisch, dann zunehmend schwindelig geworden. Sollte etwa … Ein ungutes Gefühl beschlich sie. Immer wieder hörte man in den Medien, dass sich skrupellose Männer an Frauen vergingen, die sie durch heimlich verabreichte Tropfen wehrlos gemacht hatten. Miriam sah an sich hinab. Zumindest hatte sie noch die Kleidung an, die sie auch am Abend getragen hatte. Sie horchte in sich hinein. Erst jetzt merkte sie einen leichten Schmerz am rechten Knöchel. Sie hob das Bein ein Stück. Ein Tattoo? Wie kam ein bunter Schmetterling auf ihre Haut? Mit etwas Spucke rieb sie über das Tattoo doch außer, dass es ihr Schmerzen bereitete, tat sich nichts. Kein Verschmieren der Farbe oder der Linien. Das Tattoo schien echt zu sein. Jemand musste es ihr gestochen haben, während sie bewusstlos gewesen war. Miriam hätte sich nie ein Tattoo machen lassen, nicht einmal in betrunkenem Zustand, da war sie sich absolut sicher. Irgendwie ergab das Ganze keinen Sinn.

× × ×

Lukas saß vor seinen Monitoren und beobachtete, wie Miriam erwachte. Zufrieden nahm er die anfängliche Verwirrung und die erste Panik wahr. Doch der Moment verflog schneller als erwartet. Er war erstaunt, sogar ein wenig beeindruckt, wie schnell die junge Frau sich wieder fing – ganz anders als sein erster Gast Julia vor einigen Wochen.

Aus seiner Jackentasche ertönte die Titelmusik des Films ›Stirb langsam‹. Vermutlich ein Klient, der sich nach dem Stand eines Auftrags erkundigen wollte. Lukas griff das Smartphone und verließ zügig den Kellerraum. Der Raum war zwar schalldicht, sodass kein Ton nach außen dringen konnte, die kleine Zelle, in der Miriam saß, war es jedoch nicht. Wenn sie just in dem Moment schrie, in dem er telefonierte … nein, das durfte er nicht riskieren.

Im Erdgeschoss angekommen, nahm er mit einem Wischen über den Bildschirm das Gespräch an. »Bender, hallo?«

Eine ihm unbekannte Stimme meldete sich. Der Mann stellte sich als Kommissar Frank Holper vor und bat ihn zu einem kurzfristigen Gespräch in einem Café in der Nähe. Der Kommissar wollte am Telefon keine Details nennen, doch Lukas konnte jeden Auftrag gut gebrauchen. Zudem war er neugierig, in welchem Fall die Polizei seine Dienste dieses Mal benötigte. Handelte es sich eventuell sogar um seine eigenen ›Werke‹? Das würde bedeuten, dass er alles richtig gemacht und keine verwertbaren Spuren hinterlassen hatte.

Er war schon mehrfach beratend für die Polizei tätig gewesen. Unter diesen Voraussetzungen reizte ihn eine Zusammenarbeit jedoch ganz besonders, denn so könnte er hautnah dabei sein, wenn sich die Ermittler die Zähne an ihm ausbissen. Lukas stimmte dem Treffen zu. Miriam konnte er eine Weile sich selbst überlassen. Der erste interessante Teil war vorüber.

Lukas stieg noch einmal hinab in sein geheimes Zweitbüro und drehte an einigen Reglern. In der Kammer färbte sich das Licht von einem hellen Weiß zu einem dunklen Rot. Auf dem Computer hatte er verschiedene Geräusche zusammengestellt, die er auf Knopfdruck in beliebiger Lautstärke in der Kammer abspielen konnte. Nach kurzem Überlegen grinste er und entschied sich für ein unangenehm lautes Schnarchen. Es würde Miriam wach halten und an ihren Nerven zerren. Er war gespannt auf das Nervenbündel, das ihn am Abend erwarten würde, wenn er von seinem Termin mit dem Polizisten und einer für den Nachmittag geplanten Observierung zurückkehrte.

× × ×

Miriam zuckte zusammen. Plötzlich hatte jemand in unmittelbarer Nähe angefangen, laut zu schnarchen, und das Licht war zu einem schummrigen Rot gedimmt worden. Sie konnte nicht orten, woher das Schnarchen kam, doch es war unangenehm laut und schon nach kurzer Zeit fürchterlich nervtötend. Miriam hatte ihr Zeitgefühl verloren. Sie konnte nicht sagen, wie lange sie schon hier saß und ob es nun Morgen, Abend oder mitten in der Nacht war. Sie fühlte sich matt und müde, doch der beengte Platz und die laute Geräuschkulisse ließen sie nicht zur Ruhe kommen. Je länger sie dem eintönigen Schnarchen zuhören musste, desto mehr hatte sie das Gefühl, dass kein Mensch diese Laute verursachte, sondern dass jemand sie mit Tonaufnahmen quälen wollte.

Miriam entschied, ihr Kleid zu opfern. Sie zog es aus, nahm ein Stück zwischen die Zähne und riss mit aller Kraft daran. Der leichte, sommerliche Stoff gab schließlich nach, sodass sie einige Streifen herausreißen konnte. Kleine Fetzen nahm sie in den Mund, kaute darauf herum und formte sie anschließend zu kleinen Kugeln, die sie sich in die Ohren steckte. Einen weiteren Stoffstreifen band sich Miriam um den Kopf und hielt damit die provisorischen Ohrenschützer an Ort und Stelle.

Auch wenn die Geräusche nicht völlig verstummten, wurden sie wenigstens so weit gedämpft, dass Miriam in einen leichten, unruhigen Schlaf fallen konnte, der mit konfusen Träumen gefüllt war.

× × ×

Als Lukas beim Café ankam, saß Kommissar Holper bereits an einem der Außentische und wartete. Auch wenn er keine Uniform trug, erkannte Lukas ihn sofort an der Körpersprache und der Art, wie er die Umgebung beobachtete. Lukas begrüßte den Kommissar höflich und nahm ihm gegenüber Platz.

»Schön, dass Sie es so kurzfristig einrichten konnten«, eröffnete Holper das Gespräch. »Wir stecken zurzeit in einer Sackgasse und hoffen, dass Sie uns einen frischen Blickwinkel auf zwei Mordfälle geben können. Leider haben wir nicht sehr viele Informationen, die ich Ihnen geben könnte.«

Lukas war erfreut. Zwei Fälle, dabei konnte es sich doch nur um Julia und Heike handeln. Er bemühte sich, seine Aufregung zu verbergen. »Wenn ich helfen kann, gerne«, antwortete er. »Sie sagten ›beide Fälle‹. Handelt es sich um zwei separate Fälle oder hängen sie zusammen?«

»Wir vermuten, dass sie zusammenhängen. Leider ist es uns bis jetzt nicht gelungen, die Verbindung zweifelsfrei herzustellen.« Holper legte zwei Fotos auf den Tisch. »Hier. Das ist die einzige Gemeinsamkeit, die wir finden konnten.«

Die Fotos zeigten seine Tattoos. Der bunte Schmetterling war für sich allein schon ungewöhnlich, zusammen mit dem ›L‹ im linken Flügel konnte kein Zweifel bestehen. »Interessantes Motiv.« Lukas musste sich beherrschen, dass der Kommissar seine innere Euphorie nicht bemerkte. »Konnten Sie die Herkunft bestimmen? Jeder Tätowierer wird seine Arbeiten doch sicher wiedererkennen.«

Holper seufzte. »Wir haben die Bilder in allen Tattoo-Studios der Stadt gezeigt. Ohne Erfolg. Das Seltsame ist außerdem, dass sich niemand aus dem Umfeld dieses Opfers«, er tippte auf das zweite Foto, »daran erinnern kann, dass die Frau überhaupt jemals ein Tattoo trug. Entweder hat sie das Tattoo außerhalb der Stadt, kurz vor ihrem Tod stechen lassen oder ihr Mörder kommt möglicherweise selbst aus dieser Szene. Das würde erklären, dass er seine Arbeit bei der Befragung nicht erkennen wollte.« Holper holte tief Luft. Lukas merkte ihm an, wie frustriert er über die festgefahrenen Ermittlungen war. »So oder so, es würde mich freuen, wenn Sie uns bei der Suche nach Informationen unterstützen könnten. Wenn es in beiden Fällen derselbe Täter sein sollte, müssen wir befürchten, dass es schon bald ein nächstes Opfer gibt.«

Wenn der Kommissar wüsste, wie recht er damit hatte … Lukas lächelte. »Bitte geben Sie mir alle Informationen, die Sie bisher zu den Fällen haben. Ich werde sehen, was ich herausfinden kann.«

Holper reichte zwei dünne Akten über den Tisch. »Das ist leider alles. Besonders zum ersten Opfer fehlen uns persönliche Informationen. Sie wurde nie als vermisst gemeldet und war in keiner Datenbank zu finden. Vielleicht können Sie über Ihre Kontakte herausfinden, wer sie ist.«

Lukas nahm die Akten entgegen und sah auf die Uhr. »Entschuldigen Sie, dass ich jetzt schon aufbrechen muss.« Er stand auf und reichte dem Kommissar die Hand. »Ich habe noch eine Observierung vor mir. Sie können sich darauf verlassen, dass ich mich bei Ihnen melde, sobald ich Informationen habe.«

× × ×

Lukas verließ das Café und fuhr zur Wohnadresse seiner aktuellen Zielperson. Dessen Arbeitgeber vermutete, dass sein Angestellter sich öfter krankmeldete, nur um in der freien Zeit schwarz an anderer Stelle zu arbeiten. Lukas hatte den Mann bereits mehrere Tage beobachtet und eine Vielzahl von Beweisen gesammelt. Fast jeden Nachmittag verließ der angeblich Kranke seine Wohnung und arbeitete auf einer Baustelle, die nur wenige Gehminuten entfernt lag.

Heute wollte Lukas den Auftrag abschließen. Während er vor der Wohnung wartete, warf er einen Blick in die Akten, die er von Kommissar Holper erhalten hatte, und dachte über das Gespräch nach. Die Polizei hatte tatsächlich nur wenige Fakten. Viel weniger, als er erwartet hatte. Er überlegte, welche Informationen er dem Kommissar geben konnte, ohne sich verdächtig zu machen. Natürlich wusste er so gut wie alles über beide Opfer, was es zu wissen gab, und hatte während seiner Recherchen akribisch Notizen gemacht. Er nahm sich vor, am Abend in den gesammelten Informationen zu stöbern. Es würde sich schon etwas Harmloses finden lassen. Zuerst wollte er sich aber noch ein wenig mit seinem Gast vergnügen.

× × ×

Frank Holper war zufrieden mit dem Verlauf des Gesprächs. Lukas Bender wirkte freundlich, hatte ein seriöses Auftreten und war sofort bereit gewesen, die Polizei zu unterstützen. Holper war überzeugt, dass es die richtige Entscheidung war, ihn als Berater zu engagieren. Es war allerdings auch seine letzte Hoffnung, in diesem Fall neue Erkenntnisse zu gewinnen. Zu lange trat das Ermittlerteam schon auf der Stelle und Holper wusste, dass die Ermittlungen früher oder später eingestellt würden, wenn es keine Fortschritte gab.

× × ×

Lukas beobachtete, wie seine Zielperson das Haus verließ und zur Baustelle schlenderte. Er folgte ihm unauffällig, die Kamera ständig einsatzbereit.

Nach einer Stunde hatte er genügend Fotomaterial und Notizen gesammelt, um die Überwachung zu beenden. Am nächsten Tag würde er dem Auftraggeber seine Ergebnisse präsentieren und den Auftrag abrechnen können. Sehr gut. Im Allgemeinen war Lukas Geld zwar nicht besonders wichtig, es war jedoch notwendig, um seinen Lebensunterhalt zu bestreiten und insbesondere für die Finanzierung seines teuren Hobbys.

Zu Hause angekommen, wärmte sich Lukas eine Tiefkühllasagne im Backofen auf und ging dann in den Keller. Der separate, schallgeschützte Kellerraum war gut versteckt. Wer nicht wusste, dass es neben den zwei offensichtlichen Räumen noch einen weiteren gab, würde auch bei genauerem Hinsehen nichts vermuten.

Lukas betrat den linken der beiden Räume, ging zu einem der schweren Wandregale aus Metall und zog an einer Verriegelung, die dahinter versteckt war. Ein Teil der Wand öffnete sich mitsamt dem daran angebrachten Regal und gab den Weg in den geheimen Raum frei. Die Türfugen waren zuvor von den Regalstreben verdeckt gewesen. Lukas war stolz auf seine Arbeit, die ihn mehrere Monate Planung und einige erfolglose Bauversuche gekostet hatte. Er betrat den Raum, zog die verborgene Tür hinter sich zu und verriegelte sie.

× × ×

Miriam hatte unruhig geschlafen. Immer wieder war sie aufgewacht und hatte vergeblich versucht, sich in eine bequemere Position zu bringen. An die Geräusche im Raum hatte sie sich dank der selbst gebastelten Ohrschützer inzwischen gewöhnt. Seit sie hier saß, hatte sie noch keinen Menschen zu Gesicht bekommen. Niemand hatte nach ihr gesehen oder ihr etwas zu essen oder zu trinken gebracht. Das konnte nur bedeuten, dass demjenigen, der sie hier eingesperrt hatte, nichts an ihrem Wohlergehen lag. Noch immer wollte sie nicht wahrhaben, dass Thomas, ihr erstes Date seit langer Zeit, für all das verantwortlich sein sollte. Er war so charmant und nett gewesen. Sie hatte den gemeinsamen Abend mit ihm sehr genossen. Sollte wirklich alles nur Fassade gewesen sein?

Plötzlich fiel Miriam auf, dass sich etwas verändert hatte. Es war still geworden. Jemand hatte das nervtötende Schnarchgeräusch abgeschaltet. Sie löste das Stoffband, das sie um ihren Kopf gebunden hatte, und atmete durch.

× × ×

Lukas schaltete die Lautsprecher der Kammer ab. Was er auf seinen Monitoren sah, war nicht das, was er erwartet hatte. Es war Miriam tatsächlich gelungen, sich vor den Geräuschen zu schützen, und sie hatte, wie ihm schien, sogar schlafen können. Lukas war beeindruckt. Zur Belohnung wollte er ihr etwas Ruhe gönnen.

Er holte die Aufzeichnungen über seine ersten Projekte, Julia und Heike, aus der Schublade und vertiefte sich zuerst in die Informationen, die er über Julia gesammelt hatte. Den Akten der Polizei konnte er entnehmen, dass die Ermittler nicht einmal ihren Namen herausgefunden hatten, geschweige denn ihren Wohnort oder regelmäßige Aufenthaltsorte.

Es sollte ihm sicher ein paar Pluspunkte bringen, dem Kommissar Julias Namen schon bald zu präsentieren. Lukas hatte aus beruflichen Gründen viele Kontakte in den Bars und Klubs, in die er Julia häufiger hatte gehen sehen. Wenn er dort ihr Foto herumzeigte, würde irgendjemand sie wiedererkennen. Leider konnte er nicht darauf verzichten, mit dem Foto durch die Klubs zu ziehen. Die Polizei musste die Informationen bei den Zeugen, die er nannte, selbst überprüfen können. Niemand durfte auf die Idee kommen, dass er diese Informationen schon vorher gehabt hatte.

Lukas stellte eine Liste zusammen. Heute war Freitag. Er würde den Großteil der Liste am nächsten Tag abarbeiten können und die restlichen Befragungen am Sonntag vornehmen, falls es nötig war. Schon am Montag könnte er dem Kommissar seine Ergebnisse präsentieren. Er freute sich darauf. Kommissar Holper würde jedes bisschen über die Tote dankbar annehmen und Lukas mit seinen scheinbar so hilfreichen Kontakten noch tiefer in die Ermittlungen einbeziehen. Das Spiel hatte begonnen.

Lukas verließ den Kellerraum, zog sich im Schlafzimmer um und holte dann Diktiergerät, Schreibutensilien und ein Foto von Julia, das er vom Kommissar erhalten hatte, aus seinem offiziellen Büro im Erdgeschoss des Hauses.

× × ×

Miriam hörte, wie eine schwere Tür geschlossen wurde. Sie versuchte, sich bemerkbar zu machen: »Hallo? Ist da jemand?«

Keine Antwort. Sie war furchtbar durstig und ihr Magen knurrte. Sie sah sich in ihrem winzigen Gefängnis um. Konnte sie sich irgendwie befreien? Wände und Fußboden waren weich gepolstert, es gab kein Fenster, nicht einmal die kleinste Ritze, durch die sie hätte hinaussehen können. Von innen war auch nicht zu erkennen, wo sich die Kammer öffnen ließ. Irgendwie musste sie ja schließlich hier hineingekommen sein.

Miriam stemmte sich nacheinander gegen jede einzelne Wand. Nichts bewegte sich. Sie betrachtete die Decke genauer. Die Zelle war nicht höher als zwei Meter. Miriam konnte einige Löcher erkennen, die an eine Dusche erinnerten, dazu ein paar schlitzförmige Öffnungen, aus denen ein kühler Luftzug strömte. Bei näherem Hinsehen entdeckte Miriam an mehreren Stellen kleine dunkle Punkte, die an verschiedenen Stellen auch in der

Wandverkleidung eingelassen waren. Was konnte das sein? Kameras. Natürlich! Winzige Kameras. Sie wurde beobachtet. Jemand erfreute sich daran, sie leiden zu sehen. Ihre Hoffnung schwand, in nächster Zeit den nagenden Hunger und Durst stillen zu können. So gut es möglich war, legte sich Miriam in eine Ecke und versuchte, die momentane Stille zu nutzen, etwas zu schlafen und Kraft zu schöpfen. So leicht wollte sie es ihrem Peiniger nicht machen.

× × ×

Der Ausflug durch die Nachtklubs und Bars auf Lukas' Liste brachte die erhofften Ergebnisse und endete schneller als erwartet. Einige der Barkeeper und Besucher erkannten Julia auf dem Foto wieder, auch wenn sie darauf blasser aussah als zu Lebzeiten. Lukas markierte die entsprechenden Lokale auf seiner Liste und notierte sich ein paar Namen und Telefonnummern, falls es Rückfragen geben sollte. Kommissar Holper würde begeistert sein.

Den Sonntag konnte Lukas ausnahmsweise ohne Arbeit genießen. Er verbrachte den Tag damit, das schöne Wetter auf seiner Terrasse mit Blick in den grünen Garten zu genießen. Miriam hatte er über seinen Laptop immer im Blick. Es erstaunte ihn, wie ruhig sie weiterhin blieb. Obwohl sich Lukas mehr Dramatik und Verzweiflung gewünscht hatte, war er angetan von ihrer Stärke. Er hatte sich nicht getäuscht. Diese Frau war etwas Besonderes und morgen, da war er sicher, würde er das bekommen, was er sich wünschte. Das große Finale stand auf dem Plan.

Am Abend schrieb er eine kurze E-Mail an Kommissar Holper und teilte ihm mit, dass er am nächsten Tag mit Informationen zu ihm kommen würde. Dann legte er sich schlafen, obwohl es für seine Verhältnisse noch früh war.

In der Nacht träumte er davon, Miriam zu brechen und ihr in den letzten verzweifelten Minuten ihres Lebens zuzusehen.

× × ×

Miriam wurde von einem Geräusch geweckt, das sie in der letzten Zeit öfter gehört hatte. Eine schwere Tür wurde geöffnet und wieder geschlossen. Trotz der Enge in ihrer Zelle hatte Miriam eine ruhige Nacht verbracht. Aber ihr Durst wurde unerträglich. Ihr Mund war so trocken, dass die Zunge regelrecht am Gaumen klebte. Miriam versuchte, um Hilfe zu rufen, doch sie bekam kaum noch einen Ton heraus.

× × ×

Lukas schaltete die Monitore der verschiedenen Kameras ein und überprüfte seine Aufnahmegeräte. Dann kontrollierte er noch einmal alle Kabel und regelte das Licht in der Kammer zu einem Ozeanblau. Perfekt. Er ging zum Zulaufventil und drehte es bis zum Anschlag auf.

× × ×

Miriam sah nach oben. Aus den Öffnungen an der Decke tröpfelte Wasser. Angenehm kühles Wasser. Es war ziemlich warm in ihrer Zelle, da tat ihr die kühlende Dusche ausgesprochen gut. Miriam formte ihre Hände zu einer Schale, mit der sie das Wasser auffing, und trank, bis ihr Durst gestillt war. Sie genoss den erfrischenden Regen und vergaß für einen kurzen Moment sogar ihre missliche Lage.

Erst nach ein paar Minuten, als das Wasser bis zu ihren Knöcheln reichte, realisierte Miriam, dass es nicht aus der Kammer ablief und der Pegel langsam, aber stetig weiter stieg. Die Freude über die unerwartete Abkühlung wich schlagartig der Gewissheit, was hier geschehen sollte. Sie überlegte fieberhaft, welche Möglichkeiten ihr blieben.

»Hilfe! Bitte!« Sie versuchte es erneut mit Rufen, doch eine Antwort erhielt sie auch dieses Mal nicht. Das Wasser reichte ihr inzwischen bis zur Hüfte. Miriam wusste, dass sie bald schwimmen mussten, um sich über Wasser zu halten. Auch wenn ihr Kleid sportlich geschnitten war, würde es sie dabei behindern. Kurzerhand zog sie es aus und stopfte es in die Öffnung der ›Toilette‹, damit sie sich beim Schwimmen nicht im Stoff verhedderte.

× × ×

Lukas saß gespannt vor seinen Monitoren und beobachtete, wie Miriam sich das Kleid über den Kopf streifte. Sie verhielt sich völlig anders als seine bisherigen Gäste. Selbst jetzt, da ihr klar geworden sein musste, dass ihr Ende näher rückte, behielt sie einen klaren Kopf und verfiel nicht in Panik.

Das Wasser war nun so weit gestiegen, dass sie schwimmen musste. Lukas fragte sich, wie lange sie wohl durchhalten würde. Heike hatten schon nach wenigen Minuten die Kräfte verlassen, aber Miriam war athletischer, vielleicht konnte sie ihm ein wenig länger Freude bereiten.

Plötzlich hörte Lukas die Haustürklingel. Er hatte eine zusätzliche Klingelleitung in den schalldichten Raum verlegt und eine weitere Glocke angebracht. Er wollte nicht verpassen, wenn jemand an der Tür war, während er sich mit seinem Gast beschäftigte. Irritiert schaltete Lukas einen Monitor auf die Leitung der Türkamera. Er erwartete keinen Besuch. Verdammt! Als sich das Bild aufbaute, erkannte er den Kommissar. Frank Holper konnte er nicht ignorieren. Schnell ging er zur Kammer und schloss das

Ventil. Das Wasser stand schon bis knapp unter die Decke. Hoffentlich hielt Miriam durch, bis er zurückkam! Livebilder waren so viel aufregender als eine Videoaufzeichnung. Schnell verschloss er den Keller, eilte die Treppe hinauf, wartete noch einen Moment, bis sich sein Atem und Herzschlag etwas beruhigt hatten, und öffnete die Tür.

× × ×

Holper hatte am Morgen wie gewöhnlich zuerst seine E-Mails abgerufen. Eine Mitteilung von Lukas Bender hatte er so schnell nicht erwartet, schon gar nicht einen so schnellen Erfolg. Jetzt hielt es ihn nicht mehr im Büro. Obwohl er wusste, dass es nicht besonders höflich war, unangemeldet bei Bender zu erscheinen, konnte er es nach so langer Ermittlungszeit ohne Fortschritte nicht abwarten, neue Hinweise zu bekommen. Also ignorierte er seine gute Erziehung für einen Moment.

Lukas Bender wohnte in einer der Gegenden der Stadt, in denen sich Holper niemals ein Haus hätte leisten können. Das Haus stand auf einem großzügigen Grundstück und musste ein kleines Vermögen gekostet haben. ›Privatdetektiv müsste man sein‹, dachte Holper und seufzte. Eine hüfthohe Zypressenhecke trennte das Grundstück von der Straße, der Rasen im Vorgarten war frisch gemäht und von ein paar blühenden Sträuchern gesäumt. Holper trat durch das Tor, ging den hell gepflasterten Weg entlang zur Haustür und klingelte.

Als Lukas Bender die Tür öffnete, wirkte er ein wenig abgehetzt. Er bat den Kommissar freundlich herein, führte ihn auf direktem Weg in ein kleines, aber aufgeräumtes Büro und bot ihm den Besucherstuhl an. Durch ein Fenster zur Rechten hatte man einen schönen Blick in den großzügigen Garten auf der Rückseite des Hauses. Bender nahm in einem Bürostuhl hinter dem Schreibtisch Platz.

× × ×

Kurz nachdem Miriam ein Klingeln gehört hatte, war das Wasser abgestellt worden und jemand hatte die schwere Tür geöffnet und wieder geschlossen. Thomas – sofern das überhaupt der richtige Name ihres Entführers war – hatte den Raum verlassen. Vielleicht war unerwarteter Besuch aufgetaucht. Miriams Situation hatte sich dadurch kaum verbessert. Auch wenn das Wasser nicht weiter stieg, stand es bereits so hoch, dass sie nicht mehr stehen konnte. Miriam war sportlich und eine geübte Schwimmerin, doch lange würde sie das Dauerschwimmen in der Zelle, die ihr nur einen sehr beschränkten Bewegungsspielraum gab, nicht durchhalten.

Miriam atmete ein paar Mal tief durch und tauchte bis zum Boden. Dort drückte sie sich mit Rücken und Armen an eine Seite der Zelle und stemmte mit aller Kraft ihre Beine gegen die gegenüberliegende Wand. Keine Chance. Die Wände gaben keinen Millimeter nach. Miriam tauchte wieder auf und atmete durch.

× × ×

Lukas konnte nur mit Mühe eine freundliche Haltung wahren, während sich der Kommissar für sein unangemeldetes Erscheinen entschuldigte und ausführlich erklärte, warum Lukas' Ergebnisse so wichtig für ihn und die Kollegen waren. Aus Sicht des Kommissars mochte das durchaus verständlich sein, aber in Lukas' Keller kämpfte eine Frau um ihr Leben und er konnte nicht dabei zusehen! Wenn er den Kommissar nicht schnell wieder loswurde, blieben ihm nur die aufgezeichneten Videos der letzten Minuten in Miriam Homeiers Leben. Es war zum Verrücktwerden.

»Ich habe ein paar Kontakte mobilisiert«, erklärte er. »Dabei bekam ich verschiedene Hinweise auf Lokale, Bars und Klubs in denen sich Julia, wie die Frau vermutlich heißt, aufgehalten hat. Sie hat anscheinend gelegentlich als Bedienung gearbeitet. Hier ist eine Aufstellung der Orte, an denen man mir bestätigt hat, dass die Frau dort gesehen wurde.« Lukas reichte die Liste mit den Adressen über den Tisch. »Ich habe auch einige Namen und Telefonnummern notiert, falls Sie oder Ihre Kollegen die Zeugen selbst noch einmal befragen möchten.«

Der Kommissar nahm die Liste entgegen, überflog die Einträge und nickte. »Wunderbar. Ich danke Ihnen vielmals. Sie haben in wenigen Tagen mehr herausgefunden als meine Mannschaft in der ganzen bisherigen Zeit. Das wird uns hoffentlich weiterbringen.« Er zögerte kurz und fuhr dann fort: »Es ist mir schon fast unangenehm zu fragen … aber denken Sie, dass Sie über Ihre Kontakte noch mehr Informationen zu den Gewohnheiten dieser Julia beschaffen können? Vielleicht gelingt es Ihnen ja, eine Verbindung zwischen ihr und dem zweiten Opfer zu finden.«

Ich bin die Gemeinsamkeit, schmunzelte Lukas in Gedanken. »Ich werde schauen, was ich in Erfahrung bringen kann. Das wird aber sicherlich einige Tage dauern, Herr Holper.« Er stand auf und ging um den Schreibtisch herum. »Übrigens, ich heiße Lukas.« Er reichte Holper die Hand. »Jetzt, da wir eine Weile zusammenarbeiten werden, könnten wir uns doch auch duzen.«

»Danke, gerne. Ich bin Frank. Vielen Dank noch einmal für deine Hilfe. Ich will dich dann mal nicht weiter von deiner Arbeit abhalten. Entschuldige den morgendlichen Überfall.« Holper verabschiedete sich. Endlich.

× × ×

Miriam atmete so lange tief ein und aus, bis ihr schwindelig wurde. Dann tauchte sie wieder ab und stemmte sich dieses Mal gegen die anderen Wände. Nichts. Miriam nahm all ihre Kraft zusammen. Noch ein Versuch. War da ein leises Knacken? Sie schluckte Wasser und hustete beim Auftauchen. Ja! Der Wasserspiegel begann, langsam zu sinken. Miriam atmete auf. Ihre Kraft hatte nicht gereicht, sich zu befreien, doch die Zelle hatte an irgendeiner Stelle nachgegeben, sodass sie das Wasser nicht mehr halten konnte. Miriam war gerettet – für den Moment. Sie nutzte das letzte ablaufende Wasser, noch einmal ihren Durst zu stillen. Schließlich wusste sie nicht, wann sie das nächste Mal etwas zu trinken bekommen würde.

× × ×

Nachdem Lukas die Tür hinter dem Kommissar geschlossen hatte, eilte er angespannt die Treppe hinunter. Beim Betreten des Kellerbodens verursachten seine Schuhe ein platschendes Geräusch. *Was zum Teufel …?* Der Boden war fast vollständig mit Wasser bedeckt. Lukas rannte zum versteckten Wanddurchgang. Er hatte ihn in der Hektik nicht ganz geschlossen. Eine solche Unachtsamkeit durfte ihm nicht noch einmal passieren! Doch wo kam das Wasser her? Lukas stürzte in den Nebenraum, in dem die Kammer stand. Das durfte nicht wahr sein! Die Zelle war ausgelaufen und das Wasser – fast zwei Kubikmeter – hatte sich über den gesamten Keller verteilt. Hatte er bei der Konstruktion einen Fehler gemacht? War sie doch nicht so wasserdicht, wie er gedacht hatte? Bei Heike hatte noch alles einwandfrei funktioniert. Sollte es Miriam irgendwie geschafft haben, das Wasser auslaufen zu lassen?

Lukas ging zu seinem Computer und spielte die Aufnahmen der letzten Stunde ab. Ungläubig sah er sich die Bilder an. Tatsächlich! Miriam hatte nicht nur durchgehalten, es war ihr sogar gelungen, sich aus der lebensbedrohlichen Situation zu befreien. Lukas hatte die Stabilität der Kammer darauf ausgelegt, dass er sie vollständig mit Wasser füllen konnte. Er wäre nie auf die Idee gekommen, dass sein Gast zusätzlichen Druck auf die Wände ausüben könnte. Verdammt! Jetzt, da er die Frauenkammer nicht mehr in ein Aquarium verwandeln konnte, musste er sich etwas Neues überlegen. Selbst wenn er Miriam betäubte, würde das Gas nicht lange genug wirken, dass er die Kammer reparieren konnte. Er wusste nicht einmal, was genau beschädigt war. Wenigstens konnte er darauf hoffen, dass es nur ein minimaler Schaden war, sonst hätte Miriam sicher versucht, sich aus der Kammer zu befreien. Vielleicht hätte sie sogar Erfolg gehabt.

Die nächsten Stunden verbrachte Lukas damit, den Kellerboden trockenzulegen. Glücklicherweise hatte seine technische Ausstattung keinen Schaden davongetragen. Er wollte sich nicht vorstellen, was passiert wäre, wenn das Wasser einen Kurzschluss im Computer verursacht hätte. Ab sofort würde er jeden Abend ein Back-up seiner Videos auf einer externen Festplatte sichern und sie in einer feuer- und wasserfesten Box aufbewahren.

Todmüde fiel Lukas am späten Abend ins Bett. Der Wasserschaden war beseitigt und die Kammer war stabil genug, dass er sie unbeaufsichtigt lassen konnte. Alles Weitere würde er sich am nächsten Tag überlegen.

× × ×

Am frühen Morgen riss Lukas sein Handy mit ›Die Hard‹ aus dem Schlaf. Etwas verschlafen nahm er das Gespräch an. Es war eine Kundin, für die er schon einige Male gearbeitet hatte und die immer bereit war, gute Preise und hohe Spesen für seine Dienste zu zahlen. Dieses Mal rief sie für ihre Tochter an, denn die vermutete, dass ihr Mann heimlich das gemeinsame Geld im Casino verspielte, wenn er für einige Tage die Stadt verließ; angeblich für eine Geschäftsreise.

Lukas gähnte. Der Fall klang nicht besonders interessant, doch er konnte nicht auf das Geld verzichten. Also ließ er sich alle notwendigen Daten geben und sagte der Kundin zu, den Schwiegersohn bei der nächsten ›Geschäftsreise‹ zu überprüfen.

Erst als er aufgelegt hatte und die Notizen noch einmal überflog, realisierte er, dass der Verdächtige bereits gestern abgereist war. Lukas musste die Stadt schon heute für einige Tage verlassen, um den Auftrag zu erfüllen. Er hatte während des Gesprächs nicht daran gedacht, dass sich eine Besucherin im Keller befand, die seine Aufmerksamkeit benötigte. Lukas überlegte. Absagen konnte er der Kundin nicht mehr, das würde seinen Ruf schädigen und ihn um einen größeren Geldbetrag bringen.

Bis jetzt hatte er noch nicht die Zeit gehabt, einen neuen Plan für Miriams letzte Momente zu entwerfen, und er wollte die Zeit mit ihr nicht unter Druck beenden. Also musste er sicherstellen, dass Miriam seine Abwesenheit überstand.

Gleich nach dem Frühstück fuhr Lukas in einen nahe gelegenen Supermarkt und kaufte einige Plastikflaschen mit Wasser sowie zwei abgepackte Brote, fertig in Scheiben geschnitten. Mehr würde sie nicht brauchen.

* * *

Miriam erwachte nach einer unruhigen Nacht. Sie hatte sich trotz der vielen Stunden, die sie schon in Gefangenschaft war, nicht daran gewöhnen können, in dieser Enge zu schlafen. Zudem hatte sie der Gedanke an die Todesgefahr, in der sie gestern geschwebt hatte, nicht zur Ruhe kommen lassen. Seit wann war sie hier? Seit zwei Tagen? Oder vier? Sie wusste es nicht. Auf jeden Fall wurde ihr Hunger immer unerträglicher.

Sie war noch nicht lange wach, da wurde ihr plötzlich schwindelig und eine bleierne Müdigkeit überkam sie. Als sie wieder zu sich kam, lagen neben ihr zwei Packungen Schwarzbrot in Scheiben und sechs Eineinhalb-Liter-Flaschen Wasser. Thomas, oder wie er auch immer hieß, musste sie kurzzeitig betäubt haben. Vermutlich mit einem Gas, das er durch die Lüftungsschlitze eingeleitet hatte. Miriam griff sofort nach einer Flasche und leerte sie zur Hälfte. Anschließend nahm sie gleich mehrere Scheiben Brot auf einmal und schlang sie förmlich herunter. Sie hatte nie gedacht, dass Wasser und Brot ohne jeden Belag so gut schmecken konnten. Welchen Grund Thomas haben konnte, ihr gerade jetzt etwas zu essen und trinken zu geben, war ihr in diesem Moment egal.

× × ×

Lukas hatte die kurze Zeit von Miriams Betäubung genutzt, ihr das gekaufte Brot und Wasser in die Zelle zu legen und zu überprüfen, ob er größere Beschädigungen entdecken konnte. Die Stabilität der Kammer schien nicht beeinträchtigt. Der kleine Riss in der nachträglich angebrachten wasserdichten Verkleidung, den Miriams Ausbruchversuch verursacht hatte, machte ihm keine Sorgen. Lukas verließ den Kellerraum und verriegelte sorgfältig den Eingang.

In der Küche schob er sich schnell eine Tiefkühlpizza in seinen Mini-Ofen und nutzte die Backzeit, für den Kurztrip zu packen. Als er die Pizza aus dem Ofen holte, roch sie angebrannt und der Boden hatte ein paar Röstaromen zu viel bekommen, was den Geschmack der ohnehin faden Kost nicht verbesserte. Gut ein Drittel landete im Mülleimer. Nach dem Essen ging Lukas kurz unter die Dusche und wechselte die Kleidung. Dann machte er sich in seiner dunkelblauen Limousine auf den Weg.

In der Stadt verfluchte er die Größe seines Wagens oft, insbesondere, wenn er wieder einmal einen Parkplatz in der Innenstadt finden musste. Aber der Ort, in dem seine Zielperson auf ›Geschäftsreise‹ sein sollte, lag gut viereinhalb Autostunden entfernt und für größere Strecken wollte er nicht auf den Komfort verzichten, den der Luxuswagen ihm bot. Am Abend würde Lukas das Dreisternehotel erreichen, in dem er kurzfristig ein Einzelzimmer mit Fernseher und Internetanschluss auf Kosten seiner Auftraggeberin gebucht hatte.

× × ×

Kommissar Holper verbrachte den ganzen Dienstag damit, die Befragung der Personen auf Lukas Benders Liste zu organisieren. Er wollte gern persönlich bei den Gesprächen dabei sein und ging daher davon aus, dass sich die Aktion bis zum Wochenende hinziehen würde. Jetzt, da sie vom ersten Opfer den Vornamen kannten, wollte sich Holper an die Presse wenden. Vielleicht konnte ein Foto der Tattoos Hinweise aus der Bevölkerung bringen. Bei der größten überregionalen Tageszeitung kannte Holper einen Redakteur, dem er die Fotos schickte. Natürlich würden die Bilder auch über die Pressestelle an verschiedene Medien gesendet, aber auf dem direkten Weg war die Chance höher, dass der Aufruf schnell veröffentlicht wurde. Wie erwartet sagte ihm der Redakteur den Druck noch in der Ausgabe des folgenden Tages zu.

× × ×

Miriam hatte zum ersten Mal seit dem Abend, an dem sie ihrem Kidnapper in die Hände gefallen war, keinen Hunger. Gut die Hälfte einer Packung Brot hatte sie im Laufe der letzten Stunden gegessen. Nachdem sie aus der Betäubung erwacht war, hatte sie keine Geräusche mehr von außerhalb der Kammer vernommen. War der Mann, der sie gefangen hielt, gegangen? Vielleicht sogar für mehr als ein paar Stunden? Das würde erklären, weshalb er ihr diese Menge an Essen und Trinken gegeben hatte, während sie zuvor weder ihren Hunger noch ihren Durst stillen durfte. Wenn man von dem Wasser absah, das ihr beinahe zum Verhängnis geworden war.

In der Kammer war es nach dem unfreiwilligen, aber erfrischenden Bad wieder so warm geworden, dass Miriams Kleid bereits getrocknet war und sie es als Kopfkissen verwenden konnte. Vielleicht gelang es ihr so, wenigstens ein bisschen besser zu schlafen.

KLAUS

Linda saß wie jeden Morgen um sieben Uhr am Frühstückstisch und aß ihr Früchtemüsli mit Honig und Milch. Die Tageszeitung lag aufgeschlagen auf einem Stuhl neben ihr. Vor der Arbeit überflog sie meist ein paar Artikel und las ansonsten nur die Überschriften. Am Abend konnte sie sich mehr Zeit für die Lektüre nehmen.

Auf Seite drei erregte ein Foto von einem Schmetterling ihre Aufmerksamkeit. Nein, es war kein Foto, sondern eine Zeichnung. Besser gesagt, ein Foto von einer Zeichnung. Linda sah an ihrem rechten Bein hinunter und wieder in die Zeitung. Verblüffend, wie ähnlich die Zeichnung ihrem Tattoo war. Sie sah genauer hin. Eigentlich sah sie sogar genauso aus wie ihr Tattoo. Sogar das verschnörkelte ›L‹ im linken Flügel war auf dem Foto zu sehen. Linda las den Text neben der Abbildung:

›Die Polizei bittet um Ihre Mithilfe. Wer hat dieses Tattoo (Foto links) schon einmal gesehen oder weiß, von welchem Tätowierer es gestochen wurde? Das Tattoo zeigt einen Schmetterling mit ausgebreiteten Flügeln. In seinem linken Flügel befindet sich zentral ein in geschwungener Schrift gezeichnetes ›L‹. Für sachdienliche Hinweise wenden Sie sich bitte an Ihre örtliche Polizeidienststelle. Für Hinweise, die zur Klärung der Herkunft des Tattoos führen, ist eine Belohnung in Höhe von 2.000 € ausgesetzt.‹

Linda dachte nach. Sie hatte ihren Schmetterling vor über zwanzig Jahren in einem Studio in ihrem Heimatort stechen lassen. Damals lebte sie noch in ihrem Elternhaus. Sie hatte das Foto von einem tropischen Ritterfalter in einem ihrer Studienbücher entdeckt und fand den bunt schillernden Schmetterling so faszinierend, dass sie ihn auf ihrem rechten Knöchel verewigen lassen wollte. Heute hätte sie vermutlich anders entschieden.

Zweitausend Euro konnte Linda gut gebrauchen. Mit ihrem Gehalt kam sie über die Runden, größeren Luxus konnte sie sich aber nicht leisten. Sie nahm sich vor, gleich nach der Arbeit bei der Polizei anzurufen. Ob es dieses Tattoo-Studio wohl noch gab?

× × ×

Miriam hatte nur kurz, dafür vergleichsweise erholsam geschlafen. Außerhalb der Kammer war noch immer nichts zu hören. Ihr Entführer schien tatsächlich nicht im Haus zu sein, sonst hätte er inzwischen nach ihr gesehen. Sie beschloss, noch einmal zu versuchen, aus ihrer Zelle auszubrechen. Immerhin hatte sie es beim letzten Versuch geschafft, die Kammer zu beschädigen.

Miriam setzte sich zurecht und lehnte sich mit dem Rücken an eine Seitenwand. Dann winkelte sie die Beine an und trat mit aller Kraft gegen die Wand gegenüber, wieder und immer wieder. Erst als die Schmerzen in Knien und Füßen sie dazu zwangen, machte sie eine Pause. Aber aufgeben kam auf keinen Fall infrage. Sie drehte sich um neunzig Grad nach rechts. Moment. Die Schritte des Mannes, der für all das hier verantwortlich war, hatte sie meist aus der anderen Richtung kommen gehört. Es war gut möglich, dass sich dann dort auch die Öffnung der Kammer befand. Sie drehte sich in die entgegengesetzte Richtung. Die Schmerzen hatten etwas nachgelassen, also konnte es weitergehen. Zweimal tief ein- und ausatmen, die Beine anspannen, zurücklehnen und mit aller Kraft gegen die Wand treten. Einmal. Nichts. Zweimal. Wieder nichts. Ein drittes Mal. Die Schmerzen wurden stärker. Noch ein vierter Versuch.

Stopp! Miriam setzte sich ruckartig auf. Hatte die Wand sich gerade bewegt oder hatte nur die Polsterung nachgegeben? Sie versuchte es wieder. Tatsächlich! Die Wand gab nach. Nicht viel, aber mit jedem Tritt ein paar Millimeter. Miriam gönnte sich keine weitere Pause. Ihr Körper wurde regelrecht von Adrenalin durchflutet.

Nach einer gefühlten Ewigkeit wurde ein Spalt in der Ecke der Kammer sichtbar, durch den Licht hereinfiel. Miriam biss die Zähne aufeinander. Tränen liefen über ihr Gesicht, so sehr schmerzten die Beine bei jedem Tritt, doch mit jeder Winzigkeit, die der Spalt breiter wurde, stieg ihre Zuversicht. Dann endlich schlug die Tür der Zelle mit einem Knall auf. Sie hatte es geschafft! Miriam stieg mit wackeligen Schritten hinaus und sah sich um.

Sie stand in einem Raum ohne Fenster und Türen. Die Luft war angenehm frisch und kühl. Vom Schweißgeruch ihres Gefängnisses war hier draußen nichts zu merken. Es musste eine Frischluftzufuhr geben. Die Zelle, in der sie so lange festgehalten worden war, war an einer Wand des Raumes aufgebaut. Sie sah, dass ihre Tritte die Verschraubung der Türscharniere aus den Eckbalken gerissen hatten. Hätte sie sich dafür entschieden, gegen die andere Wand zu treten, hätte sie niemals Erfolg gehabt.

Außer der Zelle gab es in dem kargen Raum nur einen Schreibtisch, auf dem mehrere Monitore standen, eine Werkbank und ein Regal. Miriam sah auf die Monitore. Sie zeigten aus verschiedenen Blickwinkeln das Innere der winzigen Zelle. Es gab deutlich mehr Kameras in der Kammer, als sie entdeckt hatte. Sie drehte an einigen Reglern und beobachtete, wie sich die Farbe des Lichts im Inneren änderte. Thomas musste viel Zeit und Geld in die Konstruktion gesteckt haben. Sie folgte den Kabeln von den Monitoren bis zum Computer. Vielleicht hatte sie Glück und er war an das Internet angeschlossen. Sie schaltete den einzigen Monitor ein, der bislang kein Bild gezeigt hatte. Auf dem Display erschien ein Bildschirmschoner: ein Comic von einem Frosch in der Mikrowelle, der nach einigen Sekunden platzte. In Endlosschleife. Miriam verzog angewidert das Gesicht und bewegte schnell die Maus.

›Der Bildschirm wurde gesperrt. Bitte geben Sie das Passwort für den Benutzer Lukas ein.‹

Lukas hieß er also. Sie probierte verschiedene Passwörter aus, die ihr einfielen, doch ohne Erfolg. Schließlich gab sie auf, schaltete den Monitor wieder aus und sah sich weiter im Raum um.

Die Wände waren ursprünglich kahl gewesen, wie in einer Lagerhalle oder einem Keller, doch jetzt hingen überall Fotos und Notizen. Sie entdeckte auch Fotos von sich. Das Kidnapping war also von langer Hand geplant, ihr Entführer hatte sie schon seit Wochen beobachtet. Miriam sah Aufzeichnungen über Dinge, die sie niemals jemandem erzählt hatte. Ihr lief ein Schauer über den Rücken. Jetzt konnte sie sich auch erklären, warum ihr Thomas beim Treffen im Klub schon nach kurzer Zeit so vertraut gewesen war und wie er ihr immer das sagen konnte, was sie hören wollte.

In der Sammlung an den Wänden gab es auch Bilder von anderen Frauen mit entsprechenden Notizen. Die Fotos von zwei von ihnen waren mit einem dicken roten X markiert. Miriam war also nicht sein erstes Opfer. Sie fragte sich, was wohl mit den beiden geschehen war. Hatte er sie tatsächlich ertränkt? Bei der Vorstellung, wie knapp sie dem Tod entkommen war, bekam sie weiche Knie. Ertrinken musste ein grauenvoller Tod sein.

Miriam versuchte, auf andere Gedanken zu kommen. Auf einer Werkbank an der Wand lagen Gegenstände, die sie bei näherer Betrachtung als Tätowiermaschine und die dazugehörigen Farben erkannte. Sie suchte alle Wände nach einer Tür oder einer anderen Fluchtmöglichkeit ab. An einer Stelle entdeckte sie Fugen, die eine versteckte Tür sein konnten. So sehr sie aber daran zog und schob, sie regte sich nicht. Nach draußen würde sie so nicht gelangen. Vielleicht musste sie das auch nicht. Sie hatte eine Idee.

Miriam durchsuchte den Raum nach etwas, das als Waffe geeignet war. Neben der Zelle standen mehrere Gasflaschen. Von einer führte ein Schlauch zu einem Anschluss in der Wand der Kammer. Sie enthielt wohl das Gas, mit dem er sie betäubt hatte. Miriam hob eine der Flaschen an. Sie war schwer genug, einen Mann von Lukas' Statur außer Gefecht zu setzen, aber nicht zu schwer, sie zu heben. Miriam würde nur einen Versuch haben. Sie trug die Flasche zur vermuteten Wandöffnung, setzte sich mit dem Rücken an die Wand und wartete.

× × ×

Linda schloss die Haustür auf, trat die Schuhe von den Füßen und ging direkt ins Wohnzimmer. Dort ließ sie sich erschöpft auf ihr breites himbeerfarbenes Sofa fallen. Den ganzen Tag lang hatte sie dem eintönigen Piepsen der Supermarktkasse zuhören müssen und sich über unfreundliche Kunden geärgert. Viele waren genervt, bei jedem Einkauf den gleichen Satz zu hören: ›Guten Tag, haben Sie eine Bonuskarte?‹ Aber keiner von ihnen verschwendete auch nur einen Gedanken daran, wie sehr diese Frage an Lindas Nerven zerrte. Sie musste den Satz schließlich nicht nur einmal hören, sondern Hunderte Male am Tag sprechen. Sie hatte schon oft daran gedacht, sich ein T-Shirt entsprechend bedrucken zu lassen und bei jedem Kassiervorgang mit einem Fingerzeig darauf aufmerksam zu machen. Aber dafür verstand die Geschäftsführung zu wenig Spaß.

Linda streckte sich, legte die Füße auf den kleinen Glastisch, der vor dem Sofa stand, und nahm die Zeitung, die sie am Morgen zurechtgelegt hatte. Jetzt fiel es ihr wieder ein. Sie sah sich erneut den Aufruf der Polizei und das Foto des Schmetterlings-Tattoos an. Kein Zweifel. Es sah genauso aus wie ihr eigenes.

Linda stand ächzend auf und holte das schnurlose Telefon aus dem Flur. Sie tippte auf ein paar Tasten, um die Rufnummernunterdrückung einzuschalten. Den Tipp wollte sie doch lieber anonym geben. Zweitausend Euro waren das Risiko nicht wert.

* * *

Lukas hatte viele Stunden mit der Überwachung seiner Zielperson verbracht. Der angeblich spielsüchtige Ehemann war zu mehreren Besprechungen gegangen, hatte stets allein zu Mittag und Abend gegessen und war kein einziges Mal im örtlichen Casino zu sehen gewesen. Lukas bezweifelte, dass die Befürchtungen der Kundin und deren Tochter begründet waren. Fast tat ihm der Mann leid.

Diesen Abend hatte sich Lukas freigenommen, nachdem die Zielperson in ihrem Hotelzimmer verschwunden war. Er wollte in Ruhe einen Blick auf seinen Gast in der Kammer werfen. Im Moment konnte sich Miriam eigentlich nicht beklagen, immerhin hatte er ihr zu essen und zu trinken gegeben. Das war mehr, als er ihren Vorgängerinnen zugestanden hatte. Lukas öffnete sein Notebook, schloss das Netzkabel an und wählte sich in das WLAN des Hotels ein. Die Bandbreite der Internetverbindung war mäßig. Eine gute Bildqualität der Videoübertragung aus seinem Haus konnte er nicht erwarten.

Das Handy machte Lukas mit einem Piepsen auf eine eingegangene SMS aufmerksam. Frank Holper teilte ihm mit, dass sie einen anonymen Tipp erhalten hatten. Näheres könnten sie am nächsten Vormittag in Franks Büro besprechen. Lukas öffnete die gesicherte Verbindung zu seinem Server. Der Ladevorgang schien eine Ewigkeit zu dauern. Zeit genug, Frank zu schreiben, dass sie die Besprechung um ein paar Tage verschieben mussten.

Endlich bekam er ein Bild von der leeren Zelle. Lukas stockte der Atem. Leere Zelle? Er unterbrach das Tippen der SMS, legte das Handy zur Seite und beendete die Videoverbindung. Das konnte nur ein Übertragungsfehler sein. Nach ein paar Sekunden startete er die Verbindung erneut. Als das Bild auf dem Monitor erschien, war die Zelle immer noch leer. Die Tür stand offen und das Licht hatte sich zu einem gelblichen Grün verändert. Lukas erstarrte. Miriam hatte sich befreit.

Außerhalb der Kammer hatte Lukas mehr als eine Kamera zur Überwachung nicht für nötig gehalten. Schließlich sollte es unmöglich sein, aus der Kammer zu entkommen. Doch so unmöglich, wie er gedacht hatte, war es offenbar nicht. Lukas versuchte, das Bild von der Kamera, die den Kellerraum überblickte, auf seinem Laptop anzeigen zu lassen, doch der Bildschirm blieb schwarz. Verbindungsfehler. Noch einmal startete er die Verbindung neu. Nun bekam er auch keine Bilder mehr von den übrigen Kameras. Dass dieses verfluchte Hotel so am Service knauserte! Aber andere Seiten funktionierten problemlos. Nur mit seinem heimischen Server konnte er sich nicht mehr verbinden. Hektisch begann Lukas zu packen. Er würde unverzüglich auschecken und abreisen, laufender Auftrag hin oder her.

* * *

Miriam war plötzlich eingefallen, dass Lukas sicherlich auch von außerhalb auf seine Überwachungskameras zugreifen konnte, und sie wusste nicht, ob er auch den ganzen Raum mit Kameras ausgestattet hatte. Miriam rannte zum Computer und zog alle Kabel, die sie entdecken konnte, aus ihren Anschlüssen. Das Passwort zu erraten, war ohnehin aussichtslos. Die Bilder verschwanden von den Monitoren und das leise Brummen des Lüfters im PC-Gehäuse verstummte.

× × ×

Frank Holper hatte keine große Hoffnung in die Veröffentlichung des Fotos gesetzt. Es gab Tausende verschiedene Schmetterlingstattoos und für die Belohnung von Zweitausend Euro würden ein paar Halunken vermutlich ihr Glück versuchen. Schlimmstenfalls verbrachten er und seine Kollegen die nächsten Wochen damit, Hinweisen nachzugehen, die ins Leere führten.

Er hatte sich geirrt. Auf die Anzeige hin waren bislang nur wenige Anrufe und E-Mails bei der Polizei eingegangen, die sich allesamt schnell als nutzlos erwiesen. Nur eine Frau hatte das Tattoo zweifelsfrei erkannt. Der Tippgeberin schien es nicht um die Belohnung zu gehen, denn sie hatte den Kollegen einer etwa einhundert Kilometer entfernten Dienststelle die Adresse eines Tattoo-Studios nur anonym genannt. Der Informationsstand der Frau war bereits einige Jahre alt, doch das besagte Studio existierte noch. So viel hatten die Kollegen vor Ort inzwischen festgestellt.

Holper erhoffte sich einiges von dieser Spur, denn das Tattoo war nach Meinung der Tätowierer, die sie bereits befragt hatten, recht ungewöhnlich. Die Chance, dass es eine direkte Verbindung zu diesem Studio gab, war hoch. Daher wollte Holper dem Hinweis unbedingt persönlich nachgehen. Und es konnte nicht schaden, Lukas dabeizuhaben. Also hatte er ihm sofort eine Kurznachricht mit der Bitte um ein Treffen im Kommissariat aufs Handy geschickt. Vielleicht konnten sie schon am nächsten Tag zu einer Befragung fahren.

× × ×

Lukas saß im Wagen und fuhr, nein, raste in Richtung Heimat. Die Verkehrsregeln waren ihm egal. Wenn er nicht in einen Stau auf der Autobahn geriet, konnte er in etwa dreieinhalb Stunden zu Hause sein – eine Stunde schneller als auf dem Hinweg.

Während der Fahrt gab er über die Freisprecheinrichtung des Fahrzeugs den Befehl, ein Telefonat zu starten. »Anruf an Frank Holper.« Das Gerät quittierte den Sprachbefehl mit einem kurzen Piepton. Nach dreimaligem Klingeln meldete sich Frank.

»Hier ist Lukas Bender. Du hattest eine SMS geschickt?«

»Guten Abend, Herr Ben…, ähm … Hallo Lukas. Schön, dass du dich heute noch meldest. Wir haben eine neue Spur.«

»Sehr gut! Was für eine?«

»Eine Frau hat uns den Hinweis auf ein Studio gegeben, aus dem das Tattoo des Schmetterlings stammen könnte.«

Lukas war erleichtert. Für einen Moment hatte er befürchtet, dass Miriam sich auch aus dem Kellerraum befreit hatte und zur Polizei gegangen war. »Habt ihr dort schon nachgefragt?«

»Nein, Lukas. Ich hatte gehofft, dass wir morgen dorthin fahren und die Befragung zusammen durchführen können. Du hast uns schließlich schon wertvolle Informationen geliefert. Vielleicht fällt dir etwas auf, das wir übersehen.«

Eigentlich hatte Lukas überhaupt keinen Kopf für derartige Unternehmungen. Bei ihm zu Hause war alles schiefgelaufen und er musste sich um Schadensbegrenzung bemühen. »Wohin müssen wir denn?«, fragte er.

Frank wertete das als Zusage. »Das Studio liegt knapp einhundert Kilometer entfernt. Wir brechen dann um halb neun Uhr früh auf. Ich kann ich auf dich zählen, ja?«

Lukas stimmte zu, auch wenn das für ihn bedeutete, dass er noch einen Tag lang Ungewissheit haben würde, was in seinem Keller vorging. Zu sehr war er daran interessiert zu erfahren, was über die Herkunft des Tattoos in Erfahrung zu bringen war. Lukas hatte dieses Tattoo, die Vorlage für seine eigenen Werke, bislang nur bei einer einzigen Person gesehen. Laura. Seine Hände schlossen sich enger um das Lenkrad. Sie war der Grund für das, was er heute tat.

Vor über zwanzig Jahren hatte er die hübsche junge Frau auf einem Jahrmarkt in der Stadt kennengelernt. Sie waren sich auf Anhieb sympathisch und wurden schon bald darauf ein Paar. Doch es kam alles anders als geplant.

Nach einigen wundervollen gemeinsamen Monaten hatte Lukas ihr einen Heiratsantrag gemacht. Romantisch, in einem der edelsten Restaurants der Stadt. Und wie hatte sie es ihm gedankt? Sie hatte abgelehnt und ihn verlassen. Natürlich konnte er so eine Demütigung nicht einfach hinnehmen. Er tat alles, sie zurückzuerobern. Er rief sie jeden Tag an und verschleuderte viel Geld für Geschenke. Ohne Erfolg. Sie hatte sogar die Frechheit besessen, ihn anzuzeigen! Eines Tages war sie dann verschwunden, ohne Vorwarnung und ohne eine Spur zu hinterlassen.

Für einige Zeit musste sich Lukas sogar mit Verdächtigungen herumschlagen, er könnte etwas mit dem Verschwinden zu tun gehabt haben. Glücklicherweise konnte er diese Ungeheuerlichkeit schnell aus der Welt schaffen. Im fraglichen Zeitraum hatte er ein paar Tage bei seiner schwerkranken Mutter verbracht und Laura, dieses Miststück, hatte die Gelegenheit genutzt, ihn wie einen Vollidioten dastehen zu lassen.

Lukas hatte wirklich alles versucht, sie wiederzufinden. Letztendlich hatte er deswegen den Beruf ergriffen, dem er heute nachging. Doch die Suche nach ihr blieb erfolglos. Mit jedem Jahr, das verstrich, wuchs seine Wut. Wenn er Laura noch einmal begegnen sollte, würde sie das zu spüren bekommen. Die Fahrt ins Tattoo-Studio mit Frank Holper konnte seit Jahren die erste Spur zu ihr bringen und das war Lukas wichtiger als alles andere. Auch wichtiger als Miriam.

* * *

Linda hatte mit sich gerungen. Mehrfach hatte sie nach dem Wählen gleich wieder aufgelegt. Wenn die Beamten den Anruf zu ihr zurückverfolgen konnten und sie persönlich vernehmen würden, dann bestünde die Gefahr, dass sie aufflog oder jemand von früher sie wiedererkannte. Es war ihr damals schwergefallen, ihre Freunde, Familie und Bekannten von heute auf morgen ohne richtigen Abschied zu verlassen. Aber sie hatte keine andere Wahl gehabt, als eine neue Identität anzunehmen. Von einem Tag auf den anderen war Laura gestorben und Linda geboren worden.

Wochenlang hatte sie ihren neuen Lebenslauf einstudiert, der von einem namenlosen Autor verfasst worden war. Jedes Mal, wenn sie von ihren Erinnerungen erzählte, wusste sie, dass es nicht ihre waren. In den ersten Jahren hatte sie immer wieder Vermisstenanzeigen mit ihrem Foto in der Zeitung entdeckt und mehr als ein Mal wäre sie beinahe zurückgekehrt. Das schlechte Gewissen hatte sie nahe an den Abgrund gebracht und all das wegen eines Typen. Wegen dieses geisteskranken Verehrers, der durch nichts davon abzubringen war, dass sie füreinander bestimmt waren.

Sie hatte alles versucht. Ihn ignoriert, ihn sogar angezeigt. Niemand, auch keine Behörde, hatte ihr geglaubt, dass sie in Gefahr war, geschweige denn ihr irgendwie geholfen. Ihre neue Identität hatte sie schließlich nicht von offizieller Stelle erhalten. Als ihre Verzweiflung so groß geworden war, dass sie ernsthaft darüber nachdachte, sich das Leben zu nehmen, hatte sie die Notbremse gezogen. Sie hatte sich an dubiose Gestalten gewandt, die unter der Hand Identitäten von plötzlich Verstorbenen ohne Angehörige verkauften. Bis zum heutigen Tag war niemand hinter ihr Geheimnis gekommen und Linda wollte, dass das so blieb.

× × ×

Lukas kam nach vier Stunden Fahrt zu Hause an. Nachdem er den Termin mit Frank für den nächsten Morgen ausgemacht hatte, wusste er, dass er heute nicht mehr in den Keller gehen konnte – egal, was Miriam dort auch angestellt hatte. Er konnte nicht riskieren, dass vor dem Termin mit Frank etwas schiefging. Szenarien dafür fielen ihm zur Genüge ein. Es könnte zu einem Kampf kommen, bei dem er eine sichtbare Verletzung davontrug. Im schlimmsten Fall könnte er sich sogar derart verletzen, dass er den Termin mit Frank verpassen würde. Und wenn der dann käme, um nach ihm zu sehen … Es war nicht auszudenken. Die Situation war nicht vorhersehbar.

Lukas ging kurz in den Keller und kontrollierte, ob der Zugang zum geheimen Raum noch verschlossen war. Dann duschte er, putzte sich die Zähne und legte sich schlafen. In der Nacht wachte er mehrmals auf. Die ungewisse Situation im Keller und die Aussicht auf eine Spur zu Laura ließen ihn nicht zur Ruhe kommen. Einmal ging er sogar mitten in der Nacht im Schlafanzug in den Keller und kontrollierte noch einmal die Tür, weil er geträumt hatte, dass Miriam sich befreien konnte.

Schon vor dem Klingeln des Weckers war er endgültig wach. Er machte sich in Ruhe für den Tag fertig und genehmigte sich ein ausgiebiges Frühstück mit zwei Tassen starkem Kaffee, um die Müdigkeit zu vertreiben.

Pünktlich um halb neun klopfte Lukas an Franks Bürotür. Die Begrüßung fiel kurz, aber freundlich aus. Wegen des schönen Wetters willigte Lukas ein, die eineinhalb Stunden zum Tattoo-Studio im Cabrio des Kommissars zurückzulegen.

Während der Fahrt versuchte er, Einzelheiten über die Tippgeberin aus Frank herauszukitzeln, doch der wusste nicht mehr, als dass sie anonym bleiben wollte. Die Kollegen hatten zwar herausgefunden, bei welchem Telekommunikationsunternehmen die Frau Kundin war, aber die Kontaktdaten noch nicht bekommen.

× × ×

Holper genoss die Überlandfahrt mit offenem Verdeck. Er freute sich immer wieder, dass er die Genehmigung erhalten hatte, seinen schicken roten Zweisitzer auch dienstlich zu nutzen. Da es außer dem anonymen Tipp keine neuen Ansätze in ihren Ermittlungen gab, wurde das Gespräch zwischen ihm und Lukas bald privater. »Du wohnst allein, Lukas?«

»Stimmt. Keine Frau, keine Kinder, keine Mitbewohner, die totale Freiheit«, scherzte Lukas. »Und ich bin ja nun auch in einem Alter, da lassen die Frauengeschichten nach. Und wie sieht es bei dir aus?«

Holper erzählte gern von seiner Familie. »Meine Freiheit ist schon seit vielen Jahren vorbei.« Er lachte. »Ich bin seit …«, er überlegte kurz, »… sechsundzwanzig Jahren verheiratet und habe eine wundervolle Tochter, die gerade volljährig geworden ist. Ein schwieriges Alter für einen Vater. Lauter Jungs, um die ich mich kümmern muss. Alles Schlawiner.« Holper wusste natürlich, dass er übertrieb, aber seine Tochter ging ihm über alles und musste beschützt werden, besonders vor männlichen Verehrern, die sowieso alle nur auf das Eine aus waren.

Lukas stimmte ihm zu: »Ja, ja, ständig nur Ärger und Scherereien.« Er dachte daran, wie viel davon er allein mit Miriam hatte. »Am besten die Frauen einfach in eine Zelle stecken und nicht wieder rauslassen. Dann gibt's auch keine Probleme mit den Jungs.«

Holper grinste. Lukas schien Humor zu haben. Etwas trocken, aber durchaus witzig. »Vielleicht hast du ja mal Lust, bei uns zum Essen vorbeizuschauen. Meine Frau kocht grandios. Sie freut sich immer über Besuch.«

Lukas fand das Angebot reizvoll. Ein Essen mit dem Feind, und Frank hatte nicht die geringste Ahnung, wer mit ihm im Auto saß und wen er gerade zum Essen eingeladen hatte. »Ich komme gerne«, antwortete Lukas. »Ich freue mich darauf, deine Familie kennenzulernen. Wo wohnt ihr eigentlich? Meine vier Wände hast du ja schon gesehen.«

»Wir haben ein kleines Häuschen im Süden der Stadt, eigentlich ganz schön gelegen. Leider gibt es nicht so einen großer Garten wie bei dir, aber dafür muss ich auch nicht so viel Gartenarbeit erledigen. Und eine kleine Terrasse für die Sommerabende hatte immerhin noch Platz.« Holper lachte.

Der Wagen fuhr inzwischen durch die ersten Ausläufer ihres Zielortes. Das Navigationssystem gab mit sanfter weiblicher Stimme die nächsten Routenanweisungen: »In zweihundert Metern rechts abbiegen in die Wilhelmstraße.«

Holper lenkte den Wagen in eine Seitenstraße.

»Sie haben Ihr Ziel erreicht. Das Ziel Wilhelmstraße 21 liegt auf der linken Straßenseite.«

Er stoppte das Cabrio auf einem schmalen Parkplatz direkt vor dem Tattoo-Studio. Laut Auskunft der Kollegen, die ihm die Adresse durchgegeben hatten, öffnete der

Laden um zehn Uhr. Jetzt war es neun Uhr fünfzig. Außer seinem stand noch kein Fahrzeug auf dem Parkplatz.

Lukas ging voran zum Eingang. Verschlossen. Er sah durch die Fensterscheibe jemanden im Laden umhergehen und klopfte kurzerhand an die Tür. Der junge Mann im Inneren bedeutete ihm mit einer Handbewegung, kurz zu warten. Wenig später öffnete er den beiden Ermittlern.

»Guten Morgen. Kann ich Ihnen helfen? Mein Kollege ist leider noch nicht da. Wenn Sie ein Tattoo wünschen, muss ich Sie bitten, sich ein paar Minuten zu gedulden. Ich bin nur der Assistent hier.«

Lukas ergriff das Wort und entgegnete mit einem Lächeln: »Nein danke, an Tattoos haben wir keinen Bedarf, oder Frank? Aber wir würden gerne mit Ihrem Tätowierer sprechen. Uns wurde gesagt, dass wir hier Informationen zu einem speziellen Tattoo erhalten können.«

Holper zeigte dem Angestellten seinen Dienstausweis und reichte ihm anschließend das Foto des Schmetterlingstattoos.

Der junge Mann betrachtete das Bild. »Wissen Sie, wann das Tattoo gemacht wurde?«, fragte er. »Mein Chef hat das Studio erst vor zwei Jahren übernommen. Sein Vorgänger ist sechs Monate danach in den Ruhestand gegangen. Wenn Sie möchten, kann ich Ihnen aber seine Adresse aufschreiben.«

»Vielen Dank, das wäre super«, sagte Holper erleichtert. Einen Moment lang hatte er befürchtet, dass die Fahrt umsonst gewesen war. Lukas und er setzten sich auf zwei der bereitstehenden Wartesessel. Sie waren bequem, wenn auch schon etwas in die Jahre gekommen. Hier und da blätterte der Lack ab und das Polster hatte schon bessere Zeiten gesehen.

Es war nicht das erste Mal, dass sich Frank beruflich in einem Tattoo-Studio aufhielt. Er mochte die ausgefallenen Fotos und Zeichnungen an den Wänden. Auf die Idee, sich selbst Tinte unter die Haut stechen zu lassen, wäre er allerdings nie gekommen.

Nach einigen Minuten kehrte der Angestellte mit einem Blatt Papier zurück, auf dem er Namen und Adresse des ehemaligen Besitzers notiert hatte. Frank nahm den Zettel entgegen.

»Das ist gleich hier um die Ecke, zwei Straßen weiter«, erklärte der junge Mann. »Soll ich Ihnen den Weg erklären?«

»Nicht nötig, danke. Wir haben ein Navi im Auto. Die gute Dame wird schon wissen, wo wir hinmüssen.«

Frank und Lukas bedankten sich noch einmal für die Hilfe und machten sich dann auf den Weg zur Adresse von Klaus Wesselmann.

Die Fahrt dauerte keine fünf Minuten. Frank parkte den Wagen am Straßenrand, stieg aus und klingelte. Sie hatten Glück. Klaus Wesselmann kam in einem Rollstuhl zur Tür. Er bat sie, nachdem sie sich vorgestellt hatten, herein und war gern bereit, mit ihnen zu sprechen. Wesselmann war Anfang siebzig, hatte schneeweißes Haar und einen ebenfalls weißen, zu einem Zopf geflochtenen Vollbart. Alle sichtbaren Bereiche seines Körpers waren mit Tattoos übersät und Frank fragte sich kurz, ob es wohl unter der Kleidung irgendeine freie Hautstelle geben mochte.

»Herr Wesselmann«, eröffnete Holper das Gespräch, »wir hoffen, Sie können uns helfen. Wir suchen Informationen zu einem Tattoo, das vor über zwanzig Jahren in Ihrem Studio gemacht worden sein soll.«

Die über und über verzierte Hand zitterte, als der Angesprochene sie nach dem Foto ausstreckte. Er überlegte kurz. »Ich erkenne dieses Motiv wieder. Solange ich das Studio besaß, habe ich es nur ein einziges Mal gestochen. Wenn ich mich recht erinnere, war das bei einer jungen Frau. Leider weiß ich ihren Namen nicht mehr. Sie war auch nur dieses eine Mal bei uns, glaube ich.«

Enttäuscht nahm Holper das Foto zurück. Die Spur, die so vielversprechend ausgesehen hatte, führte offenbar in eine weitere Sackgasse. Es war unvorstellbar, dass ein Mann in Wesselmanns Zustand für die Morde verantwortlich sein konnte. Es musste also noch jemanden geben, der das Motiv kannte. Holper seufzte. »Hat zu dieser Zeit vielleicht noch jemand in Ihrem Studio gearbeitet? Haben Sie eine Ahnung, wer das Motiv noch kennen könnte?«

Der alte Mann schüttelte nachdenklich den Kopf. »Leider nein. Damals habe ich noch allein gearbeitet. Es tut mir leid, dass ich Ihnen nicht weiterhelfen kann.«

Damit schwand auch Holpers letzte Hoffnung auf ein positives Ergebnis dieses Besuchs. Ihm blieb also nur die Möglichkeit, die Tippgeberin aufzuspüren. Das dürfte nicht leicht werden, ganz ohne Namen oder sonstige Hinweise. Sie waren auf das Ergebnis der Auskunftsanfrage bei der Telefongesellschaft angewiesen. »Ich danke Ihnen dennoch für Ihre Mithilfe.« Holper stand auf und reichte dem Mann die Hand. »Falls Ihnen noch etwas einfällt, rufen Sie mich bitte an.« Er übergab Herrn Wesselmann eine Visitenkarte.

»Natürlich. Ich wünsche Ihnen eine gute Heimfahrt.«

Lukas hatte bereits die Haustür geöffnet, als Klaus Wesselmann ihnen hinterherrief: »Warten Sie!«

Die Ermittler sahen ihn fragend an.

»Mir ist gerade etwas wieder eingefallen. Die Frau hat mich damals gebeten, den Anfangsbuchstaben ihres Namens kunstvoll im Tattoo einzuarbeiten. Meine Idee mit dem geschwungenen ›L‹ im Flügel des Schmetterlings gefiel ihr. Ich glaube, sie hieß Lara. Nein, Moment. Laura. Ja, genau, Laura. Ich erinnere mich wieder.«

Holper bedankte sich herzlich. Endlich ein brauchbarer Hinweis! Ohne den Nachnamen würde es weiterhin schwierig sein, die Frau zu finden, doch ganz so unmöglich wie noch vor wenigen Augenblicken schien es nun nicht mehr.

Lukas hatte indes Mühe, sich die Begeisterung über diese unerwartete Wendung nicht anmerken zu lassen. Es war ein Riesenschritt auf dem Weg, Laura zu finden! Jetzt hatte er Gewissheit, dass er ihr, mit der unwissentlichen Hilfe von Kommissar Holper, auf der Spur war.

Auf der Heimfahrt sprachen Holper und er nicht viel. Lukas hing seinen Gedanken nach. In den letzten Stunden hatten sich die Ereignisse förmlich überschlagen. Die unvorhergesehenen Probleme mit Miriam, die unerwarteten Fortschritte bei der Suche nach Laura … Er musste sich erst einmal sammeln, alle Gedanken sortieren und die nächsten Schritte sorgfältig planen.

Lukas ließ sich von Holper vor seinem Haus absetzen. Der Kommissar versprach, ihm bald einen Termin für das gemeinsame Abendessen vorzuschlagen. »Ich freue mich darauf. Bis demnächst.« Lukas verabschiedete sich mit einem Händedruck. Er stieg aus, wartete, bis Frank losgefahren war, und ging dann ins Haus. Im Flur hängte er seinen Schlüssel an den Haken und machte es sich erst einmal auf dem Sofa im Wohnzimmer bequem. Er wollte sich etwas ausruhen, bevor er sich seiner nächsten Aufgabe widmete: dem Gang in den Keller und der Konfrontation mit dem, was ihn dort erwartete.

× × ×

Miriam hielt sich nach wie vor an der versteckten Tür bereit, den Gaszylinder in Griffweite neben sich. Zwischendurch war sie immer wieder eingenickt. Die Wartezeit dehnte sich endlos und sie konnte sich nicht die ganze Zeit über wach halten. Sie musste einfach darauf hoffen, dass Lukas nicht ausgerechnet dann hereinkam, wenn sie döste.

Miriam schrak hoch. In der Wand hinter ihr bewegte sich etwas. Es klang wie ein Riegel, der zur Seite geschoben wurde. Sie sprang auf und drückte sich gleich neben der Öffnung gegen die Wand – außer Sicht desjenigen, der die Tür öffnete. Leise hob sie den Zylinder, um ihn demjenigen, der den Raum betreten würde, mit aller Kraft auf den Kopf zu schlagen. Es kam ihr nicht in den Sinn, dass es jemand anderes als Lukas sein könnte.

Die Wand öffnete sich langsam. Miriam spannte ihre Muskeln. Atemlos wartete sie. Doch niemand kam herein. Unter dem Gewicht der Gasflasche begannen ihre Arme zu zittern.

Plötzlich lief Lukas an ihr vorbei. Miriam ließ den Gasbehälter herabsausen, doch es war zu spät. Sie hatte zu langsam reagiert. Der Schlag verfehlte ihn um Haaresbreite. Das Gewicht des Zylinders und der Schwung ihres Schlages rissen Miriam nach vorn. Sie verlor das Gleichgewicht und stolperte. Lukas fuhr herum und packte sie. Miriam schlug und trat um sich, doch gegen ihn war sie machtlos. Mit einem geübten Griff warf er sie rücklings zu Boden und ließ ihr keine Gelegenheit, sich wieder aufzurappeln oder wegzurollen. Mit seinem vollen Gewicht hockte er sich auf ihren Oberkörper und drückte ihre Arme mit den Knien auf den kalten Beton. Miriam warf sich hin und her und strampelte wild mit den Beinen, doch Lukas wankte keinen Zentimeter. Er legte seine Hände um ihren Hals. Miriam spürte, wie er ihr die Luft abdrückte. Panisch trat sie um sich, wand und drehte ihren Körper, um sich zu befreien. Erfolglos. Lukas ließ nicht locker. Miriam bekam keine Luft mehr. Ihre Kräfte ließen nach.

Man sagt, dass in den letzten Augenblicken vor dem Tod das ganze Leben noch einmal am inneren Auge vorbeizieht. Miriam sah nichts. *Ich will nicht sterben!*, war das Einzige, was sie dachte. Dann wurde ihr schwarz vor Augen.

FRANK

Frank Holper saß mit seiner Familie beim Abendessen. Heute gab es Schweinemedaillons mit einer hellen Soße, dazu Kartoffelpüree, Erbsengemüse und Brokkoli. Wie immer hatte Holpers Tochter kein Interesse an dem Fleisch und wie immer versuchte seine Frau, sie zu überzeugen.

»Komm schon, Jenny. Wenigstens eine kleine Portion zum Probieren. Wenn es dir dann nicht schmeckt, lasse ich dich auch in Ruhe.«

Holper kannte das Hin und Her, das jetzt kommen würde. Jennifer hatte den gleichen Dickkopf wie er. Vor zwei Jahren hatte sie sich zur Vegetarierin erklärt und so sehr ihre Mutter die Proteine für wichtig halten mochte, seine Tochter würde mit Sicherheit keinen Bissen Fleisch mehr anrühren.

»Mama! Lass mich in Frieden. Du weißt genau, dass ich kein Fleisch esse. Ich kann euch gerne mal Bilder aus einem Mastbetrieb zeigen. Dann vergeht dir auch der Appetit auf Schnitzel und Hähnchen!« Jennifer setzte eine missmutige Miene auf und wandte sich wieder ihrem Teller zu.

Holper ließ sich das Essen durch die Zankerei seiner beiden Frauen nicht vermiesen. »Schmeckt wirklich ausgezeichnet, Rosi«, sagte er, um das Thema zu wechseln. »Übrigens war ich heute zusammen mit Lukas Bender unterwegs. Ich habe dir schon von ihm erzählt. Er ist unser Berater in einem aktuellen Fall.«

Seine Frau nickte.

»Wie auch immer, ich habe ihn gefragt, ob er zum Abendessen kommen möchte, damit er euch auch einmal kennenlernt.«

Roswitha setzte die Gabel ab. »Wann denn?«

»Irgendwann in den nächsten Tagen. Einen Termin haben wir noch nicht ausgemacht.«

Holper war sicher, dass Roswitha, die alle nur Rosi nannten, nichts dagegen haben würde. Ob sie nun für drei oder für vier Personen kochte, war für sie kein großer Unterschied. Und er wusste, dass sie immer offen dafür war, neue Leute kennenzulernen, vor allem aus seinem Arbeitsumfeld.

Holper hatte in den letzten Jahren schon einige seiner Polizeikollegen zum Essen eingeladen. Vom Langweiler bis zum Angeber war alles dabei gewesen. Roswitha würde wissen wollen, in welche Kategorie Lukas Bender gehörte. Und tatsächlich schlug sie vor, ihm bereits den nächsten oder übernächsten Abend für einen Besuch anzubieten.

× × ×

Miriam schlug die Augen auf. Sie saß auf dem Fußboden, mit dem Rücken an eine Wand gelehnt. Ihr Hals tat weh und das Atmen fiel ihr schwer. Sie wollte sich an die schmerzenden Stellen greifen, doch ihre Hände waren mit Handschellen an ein kurzes Stück Rohr gekettet, das fest in der Wand verankert schien.

Sie war noch am Leben. Lukas hatte es nicht zu Ende gebracht. Er musste von ihr abgelassen haben, als sie ohnmächtig wurde. Miriam seufzte erleichtert, doch in das Glück, am Leben zu sein, mischte sich sofort neue Sorge.

Nun würde die Tortur weitergehen, sonst hätte Lukas sie nicht verschont.

Miriam sah sich um. Lukas hockte vor der Kammer und arbeitete an den Schäden, die ihr Ausbruch verursacht hatte. Obwohl sie den Mann, der dort mit seinen Werkzeugen hantierte, sofort wiedererkannte, erschien er ihr jetzt völlig fremd. Sie hatte an jenem verhängnisvollen Abend im Klub nur eine Fassade kennengelernt, eine Rolle, die er spielte, nicht den wahren Lukas. Seine wahre Natur hatte sich in den letzten Tagen deutlich gezeigt. Was trieb einen Mann dazu, solche Dinge zu tun?

Miriams erste Worte kamen nur als ein Röcheln heraus. »Warum tun Sie das?« Sie wartete auf eine Reaktion, doch Lukas arbeitete unbeeindruckt weiter. Sie versuchte es erneut. »Warum tun Sie mir das an? Was habe ich Ihnen getan?«

Lukas setzte den Schraubenschlüssel ab, mit dem er gerade einen Ersatz für die aus der Verankerung gerissenen Türscharniere montierte. Ohne sich umzudrehen, antwortete er: »Du warst einfach zur falschen Zeit am falschen Ort.« Er machte eine Pause, als wollte er noch etwas hinzufügen, setzte dann jedoch wortlos die Reparatur fort.

Miriam wurde wütend. Er hatte nicht einmal den Schneid, ihr in die Augen zu sehen! »He! Verdammt! Lukas!«, schrie sie, so laut es ihre Stimme zuließ, und vergaß dabei, dass sie eigentlich beim ›Sie‹ bleiben wollte. »Was hast du jetzt vor? Willst du mich ignorieren, bis du dann irgendwann doch entscheidest, mich umzubringen?«

* * *

Lukas hielt inne. Miriam musste an seinem Computer gewesen sein, also kannte sie inzwischen seinen richtigen Namen. Als er den Account eingerichtet hatte, hatte er sich nicht die Mühe gemacht, ein Pseudonym dafür auszudenken. Miriam war ein Fluch. Nichts an ihrem Besuch lief, wie er es vorausgeplant hatte. Sie brachte ihn nicht nur um seine Glücksmomente, sie verursachte ihm auch jede Menge zusätzliche Arbeit. Er konnte sie noch nicht töten. Sie hatte ihr Soll noch nicht erfüllt und er hoffte, dass er noch dafür sorgen konnte.

Hoffnung. In Lukas' Gedanken nahm eine Idee Formen an. Hoffnung war das stärkste aller Gefühle und er würde Miriam Hoffnung auf ihr Überleben machen. Dann konnte er zusehen, wie diese Hoffnung Stück für Stück zerbrach. Lukas legte das Werkzeug wieder zur Seite und ging auf seine Gefangene zu. Etwas außerhalb ihrer Reichweite hockte er sich hin. »Miriam, ich will ehrlich zu dir sein. Eigentlich solltest du schon tot sein. Ich bin beeindruckt, dass du es geschafft hast, dem Wasser zu entkommen, und dafür will ich dir eine Chance geben. Mein Interesse gilt nicht dir, sondern einer anderen. Wenn ich sie in den nächsten zwei Wochen finde, und nur dann, lasse ich dich laufen. Wenn nicht … Na ja, du kannst dir sicher denken, was dann passiert.«

Während er sprach, beobachtete er sie ganz genau. Verwirrung flackerte durch ihre Mimik, dann Misstrauen. Klar, sie hatte sein Gesicht gesehen und kannte seinen Namen. Ihr musste klar sein, dass er es nicht riskieren konnte, sie laufen zu lassen, denn sie würde sofort zur Polizei gehen und ihn ausliefern. Aber er sah auch Hoffnung in ihren Augen. Sie wollte überleben und deshalb wollte ein Teil von ihr seinen Worten glauben. Und er sah noch etwas, das ihn zutiefst befriedigte: Angst. In diesem Moment war es keine Angst vor ihm, dachte er. Es war Angst vor der Verzweiflung, wenn die Hoffnung sie trügen sollte.

Noch bevor sie die Worte aussprach, sah er ihren Entschluss zu kämpfen. »Verarschen kann ich mich alleine«, fauchte sie.

Lukas verzog keine Miene. Seine Stimme strahlte absolute Gelassenheit aus. »Ob du mir glaubst oder nicht, ist deine Sache.« Er zuckte mit den Achseln und stand wieder auf. »Und jetzt lass mich bitte in Ruhe dein Chaos beseitigen.«

Lukas hatte große Mühe, die Schäden an seiner Frauenkammer zu beheben. Mehrere Scharniere waren verbogen, die Schrauben teilweise aus dem Holz gerissen und der Verriegelungsmechanismus gebrochen. Er überlegte, ob er die Reparatur mit zusätzlichen Umbauten verbinden konnte. Vielleicht kamen ihm über Nacht noch ein paar Ideen. Miriam war erst einmal versorgt. Aus den Handschellen konnte sie sich auf keinen Fall befreien und das Rohr, um das er die Kette gelegt hatte, saß bombenfest in der Wand. Alle beweglichen Gegenstände hatte er aus ihrer Reichweite geräumt. Noch einmal würde er sie nicht unterschätzen.

Lukas' Handy klingelte. Auf dem Display leuchtete Franks Name auf. Schnell verließ er den Raum und verschloss die schwere Tür hinter sich, bevor er das Gespräch annahm. »Hallo Frank. Wie komme ich zu dem Vergnügen eines so späten Anrufs? Gibt es Neuigkeiten über die anonyme Hinweisgeberin?«

»Nein, das leider nicht. Aber ich habe mit meiner Frau gesprochen. Würde es dir passen, morgen Abend so gegen sechs bei uns zum Essen vorbeizuschauen? Rosi macht Hackbraten mit Klößen und Rotkohl.«

Mit Ausnahme einer Mahlzeit im Hotel vor zwei Tagen hatte Lukas schon wochenlang nichts Vernünftiges gegessen. Im Grunde hatte er sich von Tütensuppen, Mikrowellen- und Tiefkühlprodukten ernährt. Deftige Hausmannskost zur Abwechslung klang verführerisch.

»Gerne«, antwortete er sofort. »Gibst du mir noch schnell deine Adresse durch? 'Tschuldige, wenn ich dich abwürge, ich bin etwas in Eile.« Lukas schrieb die Adresse auf einen Zettel, den er an die Kühlschranktür zu seiner

Sammlung von privaten Notizen und Terminen heftete. Der Kühlschrank war inzwischen tapeziert mit allerlei Papierfetzen in den unterschiedlichsten Größen und Farben – fast wie die Wände seines Kellers. »Okay, Frank, dann bis morgen. Schöne Grüße an deine Frau, noch unbekannterweise.«

× × ×

Holper legte das Handy auf den Schreibtisch. Es war spät, aber er wollte noch ein wenig arbeiten. In seinem kleinen Heimbüro hatte er Kopien von allen wichtigen Akten der laufenden Ermittlungen. Zum wiederholten Mal las er sich Seite für Seite durch die bisherigen Ermittlungsergebnisse. Er durfte kein Puzzleteil übersehen. Holper verstand noch nicht, wie die Frau, deren Namen sie vom Tätowierer erfahren hatten, mit den ermordeten Frauen in Zusammenhang stehen konnte. Bis auf das Tattoo gab es keine offensichtliche Verbindung zwischen ihnen. Es gab nur eine Chance: Er musste die Frau finden, die sich bei der Polizei gemeldet hatte. Unglücklicherweise stellte sich das Telekommunikationsunternehmen quer. Für die Herausgabe der Daten verlangte es eine richterliche Anordnung. Die Kollegen waren bereits instruiert, sich darum zu kümmern.

Holper sah auf die Uhr. Unbemerkt waren zwei Stunden vergangen. Er ließ die Augen zufallen und nickte im Bürostuhl ein, die geöffnete Akte auf dem Schoß.

In den frühen Morgenstunden erwachte er mit einem steifen Nacken. Für den kurzen Rest der Nachtruhe legte er sich ins Bett. Roswitha wunderte sich schon lange nicht mehr, wenn er spät ins Bett kam oder die Nacht ohne Schlaf verbrachte. Sie wusste, dass ihr Mann seine nächtliche Arbeitswut nicht zügeln konnte, auch wenn sie ihn schon unzählige Male gebeten hatte, auf seine Gesundheit zu achten und seinem Körper ausreichend Erholung zu gönnen.

× × ×

Lukas verbrachte den Großteil des Vormittags in verschiedenen Bau- und Elektronikmärkten und kaufte Ersatzteile für die demolierte Zelle in seinem Keller. Neben den Scharnieren und Riegeln musste er auch die eine oder andere kleine Kamera austauschen, die ihren Dienst eingestellt hatte.

In der Nacht hatte er die Idee gehabt, eine Klimaanlage an die Frischluftzufuhr anzuschließen. So konnte er die Temperatur in der Kammer nach Belieben regeln und seinen Gast bei Saunatemperaturen schwitzen oder in arktischer Kälte frieren lassen. Das hatte sich Miriam selbst zuzuschreiben. Nur durch ihre Aktion war er zu den Reparaturen gezwungen worden.

Lukas schätzte, dass er noch einen halben Tag Arbeit vor sich hatte, bis alles fertig war. Pünktlich vor dem Abendessen bei den Holpers könnte er Miriam dann wieder in der Kammer einschließen.

× × ×

Mit jedem Tag, der verstrich, haderte Linda mehr mit ihrer Entscheidung, sich bei der Polizei zu melden. Die Beamten konnten sicherlich auch einen anonymen Anruf zurückverfolgen. Daran hatte sie nicht gedacht. Nun fürchtete sie, dass die Polizei mit ihr sprechen wollte und sie früher oder später ausfindig machte.

Bei der Arbeit war Linda ständig nervös und mit den Gedanken nicht bei der Sache. Sie hatte inzwischen durch einige Recherchen im Internet herausgefunden, dass das Interesse der Ermittler an diesem Tattoo mit zwei Morden zusammenhing. Und wenn die Polizei Lindas Vergangenheit unter die Lupe nahm, wäre sie geliefert. Ihre neue Identität konnte einer genaueren Prüfung kaum standhalten. Sie hatte sich immer bemüht, Situationen dieser Art aus dem Weg zu gehen. Ihr Personalausweis war zwar nicht gefälscht, doch ihre Vergangenheit umso mehr. Vor gut zwanzig Jahren war Linda Geppert von den Toten auferstanden, während Laura Hoffmann spurlos verschwand und auch verschwunden bleiben sollte.

Als Linda an diesem Nachmittag nach der Frühschicht zu Hause ankam, blinkte ihr Anrufbeantworter. Ihr Herzschlag beschleunigte sich. Sie ging langsam zum Telefon und drückte die Taste.

»Piep! Sie haben eine neue Nachricht. Heute, dreizehn Uhr siebenundvierzig. Hallo Linda. Franziska hier. Könntest du vielleicht am Montag für mich einspringen? Ich habe einen Notfall in der Familie und Barbara ist krank. Bitte ruf mich doch kurz zurück. Danke. Piep.«

Linda atmete erleichtert auf. Nur ihre Kollegin Sie rief sofort zurück und sagte zu. Mehr als ihren freien Tag zu Hause auf der Couch zu verbringen, hatte sie sowieso nicht geplant.

Gerade hatte sie es sich auf ihrem Sofa bequem gemacht, da klingelte das Telefon erneut. Die Nervosität stieg wieder in ihr auf. Sie nahm den Hörer ab.

»Geppert, hallo?«

Am anderen Ende der Leitung meldete sich eine männliche Stimme: »Guten Tag. Spreche ich mit Frau Linda Geppert?«

»Ja. Wer ist denn da?«

× × ×

Holper hatte Glück. Frau Geppert war schon am Nachmittag zu Hause. Erst vor einer Stunde hatte die Telefongesellschaft endlich die Kontaktdaten der anonymen Anruferin herausgegeben. Die Frau hieß Linda Geppert und wohnte etwa fünfzig Kilometer südlich.

Bevor er ihr gemeinsam mit Lukas einen Besuch abstattete, wollte er sie telefonisch vorwarnen und einen Termin absprechen. Er musste ihr erklären, warum ihre Aussage so wichtig war und er den Wunsch, anonym zu bleiben, nicht respektieren konnte. Holper hätte Frau Geppert auch auf das für sie zuständige Präsidium an ihrem Wohnort bestellen und dort von Kollegen vernehmen lassen können, doch er wollte sicher sein, dass die richtigen Fragen gestellt wurden. Zudem genoss er die beruflichen Autofahrten zu dieser Jahreszeit und war nicht böse über einen weiteren Ausflug mit seinem Berater.

Gleich nachdem er aufgelegt hatte, klingelte das Telefon. Der Chefredakteur des lokalen Rundfunksenders forderte eine Auskunft zum aktuellen Stand der Ermittlungen. Holper würgte den Anrufer mit einem Hinweis auf die Pressestelle ab. Typisch. Seit dem Fund der zweiten Leiche hatten sich die Medien auf den Fall gestürzt, und spätestens seit sich die Polizei mit dem Foto der Tattoos an die Zeitung gewandt hatte, gaben sie endgültig keine Ruhe mehr. Gut, dass er die meisten Anfragen einfach weiterreichen konnte.

* * *

Nach dem Anruf des Kommissars ließ sich Linda in die Sofakissen fallen. Ihre Befürchtungen waren eingetroffen und ihre Gedanken rasten. Der Kommissar hatte zwar gesagt, dass es um ihren Hinweis zum Schmetterlings-Tattoo ging, doch mehr wusste sie nicht. Nun blieb ihr nichts anderes übrig als abzuwarten.

Linda brauchte ein paar Tage, sich auf den Besuch vorzubereiten und ihre Erinnerung an die Details der erfundenen Vergangenheit aufzufrischen. Auch wenn es vier ganze Tage Ungewissheit bedeutete, konnte sie nicht riskieren, unvorbereitet in das Treffen zu gehen. Sie hatte den Kommissar auf den kommenden Dienstag vertrösten können, obwohl sie ihm angemerkt hatte, dass er am liebsten direkt am nächsten Tag für ein Gespräch vorbeigekommen wäre. Bis dahin würde sie einige schlaflose Nächte hinter sich bringen müssen.

× × ×

Am frühen Abend beendete Lukas zufrieden seine Arbeit. Die Tür der Kammer war repariert und er hatte Scharniere und Verriegelung deutlich verstärkt. Jetzt konnte Miriam – oder jeder andere Gast – auch mit aller Kraft nichts mehr ausrichten.

Lukas testete die brandneue Klimatisierung der Kammer, indem er eine Hand vor die Schlitze der Luftzufuhr hielt. Eiskalt. Er drehte am Regler. Innerhalb weniger Minuten wurde der Luftstrom so heiß, dass er die Hand wegziehen musste. *Perfekt*, stellte er zufrieden fest.

Lukas überlegte, wie er Miriam zurück in die Kammer schaffen konnte. Sie war noch immer mit Handschellen an das Rohr gefesselt und beobachtete ihn aufmerksam. Es wäre gefährlich, die Fesseln ohne Betäubung zu lösen, doch außerhalb der Kammer war es ebenso riskant, das Betäubungsgas zu verwenden; er könnte selbst etwas davon einatmen. Sein Vorrat an Chloroform war verbraucht und etwas mit ähnlicher Wirkung hatte er nicht im Haus. Bis zum Abendessen mit den Holpers hatte er keine Zeit, noch etwas zu besorgen. Schon in einer Stunde sollte er dort vor der Tür stehen.

Vorsichtig ging Lukas zu Miriam. Als er sie angekettet hatte, war sie bewusstlos gewesen, doch jetzt musste er damit rechnen, dass sie sich wehrte. Er zog ihre Arme hinter ihrem Rücken nach oben, sodass sie vorgebeugt dasaß. Erst dann schloss er eine ihrer Handfesseln auf und zog sie an der Kette hinter dem Rohr hervor.

In verschiedenen Kursen und Schulungen für seinen Beruf hatte Lukas gelernt, mit welchen Griffen er jemanden unter Kontrolle halten konnte, und er wendete dieses Wissen bei Miriam an. Doch als sie auf dem Weg zur Kammer keine Anstalten machte, sich zu wehren, ließ seine Aufmerksamkeit nach. In dem Augenblick, als er einen ihrer Arme losließ, um nach der Kammertür zu greifen, überrumpelte sie ihn. Sie riss sich ruckartig los und schlug ihm mit der rechten Hand ins Gesicht.

Ein heftiger Schmerz durchzuckte Lukas' linke Wange. Miriam hatte mit der Hand zugeschlagen, deren Gelenk noch in der Handschelle steckte. Dabei hatte ihn der offene Teil der Schelle mit voller Wucht getroffen. Wütend stieß er Miriam in die Kammer und schlug die Tür zu. Sollte sie ihren Handgelenkschmuck doch behalten. Er hatte weder Lust noch Zeit, sich weiter mit ihr zu beschäftigen.

Lukas verließ den Keller und ging ins Bad. Im Spiegel betrachtete er den Schaden. Über seine linke Wange zog sich eine Risswunde, bestimmt fünf Zentimeter lang. Sie war nicht so tief, dass er sie nähen lassen musste, allerdings war sie für jedermann deutlich zu sehen. *Scheiße!* Er hatte keine Idee, wie er die Verletzung erklären sollte, und ausgerechnet an diesem Abend war er mit einem erfahrenen Ermittler verabredet, der solche Wunden zur Genüge von Fällen häuslicher Gewalt kannte.

Reiß dich zusammen, Lukas!, raunzte er seinem Spiegelbild entgegen. Er war nicht irgendein Bürohengst. Er war Privatdetektiv und hatte mit zwielichtigen Gestalten zu tun. Wenn ihn eine Zielperson bei der Observierung entdeckt und angegriffen hatte … Das sollte erst einmal als Erklärung ausreichen. Solange Holper keinen Grund hatte, an seiner Geschichte zu zweifeln.

Lukas wischte sich das Blut von der Wange, versorgte die Wunde notdürftig mit einem Pflaster und zog sich anschließend um. Er war spät dran. Die Fahrt zu den Holpers quer durch die Stadt dauerte eine gute Viertelstunde und es war bereits fünf vor sechs. Lukas schickte Frank eine kurze SMS mit einer Entschuldigung für die Verspätung.

Auf der Fahrt fiel ihm ein, dass er in der Hektik des Tages vollkommen vergessen hatte, ein Gastgeschenk zu besorgen. Lukas hielt bei einer Tankstelle, die auf dem Weg lag. Für Franks Frau kaufte er einen überteuerten Blumenstrauß. Eine Flasche Wein als Gemeinschaftsgeschenk für die Familie; nicht den billigsten, aber etwas kulinarisch Hochwertiges entdeckte er in der kleinen Auswahl an der Tankstelle ohnehin nicht. Für die achtzehnjährige Tochter verzichtete Lukas auf ein Geschenk. Er kannte sich mit Teenagern nicht aus und wollte vermeiden, in ein Fettnäpfchen zu treten.

Mit zwanzig Minuten Verspätung parkte Lukas sein Auto vor dem Haus der Familie Holper.

* * *

Frank Holper merkte, dass Roswitha langsam unruhig wurde. Hackbraten und Klöße waren seit einigen Minuten fertig und dass Essen durch Warmhalten nicht besser wurde, wusste sogar er.

Endlich klingelte es an der Tür. Jennifer öffnete und führte den Gast ins Esszimmer.

Holper stand vom fertig gedeckten Tisch auf und kam Lukas an der Zimmertür entgegen. Er begrüßte ihn mit festem Händedruck. Sein Blick fiel auf das breite Pflaster auf Lukas' Wange. »Oha, was hast du denn veranstaltet? Mit einem Tiger gekämpft?«

Bevor Lukas antworten konnte, kam Roswitha dazu. »Guten Abend, Herr Bender. Schön, Sie kennenzulernen.«

Lukas erwiderte ihren herzlichen Händedruck. »Danke, gleichfalls. Ich freue mich ehrlich über die Einladung.«

»Ich hoffe, Sie haben Hunger mitgebracht. Das Essen ist sofort fertig.« Roswitha zog einen Stuhl zurück. »Bitte, setzen Sie sich. Jenny, hilfst du mir bitte, das Essen aus der Küche zu holen?«

Lukas nahm Platz.

Holper sah ihn vielsagend an und raunte ihm zu: »Bei ihr muss alles perfekt sein, wenn wir Besuch haben. Insbesondere, wenn es neue Gäste sind. Da möchte sie immer alles ganz besonders gut machen. Perfekter als perfekt sozusagen.« Er grinste.

Die Speisen, die jetzt aufgetragen wurden, sahen wirklich so aus, als kämen sie aus der Küche eines noblen Restaurants. Und die Portionen waren riesig. Lukas staunte. Wer sollte diese Mengen vertilgen? Hatten die Holpers noch ihre Nachbarn zum Essen eingeladen? Er wandte sich an Jennifer. »Du bist also die junge Dame, von der Frank mir erzählt hat. Jennifer, richtig?«

Jennifer musterte ihn und nickte nur. Lukas bemerkte, dass sie leicht die Augen zusammenkniff und die Stirn runzelte. Hatte sie etwas gegen ihn? Vielleicht lag es an der Wunde auf seiner Wange, die sein Gesicht etwas befremdlich wirken ließ. Vielleicht hätte er sie auch nicht ›Junge Dame‹ nennen sollen. Er war den Umgang mit Teenagern einfach nicht gewöhnt.

Holper sprang ein: »Jenny hat gerade eine ihrer schweigsamen Phasen. Nicht wahr, Schatz?«

Spätestens jetzt, da ihr Vater sie vor dem Gast wie ein Kind behandelte, verstummte Jennifer tatsächlich.

Eine Weile aßen alle schweigend. Frank hatte seine Frau völlig zu Recht gepriesen. So gut hatte Lukas schon lange nicht mehr gegessen.

× × ×

Seit Lukas sie wieder eingesperrt hatte, saß Miriam weinend in einer Ecke der engen Kammer. So viel Kraft hatte sie in ihren Ausbruch gesteckt, und nun war alles vergebens gewesen. Es tröstete sie auch nicht sonderlich, dass sie ihrem Peiniger eine schmerzhafte Erinnerung hatte verpassen können.

Die Handschellen baumelten immer noch an ihrem Handgelenk. Ein wenig Blut war daran kleben geblieben. Vielleicht bekam Lukas ja wenigstens eine Narbe. Das wäre das Mindeste, was er verdient hatte!

Miriam wusste, dass sie nicht wieder aus der Kammer entkommen konnte, bevor Lukas die Tür von sich aus öffnete. Sie musste sich also etwas einfallen lassen, um ihn dazu zu bringen. Die Handschellen taugten sicherlich als Waffe, wenn sie sie richtig einsetzte.

Lukas hatte ihr wieder Brot und Wasser hingestellt. Vielleicht hieß das, dass er sie nicht gleich töten wollte. Er hatte gesagt, dass er jemand anderen suchte, eine andere Frau. Würde er Miriam, nach allem, was geschehen war, wirklich laufen lassen, wenn er diese Frau fand? Und konnte er innerhalb von zwei Wochen schaffen, was ihm bisher noch nicht gelungen war? Miriam wollte nicht zu viel Hoffnung schöpfen, doch sie konnte nicht verhindern, dass ein wenig Zuversicht in ihr keimte.

× × ×

Der Abend verlief entspannt. Frank schien sich zu amüsieren und auch mit Roswitha verstand sich Lukas prima. Nur die Tochter, Jennifer, war nicht besonders redselig und hatte sich noch vor dem Nachtisch in ihr Zimmer zurückgezogen.

Satt und zufrieden lehnte sich Lukas zurück. »Rosi, das war fantastisch!«, lobte er. »Ich habe schon lange nicht mehr so gut gegessen.« Inzwischen war er mit Roswitha beim Du angekommen. »Jetzt bin ich aber wirklich satt.«

Roswitha konnte das nicht ohne Widerspruch akzeptieren. »Ach, Lukas. Es gibt doch noch Nachtisch. Ich habe

Crème brulée gemacht, Franks Leibspeise. Die musst du einfach probieren.«

Lukas ächzte. »Oje, du willst mich heute aber mästen, oder? Na gut, probieren kann ich ja wenigstens. So eine Creme rutscht noch in die freien Ritzen.«

»Möchtest du den Zucker selbst karamellisieren?« Roswitha reichte ihm den kleinen Gasbrenner.

»Hab ich zwar noch nie gemacht, aber ich versuch's mal.« Lukas nahm den Brenner und ließ die Flamme über das Schälchen mit der Creme streichen, auf die Roswitha braunen Zucker gestreut hatte. Das Ergebnis war verbesserungswürdig. Ein paar Stellen waren leicht verbrannt, an anderen war der Zucker nicht geschmolzen, aber ansonsten war eine schön knusprige Schicht entstanden. Lukas probierte einen Löffel. »Mmmm, ist das lecker. Kein Wunder, dass du so darauf stehst, Frank. Da kann man ja kaum aufhören zu essen.«

Roswitha lachte. »Ich habe noch einige Portionen auf Vorrat gemacht. Du musst dich also nicht zurückhalten. Aber übertreib es nicht. Das letzte Mal hat Frank so viel Creme gegessen, dass ihm die ganze Nacht übel war und ich sein Stöhnen ertragen habe.«

Lukas beließ es bei einem Schälchen. Er wollte nicht riskieren, dass ihn etwas einschränkte, wenn er sich wieder mit Miriam beschäftigen musste. Sie hatte ihn gleich zweimal überrumpelt. Ein drittes Mal zu riskieren, wäre mehr als fahrlässig von ihm.

Als alle mit dem Essen fertig waren, räumte Roswitha den Tisch ab. Lukas half ihr, das Geschirr in die Küche zu tragen.

»Sag mal, Lukas«, begann Roswitha und stellte einen Stapel Teller in die Spüle. »Wie kommt es eigentlich, dass du allein lebst? Ich hätte gedacht, bei dir stehen die Frauen Schlange. Bei deinem Aussehen und Charme.« Sie lachte.

Lukas wusste nicht recht, was er darauf antworten sollte. Wenn man es genau nahm, hatten die Frauen in den letzten Monaten tatsächlich Schlange gestanden. Auf andere Art als Roswitha meinte, aber er hatte nun mal ein besonderes Verhältnis zu den Frauen. »Ach, weißt du, Rosi«, antwortete er ausweichend, »ich arbeite so viel und zu den unmöglichsten Zeiten. Da hält es keine Frau lange freiwillig bei mir aus. Vielleicht, wenn ich mich irgendwann zur Ruhe gesetzt habe und dann noch nicht total verwelkt aussehe.« Lukas grinste. Es amüsierte ihn, Andeutungen zu seinem Hobby zu machen, die andere nicht verstanden. Rosi und Frank ahnten nicht, wie die Frauen bei ihm zu Hause ein- und ausgingen, beziehungsweise hinein und hinaus getragen wurden.

× × ×

Holper kannte seine Frau. Als sie mit Lukas zurück ins Esszimmer kam, wusste er gleich, auf welches Thema sie das Gespräch in der Küche gelenkt hatte. »Und? Hat mein Schatz dich über dein Liebesleben ausgefragt? Das macht sie jedes Mal. Furchtbar.«

Roswitha sah ihn strafend an. »Ich interessiere mich wenigstens für die privaten Dinge und rede mit unseren Gästen nicht ständig nur über die Arbeit, nicht wahr?«

Holper grinste. Er wusste genau, wie er seine Frau aufziehen konnte. Dass er es nicht ernst meinte, wusste Roswitha genau, und doch funktionierte die Neckerei immer wieder. »Apropos Arbeit, Lukas, es gibt Neuigkeiten. Wir haben die Anruferin ermitteln können, die uns den Tipp mit dem Tattoo-Studio gegeben hat. Sie heißt Linda Geppert. Ich habe sie vorhin angerufen und einen Termin für nächsten Dienstag ausgemacht. Ich hoffe, du hast Zeit mitzufahren.«

× × ×

Lukas setzte sich kerzengerade auf. Um nichts in der Welt würde er diese Gelegenheit verpassen! Die Frau musste einfach etwas wissen, das ihn näher an Laura heranbrachte. Mit etwas Glück kannte sie Laura sogar und wusste, wo sie jetzt wohnte. »Klar, ich komme mit«, antwortete er, um eine neutrale Stimmlage bemüht. »Holst du mich ab?«

»Sicher. Ich bin dann gegen drei bei dir. Der Termin ist um vier, da haben wir genügend Zeit für eine kleine Überlandfahrt im Cabrio.«

»So, jetzt ist aber Schluss mit Arbeit!«, unterbrach Roswitha das Gespräch. »Darüber könnt ihr euch unterhalten, wenn ihr allein seid. Jetzt möchte ich noch ein bisschen von dir erfahren, Lukas.«

Lukas hatte kein besonderes Interesse daran, sein Leben vor einem Polizisten und dessen Frau auszubreiten. Trotzdem konnte er die Fragen nicht einfach abblocken. An diesem gemeinsamen Abend musste er Interesse am Verlauf der Gespräche heucheln. Ständig saugte er sich neue Antworten aus den Fingern. Seine Hobbys? ›Also ich entführe, foltere und ermorde in meiner Freizeit Frauen und verpasse ihnen ein schönes Schmetterlings-Tattoo. Außerdem habe ich eine kleine Gefängniszelle gebaut, damit mir die Frauen nicht weglaufen.‹ Es wäre amüsant, ihre Gesichter zu sehen, zumindest für einen kurzen Moment, bis Holper ihm Handschellen anlegte. Also musste er sich weiter mit Märchen und Halbwahrheiten durch den gemeinsamen Abend hangeln. Erst nach Mitternacht ließen die Holpers ihn ziehen. Erleichtert stieg Lukas in seinen Wagen und fuhr nach Hause.

LINDA

Das Wochenende verlief ohne besondere Vorkommnisse. Lukas widmete sich einigen Kundenaufträgen, die er in letzter Zeit vernachlässigt hatte. Für Miriam hatte er wenig Zeit. Ab und zu beobachtete er sie auf den Monitoren, doch die meiste Zeit überließ er sie sich selbst. Nach der umfangreichen Renovierung der Kammer hatte er keine Sorge, dass sie in seiner Abwesenheit irgendwelche Dummheiten anstellen konnte.

Als der ersehnte Dienstag endlich gekommen war, verfluchte Lukas das Schicksal für sein ausgesprochen mieses Timing. Seit den frühen Morgenstunden verbrachte er die meiste Zeit auf der Toilette. Durchfall und Erbrechen wechselten einander ab. In diesem Zustand konnte er nicht einmal im Traum daran denken, eine Autofahrt zu unternehmen. Mit Mühe und Not hatte er zwischen zwei Toilettenaufenthalten sein Handy aus dem Schlafzimmer holen können, um Frank eine SMS zu schicken. Er hoffte, dass sie den Termin um einen oder zwei Tage verschieben konnten, doch Frank machte diese Hoffnung zunichte. Er wolle keine Zeit verlieren und werde Ersatz für Lukas finden, schrieb er zurück. Lukas musste also darauf hoffen, dass die Informationen, die er nach der Vernehmung aus zweiter Hand bekam, ihn weiterbrachten. Die Genesungswünsche, die Frank ans Ende seiner

Nachricht gehängt hatte, machten die Sache auch nicht besser.

Lukas wusste nicht einmal, ob er sich einen Magen-Darm-Virus eingefangen oder nur etwas Verdorbenes gegessen hatte. Bei seinen Koch- und Essgewohnheiten der letzten Monate hatte so etwas über kurz oder lang passieren müssen. Er nahm sich fest vor, in Zukunft besser darauf zu achten, wie lange das Essen bereits in den Töpfen und Schüsseln stand und ob es noch gefahrlos zu genießen war.

Für den Moment half ihm dieser Vorsatz allerdings nichts. Das stille Örtchen rief bereits zum nächsten Besuch.

× × ×

Holper hatte nach Lukas' Absage kurzfristig eine junge Kollegin für den Befragungstermin eingeteilt. Hannah Kuhnz war noch nicht lange in seinem Team und hoch motiviert. Sie sollte eine Chance bekommen. Vielleicht war es sogar von Vorteil, dass eine Frau bei diesem Gespräch dabei wäre.

Eigentlich hatte Holper vorgehabt, sein Cabrio für die Fahrt zu nutzen, doch bei grauem Himmel und ständigen Regenschauern hatte er die Lust dazu verloren. Ohne offenes Verdeck brauchte er auch kein Cabrio. Also entschied er sich für einen der Dienstwagen aus dem Fuhrpark.

Die Fahrt führte einige Kilometer über Landstraßen, vorbei an Wiesen, Feldern und unzähligen Windrädern, von denen in den letzten Jahren immer mehr aus dem Boden zu wachsen schienen. Holper wechselte nicht viele Worte mit seiner Kollegin. Vor dem Aufbruch hatte er ihr ein kurzes Briefing gegeben und ihr erzählt, was sie erwarten würde und worauf es ihm bei diesem Termin ankam.

Hannah nutzte die Autofahrt dazu, sich mit den Unterlagen zu beschäftigen und einige Fragen vorzubereiten. Für sie war es der erste Termin dieser Art. Sie freute sich und war ein wenig stolz, dass sie in diesem wichtigen Fall mit Kommissar Holper zusammenarbeiten durfte. Auf keinen Fall wollte sie ihn enttäuschen, das war sicher.

Linda Geppert wohnte in einem idyllischen Örtchen mit geschätzt nicht mehr als siebzig Wohnhäusern. Die Hauptstraße, die zwischen den Häusern hindurchführte, hatte die Bezeichnung ›Straße‹ kaum verdient. Es gab nicht einmal eine Mittelmarkierung.

Holper stoppte den Wagen vor einem in hellem Beige gestrichenen Doppelhaus mit dunklem Pultdach. Am Briefkasten der rechten Haushälfte stand der Name Geppert. Sie waren an der richtigen Adresse.

× × ×

Linda hatte, wie auch die Nächte zuvor, kaum geschlafen. Ständig kreisten Horrorszenarien vom Besuch der Beamten durch ihren Kopf. Es gelang ihr nicht, sich zu beruhigen. Ungeduldig tigerte sie seit einer halben Stunde durch die Wohnung und sah immer wieder auf die Uhr.

Als es endlich klingelte, erstarrte sie für einen Moment. Sie versuchte, sich zu sammeln, atmete ein paarmal tief durch und öffnete dann die Tür. Ihr gegenüber standen ein Mann und eine junge Frau in Zivil. Linda war positiv überrascht, sie hatte uniformierte Beamte erwartet, die ihr mit versteinerter Miene Fragen stellten. Linda bat die beiden herein und bot ihnen einen Platz am Esstisch an.

Nach der Begrüßung versuchte sie es mit der Flucht nach vorne und begann das Gespräch: »Puh, ich muss Ihnen sagen, dass ich total aufgeregt bin. Ich habe die letzte Nacht überhaupt nicht gut geschlafen. Im Internet stand etwas von zwei Morden.« Mit einem angestrengten

Lächeln fügte sie hinzu: »Ich hoffe, ich bin nicht verdächtig …«

Dem Kommissar war offenbar nicht entgangen, dass Linda unglaublich nervös war und dass sie versuchte, diese Unsicherheit mit Humor zu überspielen.

»Keine Sorge, Frau Geppert.« Er lächelte sie an. »Sie müssen nicht nervös sein. Wir kommen nur zu Ihnen, weil wir hoffen, dass Sie uns bei der Aufklärung dieser Verbrechen behilflich sein können.«

Ihre Anspannung ließ ein wenig nach. Holper nickte seiner Kollegin zu, die nun das Gespräch übernahm. »Frau Geppert«, begann sie in ebenso ruhigem wie freundlichen Tonfall. »Sie haben am achten August, einem Mittwoch, einen anonymen Anruf bei der Polizei getätigt. Ist das korrekt?«

»Ja, stimmt.«

»Können Sie uns sagen, weshalb Sie Ihren Namen nicht nennen wollten?«

Linda zögerte. »Ich dachte … ich … wollte in nichts hineingezogen werden. Man hört ja manchmal … Zeugen stößt etwas zu …« Ihre Stimme versagte.

Hannah nickte bedächtig und fuhr mit der Befragung fort, ohne die Aussage zu kommentieren: »Sie haben gesagt, dass Sie Angaben zu dem Tattoo machen können, das in der Zeitung veröffentlicht wurde.«

»Ja, genau.«

»Würden Sie uns bitte noch einmal sagen, welche Informationen Sie haben?«

Linda überlegte kurz. »Ich hatte Ihren Kollegen ja schon gesagt: Vor gut zwanzig Jahren habe ich mir ein Tattoo in einem Studio machen lassen. Eigentlich hätte ich nicht gedacht, dass sich sonst noch jemand dieses Motiv stechen lässt.«

Holper stutzte. »Sonst noch jemand? Haben Sie etwa auch einen Schmetterling?«

Linda nickte. »Ja. Ich dachte, ich hätte Ihren Kollegen das gesagt. Er sieht dem Foto in der Zeitung zum Verwechseln ähnlich.« Sie zog das rechte Hosenbein etwas hoch, bis das Tattoo zum Vorschein kam. Der Schmetterling auf ihrem Knöchel sah genauso aus wie die Tattoos der beiden Opfer. Er wirkte zwar nicht mehr ganz so frisch, aber das konnte man nach über zwanzig Jahren auch kaum erwarten.

Holper beugte sich vor und betrachtete das Tattoo genau. »Sagen Sie, Frau Geppert, kennen Sie vielleicht doch noch jemanden, der sich dieses Motiv hat stechen lassen? So ungefähr zu der Zeit wie Sie?«

Linda zögerte. »Nein, tut mir leid. Wieso fragen Sie?«

»Wir haben mit Herrn Wesselmann gesprochen, der damals in besagtem Studio gearbeitet hat.«

Linda ahnte, was das bedeutete. Ihre Nervosität stieg schlagartig wieder an. Sie hätte nie geglaubt, dass sich jemand an sie erinnern würde, wo sie doch nur ein einziges Mal in das Studio gegangen war.

»Sagt Ihnen der Name Laura etwas? Sie soll damals ebenfalls solch ein Tattoo bekommen haben.«

Linda schluckte. »Nein, der Name sagt mir nichts.« Sie bemühte sich, mit fester Stimme zu antworten.

Hannah Kuhnz hatte sich während der Unterhaltung Notizen gemacht und ließ nun den Stift auf ihren Block sinken. »Frau Geppert, erinnern Sie sich vielleicht noch an irgendetwas, das uns weiterhelfen könnte? Jede Information kann hilfreich sein, auch wenn sie Ihnen unwichtig scheint. Möglicherweise kennen Sie jemanden, dem Ihr Tattoo besonders gut gefallen hat. Oder jemand hat Sie gefragt, wo Sie es stechen ließen.«

Linda lief ein Schauer über den Rücken. Bei dieser Frage fiel ihr nur eine einzige Person ein. Aber traute sie ihm einen Mord zu? So weit würde er nicht gehen, oder etwa doch? Was wäre, wenn sie jetzt der Polizei seinen Namen nannte? Vermutlich begann dann alles wieder von vorne. Sie müsste ihn wiedersehen, sich mit der Vergangenheit auseinandersetzen und erklären, wie sie ihre neue Identität bekommen hatte. Das stand sie nicht noch einmal durch. Linda entschied, die Information besser für sich zu behalten. »Nein, da fällt mir leider niemand ein. Tut mir wirklich leid, dass ich Ihnen nicht weiterhelfen kann.«

Der Kommissar nickte. Er gab seiner Kollegin das Zeichen zum Aufbruch. Hannah Kuhnz klappte ihren Notizblock zu und stand auf. »Vielen Dank für Ihre Zeit, Frau Geppert. Wenn Ihnen noch etwas einfallen sollte, melden Sie sich bitte. Hier ist meine Karte.« Sie reichte Linda eine Visitenkarte.

Auch Holper verabschiedete sich. »Sollten wir noch weitere Fragen haben, werden wir Sie anrufen. Ich wünsche Ihnen noch einen schönen Tag.«

× × ×

Linda war endlos erleichtert, als die Tür hinter den Beamten ins Schloss fiel. Die Befragung hatte sie angestrengt, sie fühlte sich müde und ausgelaugt. Hatte sie verbergen können, wie aufgeregt sie war? Sie bezweifelte es. Ein erfahrener Polizist musste ihr die Nervosität angemerkt haben. Linda hoffte inständig, dass nach diesem Gespräch niemand auf den Gedanken kommen würde, sich näher mit ihr und ihrer Vergangenheit zu beschäftigen.

Obwohl es erst Nachmittag war, legte sie sich ins Bett und schlief kurze Zeit später ein. Das erste Mal seit Tagen schlief sie tief und fest.

× × ×

Miriam nahm einen Bissen Brot in den Mund und kaute ihn so lange, bis er sich fast vollständig aufgelöst hatte. Sie versuchte, sich die Essensrationen einzuteilen. Lukas war schon eine Weile nicht im Keller gewesen und von dem Brot und Wasser, das er ihr überlassen hatte, war nicht mehr viel übrig. Genug für zwei bis maximal drei Tage, wobei die Brotscheiben schon so trocken waren, dass Miriam sie trotz ihres Hungers nur schwer hinunter bekam.

Trotz der ständigen Angst, dass ihr Ende näher rückte, plagte sie die Langeweile. Sie musste Stunde um Stunde in diesem Raum ausharren, ohne ein Geräusch von außen, ohne mit jemandem sprechen oder sich sinnvoll beschäftigen zu können. Sie hatte inzwischen sogar die Etiketten der Wasserflaschen auswendig gelernt, so oft hatte sie die Aufschrift gelesen, um die Zeit totzuschlagen.

Bisher war Miriam auch noch keine Möglichkeit eingefallen, wie sie Lukas dazu bringen konnte, die Tür der Kammer zu öffnen, ohne sie vorher zu betäuben. Sollte sie sich tot stellen? Er würde bestimmt nicht auf so etwas hereinfallen. Sie hatte selbst gesehen, wie scharfe Bilder die Kameras lieferten. Zu gut waren die Details darauf zu erkennen. Bestenfalls würde er denken, dass sie schlief, doch das wäre kein Grund, die Kammer zu öffnen.

× × ×

Lukas' Zustand hatte sich den Tag über kaum gebessert. Die Abstände, in denen er gezwungen war, schnellstmöglich das Bad aufzusuchen, wurden zwar größer, doch war weiterhin nicht daran zu denken, in den Keller zu gehen oder gar das Haus zu verlassen. Erst am späten Abend beruhigte sich sein Körper langsam, sodass er die Nacht mit nur einer Unterbrechung im Bett verbringen konnte.

Am Mittwochmorgen sah die Welt schon wieder viel freundlicher aus. Er fühlte sich fit genug, Frank zu bitten, auf einen Sprung vorbeizukommen und ihm von den Ergebnissen des letzten Tages zu berichten. Lukas' Nerven waren zum Zerreißen gespannt. Er wusste nicht, ob ihn die neuen Erkenntnisse weiterbringen würden, und er verfluchte seinen Körper für die verpasste Gelegenheit, selbst mit der Zeugin sprechen zu können.

Frank erklärte sich gerne bereit vorbeizuschauen und kündigte sich für den frühen Nachmittag an. Lukas blieb also Zeit genug, sich endlich einmal wieder um Miriam zu kümmern. Sie sollte schließlich bei Kräften bleiben, solange die Frist lief, die er ihr gesetzt hatte, und dazu musste er sie ausreichend mit Essen und Trinken versorgen. Im Supermarkt besorgte er ein paar weitere Flaschen Wasser und etwas Brot. Aus einem Impuls heraus legte er an der Kasse noch einen Schokoriegel auf das Band. Den hatte sich Miriam nach der langen Zeit, die sie bereits durchhielt, verdient.

Wieder zu Hause, ging Lukas sofort in den Keller. Dort war alles beim Alten. Die Kammer war verschlossen und schien unversehrt, alle Monitore zeigten deutliche Bilder aus dem Inneren.

× × ×

Miriam hörte, dass die Tür zum Kellerraum geöffnet wurde und jemand hereinkam. Lukas war also noch da. Er hatte sie nicht vergessen. Sie stand auf und stellte sich an die Wand gegenüber der Zellentür. Falls Lukas die Kammer wider Erwarten öffnen sollte, war sie bereit. Sie hörte ein leises Knacken aus den Lautsprechern.

»Hallo Miriam. Setz dich in die andere Ecke und bleib dort sitzen. Bitte.«

Miriam zögerte. Was sollte das nun wieder?

»Setz – dich – hin!« Lukas' Tonfall wurde schärfer.

Miriam gehorchte. Plötzlich öffnete sich an der Decke eine kleine Luke. Miriam hatte sie zuvor nicht bemerkt und sie war nicht annähernd groß genug, hindurch zu klettern. Nacheinander fielen durch die Öffnung vier Flaschen Wasser, eine Packung geschnittenes Brot und –

Miriam konnte es kaum glauben – ein Schokoladenriegel. Wie kam Lukas plötzlich dazu, ihr so etwas zu geben? War vielleicht etwas in dem Riegel? Gift?

Lukas schien ihre Gedanken zu ahnen. »Keine Sorge. Der Schokoriegel ist sauber.«

Miriam glaubte ihm kein Wort, doch das Verlangen war stärker als ihre Skepsis. Sie schnappte sich den Riegel, riss die Verpackungsfolie herunter und biss ein großes Stück Schokolade ab. *Oh mein Gott. Herrlich!* Dass etwas so gut schmecken konnte … Miriam schloss die Augen und genoss ausgiebig jeden Bissen des unerwarteten Geschenks.

× × ×

Lukas beobachtete mit diebischer Freude, wie Miriam den Schokoriegel aß, als wäre es das Köstlichste der Welt. Das sollte ihre Stimmung für eine Weile heben. Vielleicht schöpfte sie ja sogar noch ein wenig mehr Hoffnung auf ein gutes Ende und er konnte ihren tiefen emotionalen Fall später umso mehr genießen.

Inzwischen war es vier Uhr. Zeit, sich auf den Besuch von Frank vorzubereiten. Ungeduldig wartete Lukas auf den Kommissar. Erst kurz vor fünf klingelte Frank an der Tür. Lukas bat ihn in das kleine Büro, in dem sie sich auch beim ersten Besuch unterhalten hatten.

Frank begann das Gespräch mit etwas Small-Talk und erkundigte sich zuerst nach Lukas' Befinden: »Na, wieder fit? Dich hatte es wohl voll erwischt, was?«

»Das kannst du laut sagen. Ich muss mir den Magen gehörig verdorben haben, sollte wohl besser nicht mehr selbst kochen.« Lukas lachte. »Ich habe den ganzen Tag im Bad verbracht, länger als jede Frau, die ich kenne. Vielleicht komme ich ab jetzt öfter zum Essen bei euch vorbei. Wenn deine Frau kocht, wird mir das wohl nicht passieren.«

»Da hast du sicher recht.« Frank grinste. »Aber nun zu dem, weshalb ich eigentlich hier bin.« Frank erzählte ausführlich von seinem Gespräch mit Linda Geppert. Er verschwieg auch nicht, dass er den Eindruck hatte, dass die Zeugin nicht so ahnungslos war, wie sie vorgab. Er war nicht sicher, ob sie nur versucht hatte, ihre Nervosität zu überspielen, oder ob sie etwas anderes vor ihnen verbarg. Wenn ihn sein Gefühl nicht trog, hatte Linda Geppert Angst. Aber wovor? Doch er würde noch genug Zeit haben, ihre Aussagen zu überprüfen, da hatte er sie nicht beim ersten Gespräch übermäßig unter Druck setzen müssen.

Lukas hörte Frank aufmerksam zu. Mit einem Mal wurde er hellhörig. Was hatte Frank da gerade erzählt?

»Ja, du hast richtig gehört. Frau Geppert hat das gleiche Tattoo, wie es unsere Opfer haben. Schwer zu glauben, oder?«

»Willst du noch mal hinfahren?«, fragte Lukas. In seinem Kopf tobte ein Sturm von Gedanken.

»Nein, ich denke, wir werden sie zu uns aufs Revier bestellen. Vielleicht bringt sie diese Umgebung dazu, mehr zu erzählen.«

»Klingt gut, Frank.« Lukas versuchte, das Gespräch unauffällig zu beenden. Der Kommissar musste gehen. Sofort. »Sagst du mir Bescheid, wenn es so weit ist? Ich wäre bei der Befragung gerne dabei.«

»Natürlich, kein Problem. Ich denke, wir werden das gleich Anfang nächster Woche in Angriff nehmen. Vorher sollen die Kollegen noch ein wenig in Frau Gepperts Vergangenheit recherchieren. Wir brauchen ein paar Anhaltspunkte, mit denen wir sie konfrontieren können. Vielleicht kannst du auch einmal schauen, ob du noch etwas herausfindest. Hier sind die Daten, die wir von ihr haben.«

Lukas nickte knapp und nahm das Blatt Papier entgegen, das Frank ihm reichte. *Jetzt hau schon ab.*

»Falls du etwas Interessantes entdeckst«, fuhr Frank fort, »schreib mir eine kurze E-Mail. Ich muss jetzt leider nach Hause. Rosi wartet mit dem Essen.«

»Natürlich. Du kannst dich auf mich verlassen.« Lukas begleitete den Kommissar zur Tür. Als Franks Cabrio aus der Einfahrt gefahren war, stürmte er zurück ins Büro. Diese Recherche hatte jetzt höchste Priorität. Das Tattoo konnte einfach kein Zufall sein. Mit allem hatte er gerechnet, jedoch nicht damit, dass Linda Geppert diejenige war, die er suchte: Laura Hoffmann.

Noch hatte er keine Bestätigung, aber Lukas war sich ganz sicher. Laura war also nicht verschwunden, sie hatte es irgendwie geschafft, eine neue Identität anzunehmen. Kein Wunder, dass er sie nicht hatte finden können. Auch das Foto ihres Personalausweises, das auf dem Blatt mit Lindas Profil abgedruckt war, schien zu stimmen. Die Frau darauf war ganz bestimmt Laura, natürlich deutlich älter als er sie kannte. Jetzt brauchte er nur noch einen Beweis, und zwar schnell, bevor die Polizei auf die gleichen Gedanken kam. Wenn Frank von Lindas wahrer Identität erfuhr und sie daraufhin befragte, könnte sie den Kommissar auf Lukas' Spur führen. Das musste er um jeden Preis verhindern.

Bis spät in die Nacht suchte er im Internet nach Informationen und kontaktierte Informanten, die ihm in zweifelhaften Geschäftsbereichen zur Verfügung standen. Gegen entsprechende Entlohnung. Endlich, als die Sonne bereits wieder aufgegangen war, hatte er jemanden gefunden, der mit gefälschten Identitäten handelte. Lukas musste mehrere Gefallen einfordern, bis er die Bestätigung erhielt, dass etwa zu der Zeit, als Laura verschwand, eine Identität mit dem Namen Linda Geppert verkauft worden war. Das letzte Puzzleteil. Er hatte es geschafft. Lukas schnappte sich das Telefon und wählte die Nummer, die auf dem Dokument von Frank Holper stand. Dann hielt er inne und legte noch vor dem ersten Klingeln auf. So früh am Morgen konnte er unmöglich anrufen, ohne sich verdächtig zu machen oder die Frau zu alarmieren.

Erst drei Stunden später wählte er erneut die Nummer, neben der der Name ›Linda Geppert‹ stand. Mit leicht verstellter Stimme gab er sich als Polizist aus und kündigte für den Abend den Besuch eines Kollegen an. Er behauptete, es hätten sich noch weitere Fragen ergeben, die unbedingt persönlich geklärt werden müssten. Lukas wollte sichergehen, dass Laura am Abend zu Hause war und mit offiziellem Besuch rechnete. Erschöpft, aber zufrieden legte er sich schlafen. Für den Abend musste er hellwach und voll konzentriert sein.

Die Fahrt in das kleine Dörfchen verging wie im Flug. Immer und immer wieder ging Lukas in Gedanken den geplanten Ablauf durch. Er hatte alle möglichen Utensilien eingepackt. Ein Seil, Tücher, ein Messer für den absoluten Notfall, der hoffentlich nicht eintreten würde, das gerade erst vom Schwarzmarkt besorgte Chloroform und eine Polizeimarke aus dem Kostümhandel.

Lukas parkte den Wagen in der Garageneinfahrt. Eine Hecke trennte sie vom Vorgarten ab und bot einen ausreichenden Sichtschutz. Er klingelte an der Haustür und hielt die falsche Polizeimarke vor den Türspion.

× × ×

Linda warf einen kurzen Blick durch den Spion. Als sie die Marke sah, öffnete sie dem Polizeibeamten.

»Guten Abend, ich habe Sie schon …« Ihr gefror das Blut in den Adern. Vor ihr stand Lukas. Sie erkannte sein Gesicht sofort wieder. An seinem Blick sah sie, dass er wusste, wer sie war. Wie war das möglich?

»Hallo Laura. Hast du mich vermisst?« Lukas sah ihr direkt in die Augen.

Verzweifelt versuchte Linda, die Tür zuzuschlagen, doch Lukas stellte seinen Fuß in den Rahmen. Linda rannte in den Flur. Im Vorbeilaufen griff sie ihr schnurloses Telefon, lief so schnell sie konnte ins Badezimmer im ersten Stock, warf die Tür hinter sich zu und drehte den Schlüssel um. Keuchend setzte sie sich auf den Rand der Badewanne und wählte die 1-1-0. Kein Freizeichen. Sie versuchte es erneut. Die Leitung war tot.

× × ×

Lukas sah, dass Laura das Telefon von der Station nahm. Mit schnellen Schritten folgte er ihr in den Flur, zog den Stecker aus der Wanddose und unterbrach so die Verbindung nach draußen. In aller Ruhe prüfte er dann das Haus auf mögliche Fluchtwege. Im Erdgeschoss gab es außer der Haustür nur eine weitere auf der Rückseite des Gebäudes, die auf die Terrasse führte. Lukas öffnete sie und ging hinaus. Der Garten war umzäunt. Ein Gittertor versperrte neben der Garageneinfahrt den direkten Weg zur Straße. Der Schlüssel steckte. Lukas zog ihn ab. Wenn sie über den Zaun oder das Tor klettern wollte, würde sie das ein paar Sekunden kosten.

Sein Blick wanderte an der Hauswand entlang. Alle Fenster waren dunkel. Auch in der benachbarten Doppelhaushälfte regte sich nichts. Sehr gut. Niemand würde etwas mitbekommen, falls es lauter werden sollte. Lukas ging zurück ins Haus und schloss die Terrassentür ab. Dann schlenderte er zur Vordertür und sah sich die Fenster zur Straßenseite an.

Hinter einer Milchglasscheibe im ersten Stock bewegte sich ein Schatten. Laura hatte sich also im Bad eingeschlossen. Lukas ging wieder hinein und ließ die Tür zufallen. Seelenruhig stieg er die Treppe hinauf. Vor der Badezimmertür blieb er stehen und lauschte. Er hörte schweres

Atmen, zwischendurch ein leises Schluchzen. Einen Moment lang wartete Lukas, dann klopfte er.

× × ×

Linda zuckte zusammen. Gedämpft drang Lukas' Stimme durch die Tür: »Laura, los mach auf!«

Linda rührte sich nicht. Sie begriff nicht, wie er sie gefunden hatte. Eine Weile hatte sie noch gehofft, dass gleich der angekündigte Beamte zur Befragung kommen würde, bis ihr klar wurde, dass Lukas hinter diesem Anruf stecken musste. Sie hatte so viel Mühe auf sich genommen und so viel aufgegeben, um ihn aus ihrem Leben zu streichen! Jetzt war das alles umsonst gewesen. Linda bereute zutiefst, dass sie sich hatte hinreißen lassen, der Polizei Informationen über das Schmetterlings-Tattoo zu geben. Doch wie hätte sie ahnen können, welche Folgen dieser eine Anruf haben würde?

Lukas hämmerte gegen die Tür. »Mach die verdammte Tür auf oder ich trete sie ein!«

Linda sah sich verzweifelt im Bad um. Das Fenster. Ihre einzige Chance war, hinauszuklettern. Ein Sprung aus dem ersten Stock war immer noch besser als die Alternative. Sie öffnete das Fenster und kletterte hindurch. Mit den Armen hängte sie sich ans Fensterbrett, um den Abstand zum Boden zu reduzieren. Dann ließ sie los.

Der Aufprall auf dem Rasen vor dem Haus war schmerzhafter als erhofft. Linda knickten die Beine weg und sie fiel. Während sie sich wieder aufrappelte, merkte sie, dass sie den linken Fuß nicht mehr belasten konnte. Humpelnd schleppte sie sich in Richtung Straße.

× × ×

Lukas hörte, wie im Bad das Fenster geöffnet wurde. Sofort lief er die Treppe hinunter und wartete an der

Haustür. Er sah gelassen zu, wie Laura aus dem Fenster kletterte und in den Vorgarten sprang. Bei einer solchen Höhe musste sie sich beim Sprung verletzen, wenn sie in den letzten Jahren nicht zur geübten Sportlerin mutiert war.

So wunderte es ihn nicht, dass Laura zwar noch aufstehen, aber nicht mehr richtig laufen konnte. Er näherte sich ihr lautlos, packte sie mit einem schnellen Griff, hielt ihr den Mund zu und zog sie zu seinem Auto. Die hintere Tür stand bereits offen. Lukas drückte Lauras Gesicht in das Polster der Rückbank und fesselte ihr die Arme auf dem Rücken. Mit einem Tuch knebelte er sie, damit sie keinen der Anwohner auf sich aufmerksam machen konnte. Dann schleppte er sie zum Heck des Wagens, öffnete den Kofferraum, stieß sie unsanft hinein und drückte die Klappe zu.

Ohne besondere Eile ging er zurück ins Haus. Er schloss das Badezimmerfenster, stellte das Telefon an seinen Platz auf die Station, steckte das Kabel in die Anschlussdose an der Wand und nahm den Schlüssel vom Haken neben der Garderobe. Er verließ das Haus und schloss die Tür ab. Als er hinter dem Steuer seines Wagens saß, atmete er tief durch. Endlich geschafft.

Während der Heimfahrt trommelte Laura immer wieder gegen die Wand des Kofferraums, bis es Lukas zu bunt wurde. Er hielt den Wagen am Straßenrand und holte das Chloroform hinter dem Beifahrersitz hervor. Eigentlich hatte er es nicht verwenden wollen, doch das Gepolter ging ihm auf die Nerven. Das konnte er nicht den Rest der Fahrt über sich ergehen lassen. Lukas öffnete den Kofferraum und drückte Laura das getränkte Tuch auf Mund und Nase, bis sie sich nicht mehr rührte.

LAURA

Miriam hatte noch immer den Geschmack von Schokolade im Mund. Sie wollte ihn solange es ging auskosten, also hatte sie nach dem Schokoriegel weder etwas gegessen noch getrunken. Jetzt saß sie in einer Ecke der Kammer und träumte vor sich hin. Es war verrückt. Zum ersten Mal, seit sie hier gefangen war, fühlte sie sich fast ein bisschen zufrieden. Langsam schlief sie ein.

Tumult riss sie aus ihren Träumen von Schokolade und Kuchen. Miriam riss die Augen auf und war mit einem Schlag hellwach. Eine fremde Frau war mit ihr in der Zelle, schrie wie am Spieß und trommelte gegen die Wände. Miriam rappelte sich auf, um nicht getreten zu werden. Ein dumpfer Schmerz in ihrem Kopf ließ sie vermuten, dass Lukas sie erneut betäubt hatte.

»He!« Miriam packte die Frau am Arm. »Das bringt nichts. Glauben Sie mir, ich habe es oft genug versucht.«

Die Frau drehte sich zu ihr um und sah sie mit verweinten Augen an. Ihr war deutlich anzusehen, dass sie noch nicht begriff, was hier geschah.

Miriam bemühte sich, sie erst einmal zu beruhigen. »Lassen Sie's gut sein. Lukas reagiert sowieso nicht. Was denken Sie, wie oft ich versucht habe, ihn dazu zu bringen.« Sie seufzte. »Ich heiße übrigens Miriam. Und Sie?« Miriam streckte ihr die Hand entgegen.

Zögernd reagierte ihr Gegenüber mit einem kraftlosen Händedruck. »Ich …« Ihre Stimme stockte. »Ich bin Linda. Linda Geppert.«

× × ×

Linda war völlig durcheinander. Sie erinnerte sich noch daran, dass Lukas sie in den Kofferraum gesperrt und ihr unterwegs ein feuchtes, süßlich riechendes Tuch auf Mund und Nase gedrückt hatte. Er musste sie betäubt haben. Später war sie in dieser winzigen Zelle aufgewacht, in der sie offensichtlich zusammen mit einer anderen Frau eingesperrt war. Lukas war vollkommen verrückt geworden. Trotz allem, was er ihr früher seelisch angetan hatte, hätte sie ihm doch nicht zugetraut, dass er so weit gehen würde. Ihr wurde klar, dass Lukas der Mörder sein musste, den die Polizei suchte.

Die junge Frau, die mit ihr zusammen in der Zelle saß und sich als Miriam vorgestellt hatte, war erstaunlich gelassen. Entweder war sie schon so lange hier gefangen, dass sie sich mit der Situation abgefunden hatte, oder sie steckte mit Lukas unter einer Decke.

Miriam reichte Linda ein Stück Brot und eine der Wasserflaschen. »Hier, trinken Sie etwas. Wenn Sie mögen, können wir uns auch duzen.«

»Danke, gerne.« Linda nahm das Wasser. Sie merkte erst jetzt, wie durstig sie war, und leerte die Flasche in kürzester Zeit bis zur Hälfte.

Nachdem sie sich ein wenig beruhigt hatte, versuchte sie, es sich auf dem Boden bequem zu machen. Auf dem beengten Raum war es fast unmöglich, gemeinsam zu sitzen, ohne sich zu berühren oder völlig zu verkrampfen.

Linda sah Miriam fragend an. »Bist du schon lange hier drin?«

»Ich weiß schon gar nicht mehr, wie lange.« Miriams Miene wurde finster. »Ich war schon zweimal so gut wie tot und wäre einmal um ein Haar entkommen, aber wie du siehst ...« Sie breitete die Arme aus. »Ich bin immer noch hier.«

Miriam berichtete, wie sie Lukas im Klub kennengelernt hatte, von der Entführung, den fortwährenden Qualen in der Kammer und dem beinahe erfolgreichen Ausbruchsversuch.

Es klang wie ein Krimi. Mit großen Augen hörte Linda zu. Hätte ihr jemand die Geschichte in einer anderen Situation erzählt, hätte sie nichts davon geglaubt. Aber so, gefangen in dieser Zelle, kam ihr jedes Wort absolut real vor.

»Wie bist du denn an den Mistkerl geraten?«, wollte Miriam jetzt wissen.

»Das ist eine lange Geschichte. Ich erzähle sie dir, wenn ich etwas geschlafen habe. Ich bin hundemüde.«

× × ×

Miriam war es ganz recht, dass sich Linda im Moment nicht weiter unterhalten wollte. Sie war ebenfalls furchtbar müde und es gab bestimmt noch genug Zeit, einander kennenzulernen.

Trotz der bleiernen Müdigkeit war Miriam aber viel zu aufgewühlt, um so weit zur Ruhe zu kommen, dass sie einschlafen konnte. Ob Lukas seine Zusage einhalten würde? Wenn Linda die Frau war, nach der er gesucht hatte, ließ er Miriam vielleicht frei. *Sei keine Idiotin, Miri. Er wird dich töten wie die anderen.* Doch der kleine Funke Hoffnung in ihr wollte nicht erlöschen. Noch war sie am Leben.

× × ×

Lukas hatte das Treiben in der Kammer gespannt beobachtet. Laura, oder Linda, wie sie sich jetzt nannte, hatte eine ungeheure Ausdauer bewiesen. Ihr Gekreische hatte nicht enden wollen, bis Miriam beruhigend auf sie eingeredet hatte. In den kommenden Tagen würde er die beiden Frauen erst einmal sich selbst überlassen. Sollten sie sich ein wenig unterhalten und beschnuppern.

Lukas hatte sein Ziel erreicht. Laura war bei ihm und konnte ihn nicht wieder verlassen. Ob und wann sich ihre Wege noch einmal trennten, entschied niemand außer ihm. Zufrieden ging er zu Bett. In dieser Nacht schlief er so gut und ruhig wie in keiner Nacht der vergangenen Monate.

× × ×

Frank Holper musste endlich auf andere Gedanken kommen und etwas Abstand gewinnen. Die ungeklärten Mordfälle nagten an ihm und belasteten seine Stimmung nicht nur am Arbeitsplatz. Eine kleine Auszeit konnte vielleicht helfen, den Kopf freizubekommen.

Für das kommende Wochenende hatte er einen Campingausflug mit der Familie an den See geplant. Gemeinsame Unternehmungen mit Rosi und Jenny waren selten genug, daher hatte er für den Freitag einen zusätzlichen Urlaubstag genommen. Er wollte die Möglichkeit ausnutzen, solange der Sommer noch zum Baden einlud.

Rosi freute sich schon seit Tagen auf die gemeinsame Zeit, immerhin hatte Holper ihr versprochen, keine Arbeit mit an den See zu nehmen. Jenny hingegen hatte dem Trip nur widerwillig zugestimmt. In ihrem Alter war ein Wochenendausflug mit den Eltern eher ›uncool‹. Während sich Holper mit seiner Familie auf dem kleinen Campingplatz am See erholte, sollten die Kollegen Frau Geppert für Montag oder Dienstag zu einer Vernehmung ins Präsidium bestellen. Vielleicht brachte die erneute Befragung endlich etwas Licht in die Sache.

* * *

Für zwei Frauen war es fast unmöglich, es sich in der engen Zelle halbwegs bequem zu machen. Dementsprechend schlecht verlief Lindas erste Nacht. Mit Schmerzen in Rücken und Nacken erwachte sie nach einigen Stunden aus einem unruhigen Schlaf. Da Miriam noch schlief, nutzte sie die unbeobachtete Zeit, sich den kleinen Raum und ihre Mitbewohnerin genauer anzusehen. Miriam trug ein zerrissenes Kleid, ihre dunklen Haare hingen strähnig herunter und sie war ziemlich blass, wirkte geradezu kränklich. Aber vielleicht vermittelte auch nur das Licht in der Zelle diesen Eindruck. Es war Miriam anzusehen, dass sie schon einiges durchgemacht hatte. An ihrem Hals entdeckte Linda deutliche Blutergüsse, so als wäre sie gewürgt worden. Das sah Lukas ähnlich.

In die Konstruktion der Zelle musste er viel Arbeit gesteckt haben. Ihre Entführung konnte keine spontane Aktion gewesen sein; er hatte mit Sicherheit schon lange versucht, sie zu finden. Aber wie hatte er sie aufgespürt? Niemand außer der Polizei sollte von ihr wissen und selbst die Beamten kannten nur Linda Geppert, nicht Laura Hoffmann. Sonst wäre das Gespräch mit dem Kommissar und seiner Kollegin anders verlaufen. Und doch war es ein komischer Zufall, dass Lukas so schnell nach ihrem Gespräch mit den Beamten bei ihr aufgetaucht war. In Gedanken ging Linda noch einmal die Ereignisse des letzten Abends durch.

In der gegenüberliegenden Ecke begann Miriam, sich zu strecken, trat Linda dabei gegen das Schienbein. »Entschuldigung … guten Morgen.« Sie gähnte ausgiebig. »Wenn es denn Morgen ist … und er hier drin überhaupt gut sein kann.« Sie trank einen Schluck Wasser und reichte Linda die Flasche und das trockene Brot.

»Dann erzähl mal«, forderte sie Linda auf, nachdem diese ein paar Bissen gegessen hatte. »Hat er dich auch so getäuscht? Wie habt ihr euch getroffen?«

Linda schwieg eine Weile. Schließlich seufzte sie tief. »Das ist gut zwanzig Jahre her. Anfangs lief eigentlich alles gut zwischen uns und wir waren einige Monate lang ein Paar. Aber dann begann er, meinen Freiraum immer mehr einzuschränken und mich ständig zu kontrollieren. Ich konnte keinen Schritt ohne ihn machen. Als er nach der kurzen Zeit sogar mit einem Heiratsantrag kam, habe ich die Notbremse gezogen. Ich dachte, damit wäre es vorbei, doch ...« Linda starrte ins Leere. Ihre Stimme wurde leiser. »Danach begann die Hölle. Lukas hat mich verfolgt, ständig angerufen und mir sogar gedroht. Er wollte mich unbedingt zurück und ich wollte nur noch, dass er aus meinem Leben verschwindet. Dieser Mann ist absolut durchgeknallt.« Sie schüttelte den Kopf. »Damals konnte ich ja nicht ahnen, *wie* durchgeknallt er wirklich ist.«

»Das kann ich nur bestätigen.« Miriam nickte und zeigte ihr rechtes Bein. »Sieh mal hier. Das hat er mir verpasst.«

Linda hatte damit gerechnet, dass sie das Tattoo auch bei Miriam sehen würde. Sie zog ihr rechtes Hosenbein nach oben. »Das hier war allerdings nicht Lukas. Ich hatte mir das Motiv während des Studiums ausgesucht, noch bevor ich ihn kennenlernte.« Linda senkte die Stimme, als könnte sie so verhindern, dass Lukas mithörte. »Wusstest du eigentlich, dass er schon zwei Frauen umgebracht hat?«

Miriam nickte abwesend. Langsam ergab alles einen Sinn. Sie und die anderen Frauen waren nur ein Ersatz, ein Lückenfüller für die Zeit, bis er Linda finden konnte. Linda war der Grund dafür, dass sie in dieser Situation steckte. Dass zwei Frauen tot waren. Auch wenn es Lukas war, der diese Grausamkeiten begangen hatte – hätte er Linda früher aufgespürt, wäre nichts von alldem passiert.

Miriam ließ sich ihre Gedanken nicht anmerken. Es hatte keinen Sinn, mit ihrer Mitgefangenen aneinanderzugeraten.

× × ×

Linda zweifelte nicht mehr daran, dass Miriam genau wie sie ein Opfer war. Warum sollte sie sie also nicht in ihr Geheimnis einweihen? »Lukas ist der Grund dafür, dass ich jetzt Linda heiße«, erklärte sie. »Früher hieß ich Laura. Meine Familie und meine Freunde haben nicht erkannt, wie sehr Lukas mich bedrängte und kontrollierte. Alle sahen in ihm den perfekten Gentleman. Charmant, hilfsbereit, der Traum jeder Schwiegermutter. Im Grunde mochte ihn jeder. Nur mir zeigte er sein wahres Gesicht.

Nach der Trennung saß Lukas jeden Tag vor der Uni und wartete auf mich. Er kannte meinen Stundenplan genau. Obwohl er mich nie angesprochen hat, habe ich gespürt, dass er mich beobachtete. Außerdem stand sein Auto fast täglich auf dem Parkplatz gegenüber meiner Wohnung. Dabei hatte er weder Familie noch Freunde in der Gegend. Er lebte und arbeitete eigentlich am anderen Ende der Stadt. Aber das war nicht einmal das Schlimmste.« Linda holte tief Luft. »Ich kann mich noch genau erinnern, wie ich eines Morgens aufwachte und Lukas neben mir im Bett saß, mit einem Messer in der einen Hand und einer Haarsträhne von mir in der anderen. Bis heute weiß ich nicht, wie er in die Wohnung gelangt ist. Ich habe ihn zwar angezeigt, aber es wurden keine Einbruchspuren gefunden und ich konnte die Polizei nicht einmal davon überzeugen, dass er wirklich da gewesen war.

Ich kann nur vermuten, dass er wahrscheinlich einen Zweitschlüssel für die Wohnung anfertigen lassen hatte. Doch auch nachdem ich das Schloss austauschen ließ, hatte ich häufig das Gefühl, dass er in der Wohnung gewesen war, wenn ich aus der Uni oder von meinem

Nebenjob heimkam. Manchmal war es einfach der Geruch seines Aftershaves, der mir im Flur auffiel. Einmal lag ein toter Schmetterling auf meinem Kopfkissen, als ich abends ins Bett wollte. Nicht irgendein Schmetterling, sondern genau so einer.« Linda zeigte auf ihr Tattoo. »Er verfolgte mich auf Schritt und Tritt, doch niemand wollte mir glauben. Sie haben mich ausgelacht. Lukas wäre doch so ein netter Mann, so charmant und zuvorkommend, und ich würde mir das alles nur einbilden, weil ich ihn doch mehr vermisste, als ich zugeben wollte.

Nach etlichen Wochen voller Angst habe ich über zig Ecken endlich jemanden gefunden, der mir eine neue Identität verschaffen konnte. Ich musste dafür von einem Tag auf den anderen jeden Kontakt zu meiner Familie und meinen Freunden abbrechen und ein neues Leben beginnen. Ohne die Chance, diese Entscheidung rückgängig zu machen, wenn ich ihn loswerden wollte.«

Miriam konnte sich vorstellen, wie schwer es sein musste, diesen Schritt zu gehen. Allerdings hatte sie inzwischen einen guten Eindruck davon bekommen, wie Lukas einem das Leben zur Hölle machen konnte.

Wie aufs Stichwort drang das Geräusch der sich öffnenden Kellertür in die Zelle. Miriam kannte es mittlerweile gut. Sie signalisierte Linda wortlos, dass Lukas in den Raum gekommen war.

Kurz darauf tönte seine Stimme aus den Lautsprechern in der Kammer: »Guten Morgen, ihr zwei. Ihr hattet ja nun genügend Zeit, euch etwas kennenzulernen. Kommen wir also zum ernsten Teil des Tages. Ich habe eine gute und eine schlechte Nachricht für euch. Die gute Nachricht ist, dass mit großer Wahrscheinlichkeit eine von euch freikommen wird. Spätestens in neun Tagen.« Er machte eine dramatische Pause. »Die schlechte Nachricht ist, dass der Preis dafür der Tod der anderen ist. Im Klartext: Wer von euch die andere tötet, ist frei.«

Die beiden Frauen sahen sich entsetzt an.

»Und übrigens«, fuhr Lukas fort, »da ich davon ausgehe, dass ihr euch fürs Erste weigert, solltet ihr Folgendes wissen: Wenn ihr beide am nächsten Sonntag noch lebt, werdet ihr gemeinsam sterben. Ein faires Angebot, finde ich.«

Miriam und Linda saßen reglos in der Zelle und sahen sich an. Wie sollte es eine von ihnen über sich bringen, die andere eigenhändig zu töten? Miriam fand als erste die Sprache wieder. »Glaubt dieser Psychopath wirklich, dass wir uns auf seine Spielchen einlassen?«, fauchte sie. »Der tickt doch nicht mehr ganz sauber.« Sie brach in Tränen aus, kauerte sich auf den Boden und vergrub das Gesicht in den Händen. Auch wenn sie nicht daran geglaubt hatte, dass er sein Versprechen halten würde, zerbrach das letzte Bisschen Hoffnung auf ihre Freilassung in diesem Augenblick. Sie würde in genau neun Tagen sterben.

Linda fühlte sich leer. Sie hatte alles erwartet, aber nicht das. Lukas war schon früher gut in Psychospielchen gewesen, doch dieses Mal hatte er dem Ganzen die Krone aufgesetzt. Nach allem, was sie von Miriam gehört und selbst erlebt hatte, traute sie ihm durchaus zu, dass er seine Drohung wahr machte. Überleben zu wollen hieß also, töten zu müssen. Unfassbar.

× × ×

Frank Holper hatte das Wochenende am See genossen. Keine Arbeit, keine Anrufe, kein Stress. Auch die Sonne hatte es gut mit ihnen gemeint, sodass das Baden nicht nur für Hartgesottene ein Vergnügen war.

Von seiner Tochter hatte Holper hingegen nicht viel gesehen. Sie hatte sich gleich am ersten Abend zu einer Gruppe Jugendlicher gesellt und war für den Rest des Wochenendes nur zu den Mahlzeiten aufgetaucht.

Weniger erfreulich war die Rückkehr an den Arbeitsplatz. Seine Kollegen hatten Frau Geppert nicht erreichen können und eine Nachfrage bei ihrer Arbeitsstelle hatte ergeben, dass sie sowohl am Freitag als auch heute unentschuldigt nicht zur Arbeit erschienen war. Holper ärgerte sich, dass er seinem Gefühl nicht mehr Beachtung geschenkt hatte. Linda Geppert hatte etwas zu verbergen und nun befürchtete er, dass sie untergetaucht war, um weiteren Gesprächen mit der Polizei aus dem Weg zu gehen. Wenn es so war, musste sie irgendetwas mit den Morden zu tun haben oder etwas wissen, das sie in Gefahr brachte. So oder so war es überaus wichtig, sie zu finden. Unverzüglich gab er eine Fahndung heraus:

›Gesucht wird Frau Linda Geppert. 44 Jahre alt, circa 1,70 m groß, etwa 65 kg, dunkelblonde, schulterlange, gelockte Haare. Schmetterlings-Tattoo auf dem rechten Knöchel.‹

Außerdem benachrichtigte er Lukas per SMS über den aktuellen Stand.

× × ×

Lukas hatte es sich das Wochenende über auf seiner Terrasse gemütlich gemacht. Er war gespannt, was die kommenden Tage bringen würden. Sollte tatsächlich eine der beiden Frauen alle moralischen Bedenken über Bord werfen? Oder konnte er am Sonntag zwei Frauen beim letzten Überlebenskampf zusehen?

Eigentlich war es unvorstellbar, dass Miriam oder Laura zu einem Mord fähig sein konnte, doch man wusste ja nie, wie das menschliche Gehirn auf eine solche Extremsituation reagierte. Deshalb hatte er vorsichtshalber alle Videogeräte auf Daueraufnahme eingestellt.

Am Wochenende war in der Kammer nicht viel passiert. Miriam und Laura hatten sich hauptsächlich über ihre Vergangenheit und über ihn unterhalten. Völlig uninteressante Themen in seinen Augen. Daher war es nun an der Zeit, die beiden etwas stärker unter Druck zu setzen.

Er setzte sich an seinen Computer, nahm einige Tondateien auf und richtete ein Programm ein, das diese zu bestimmten Zeiten abspielen würde.

Pünktlich um achtzehn Uhr ertönte die erste Sounddatei über die Lautsprecher: »Noch sechs Tage!«

× × ×

Miriam hatte versucht, das Ultimatum aus ihren Gedanken zu verdrängen, doch Lukas' Stimme rief die Erinnerung daran abrupt wieder wach. Sie sah Linda an. Deren Blicke verrieten, dass es ihr genauso ging. Während der letzten Tage hatten beide vermieden, über dieses Thema zu sprechen. Auch wenn Miriam ihre Zellengenossin sympathisch fand, hatte sie jeden Abend beim Einschlafen ein mulmiges Gefühl. Wie konnte sie sicher sein, dass Linda sich nicht zu retten versuchte, indem sie sie im Schlaf erdrosselte?

Linda schien sich langsam an die beengte Situation gewöhnt zu haben. Während sie sich in den ersten Nächten ständig bewegt und damit auch Miriam am Einschlafen gehindert hatte, schlief sie inzwischen relativ zügig ein und saß den überwiegenden Teil der Nacht regungslos in ihrer Ecke der Kammer.

An diesem Abend war Miriam noch lange wach und grübelte. Immer wieder überlegte sie, ob sie dazu fähig war, selbst den entscheidenden Schritt zu gehen, doch sie konnte sich nicht vorstellen, den Rest ihres Lebens die Schuldgefühle mit sich herumzutragen, jemanden getötet zu haben. Außerdem glaubte sie nicht daran, dass Lukas sein Versprechen wahr machte und die Überlebende freiließ.

× × ×

Holper hatte sich für den Morgen mit Lukas verabredet. Er hatte inzwischen die Mitteilung seiner Kollegen erhalten, dass Linda Geppert in den letzten Tagen nicht in ihrem Wohnort gesehen worden war. Auch bei der Arbeit war sie weiterhin nicht aufgetaucht.

Holper hielt vor Lukas' Haus. An der Eingangstür hing ein handgeschriebener Zettel: ›Bitte ums Haus gehen. Bin auf der Terrasse.‹ Frank ging an der Garage vorbei in den geräumigen Garten, wo Lukas es sich auf einer Gartenliege bequem gemacht hatte.

»Hi Frank, setz dich. Das Wetter ist heute so angenehm, da müssen wir nicht im Büro hocken.«

»Gute Idee.« Holper schüttelte Lukas die Hand und schaute sich um. »Schön hast du es hier.« Er nahm ein paar tiefe Atemzüge der frischen Morgenluft. »Da kann man es eine Weile aushalten. Wie geht es dir? Läuft die Arbeit gut?«

»Ich kann nicht klagen, Danke. Deine Nachricht wegen Linda Geppert habe ich erhalten. Sie ist verschwunden?« Lukas tat völlig unwissend.

»Ich denke, wir haben sie mit der Befragung aufgeschreckt und jetzt ist sie untergetaucht. Das macht sie natürlich verdächtig. Die Fahndung läuft bereits auf Hochtouren. Hast du etwas über sie herausfinden können?«

Lukas schüttelte den Kopf. »Nichts Interessantes. Aber ich habe noch nicht aufgegeben.« Er hatte schon überlegt, welche Informationen er dem Kommissar geben konnte, ohne sich verdächtig zu machen. Es war wichtig, die Richtung der Ermittlungen zu beeinflussen und damit hoffentlich zu verhindern, dass die Polizei zu tief in Lauras Vergangenheit wühlte. Irgendwann würde Frank aber auch ohne seine Hilfe darauf kommen, dass ›Linda Geppert‹ eine falsche Identität war. In diesem Fall bestand eine realistische Gefahr, dass der Kommissar bei weiteren

Recherchen auf den Mann stieß, der Laura damals die Dokumente verschafft hatte.

Also war es klüger, Frank den entscheidenden Tipp selbst zu geben und ihn so dazu zu bringen, Lukas in jeden weiteren Ermittlungsschritt einzubinden. Vielleicht ergab sich dadurch die Möglichkeit, im Notfall unbemerkt einzuschreiten. Ein kurzer Hinweis an den Identitätenhändler würde genügen, damit dieser untertauchte und für die Polizei unauffindbar wurde. Genau so musste es laufen. Solange Lukas nicht Lauras richtigen Namen preisgab, konnte eigentlich nichts schiefgehen.

Mit der Neuigkeit über die falsche Identität wollte er aber noch ein paar Tage warten, vielleicht bis nach dem Wochenende und dem Abschluss seines aktuellen Projekts. Frank sollte schließlich nicht misstrauisch werden, wenn es Lukas, im Gegensatz zur Polizei, immer wieder gelang, in kürzester Zeit neue Informationen zu liefern.

»Sag mal, hättest du heute Abend vielleicht Lust auf einen Drink im ›Palermo‹?«, wechselte Holper das Thema. »Ich lade dich ein.«

Lukas erschrak. Wieso ausgerechnet das ›Palermo‹? Gab es nicht genügend andere Klubs in der Stadt? Er hatte nicht vorgehabt, noch einmal dorthin zu gehen. Es konnte immerhin sein, dass ihn jemand wiedererkannte. Das Treffen mit Miriam war noch nicht lange genug her. Also versuchte er, sich der Situation zu entziehen. »Nee, tut mir leid, Frank. Aber im Moment ist das schlecht. Ich bin zur Zeit so ziemlich jeden Abend mit Observierungen beschäftigt und kann die nicht sausen lassen. Bei dem Kunden darf ich keinen Fehler machen, sonst geht mir eine Menge Geld durch die Lappen. Aber ein andermal gerne!«

»Schade, wir hätten bei einem Bierchen mal ein wenig privater plaudern können, dazu kommt man ja während der Arbeit gar nicht«, erwiderte Holper enttäuscht. Er erhob sich seufzend von der Gartenliege. »Ich muss jetzt auch sofort wieder ins Büro. Die Recherchen erledigen sich leider nicht von allein. Es wäre klasse, wenn du durch deine Kontakte noch was rausbekommst.«

Lukas versprach, sich weiter zu bemühen, und begleitete Frank zu seinem Wagen. »Machs gut, Frank. Ich melde mich Anfang nächster Woche und berichte dir, wenn ich was Neues in Erfahrung gebracht habe.«

× × ×

Aus den Lautsprechern in der Kammer ertönte der nächste Countdown: »Noch fünf Tage!«

›Also wieder ein Tag vergangen‹, dachte Miriam. Sie hatte in den letzten Stunden vergeblich versucht, sich mit Linda zu unterhalten und sie beide von ihrer ausweglosen Situation abzulenken. Seit Lukas seine Frist verkündet hatte, war mit Linda von Tag zu Tag weniger anzufangen. Wenn sie nicht gerade schlief oder weinte, saß sie abwesend in der Ecke und starrte ins Leere. Auf Fragen oder gutes Zureden reagierte sie, wenn überhaupt, nur unkonzentriert und einsilbig.

× × ×

Am Abend saß Lukas wieder vor seinen Monitoren und beobachtete Laura und Miriam in der kleinen Zelle. Miriam hatte die Bedingungen für ihr Überleben, die er gesetzt hatte, deutlich besser verkraftet als Laura. Das war ihm nur recht. Lauras Leid bereitete ihm viel mehr Freude, nachdem er so lange darauf hatte warten müssen, sie wieder bei sich zu haben. Er hatte viele Jahre Zeit gehabt, die Wut auf sie zu schüren und sich den Moment des Wiedersehens auszumalen.

Jeden Abend während der ablaufenden Frist dimmte Lukas die Beleuchtung der Kammer. In ihren letzten Nächten wollte er seinen beiden Gästen den Schlaf gönnen. Da ihm die Farben der Nachtsichtkameras nicht gefielen, ließ er immer ein wenig Licht brennen. Ein angenehm warmes Weiß, das gerade so ausreichte, alle Details auf den Kamera-Bildern zu erkennen.

Die Frauen hatten sich schon eine ganze Weile nicht gerührt. Lukas sah auf die Uhr. Viertel nach zehn. Vermutlich waren sie inzwischen eingeschlafen. Gerade als Lukas die Monitore abschalten und den Keller verlassen wollte, regte sich unerwartet etwas. Laura war wach! War sie wegen der unbequemen Sitzposition wieder aufgewacht oder … Nein, sie wirkte kein bisschen benommen. Sie hatte sich offensichtlich nur schlafend gestellt. Gespannt sah Lukas zu, wie sie sich langsam aufrichtete.

× × ×

Linda öffnete vorsichtig die Augen. Bestimmt eine halbe Stunde lang hatte sie sich bemüht, so reglos wie möglich zu sitzen und gleichmäßig zu atmen. Ab und zu hatte sie die Augen einen Spalt geöffnet und nach Miriam gesehen. Vorsichtig lehnte sie sich nun hinüber und sah, wie sich Miriams Brustkorb langsam hob und senkte. Sie schlief tief und fest. Linda hielt es nicht mehr aus. Die Angst vor dem Ende der Frist, die Lukas ihnen gesetzt hatte, war immer unerträglicher geworden, bis sie schließlich über ihr Gewissen gesiegt hatte. Linda hatte den Entschluss schon am Mittag gefasst und wartete seitdem auf ihre Chance. Vorsichtig näherten sich ihre Hände der schlafenden Mitgefangenen. Einen Moment lang zögerte sie, dann überwand sie sich und schloss ihre Hände zügig und kraftvoll um Miriams Hals.

× × ×

Miriam war am Abend schnell eingeschlafen, doch in dieser Nacht träumte sie wirr. Sie saß auf einem Stuhl mitten im Hörsaal der Uni. Professor Martins hielt eine Vorlesung über das Leben von Zootieren in Gefangenschaft. Plötzlich verschwand das Licht und der Raum wurde kleiner. Die Wände schienen näher zu kommen. Mit jeder Sekunde wurde die Luft dünner und Miriam konnte schlechter atmen.

Sie riss die Augen auf. Sie kannte das Gefühl! Würgende Hände hatten sich um ihren Hals geschlossen. Lukas? Nein, Linda! Linda kniete vor ihr und drückte ihr die Luft ab! Miriam versuchte, sich aus dem Griff zu winden, und schlug panisch um sich. Sie wollte schreien, doch es kam nur ein Röcheln aus ihrer Kehle. Gerade als ihr schwarz vor Augen wurde, löste Linda ihre Hände und wich zurück. Miriam keuchte. Sie konnte nicht glauben, dass Lukas ihre Leidensgefährtin so unter Druck gesetzt hatte, dass sie bereit war zu töten.

Mit einem erstickten Laut sank Linda zur Seite. Erst jetzt bemerkte Miriam, dass sie sich mit beiden Händen die linke Seite des Halses hielt. Zwischen ihren Fingern sickerte Blut hervor. Im Halbdunkel sah es fast schwarz aus.

Plötzlich wurde es taghell in der Zelle. Dieses Schwein saß an seinen Monitoren und beobachtete sie. Miriam schrie um Hilfe: »Lukas! Linda ist verletzt! Bitte!« Sie versuchte, die Blutung mit ihren Händen zu stillen. Der ganze Boden der kleinen Kammer war bereits rot verschmiert. Sie hatte sich doch nur befreien wollen. Wie hatte das passieren können? Die verdammten Handschellen! Sie hingen noch immer an ihrem rechten Handgelenk. Miriam musste in ihrer Panik so unglücklich um sich geschlagen haben, dass die scharfen Kanten des Metalls Lindas Hals aufgerissen hatten. »Lukas, verdammt! Sie verblutet! Du verfluchter Scheißkerl, ich weiß, dass du da bist! Hilf ihr doch endlich!«

Keine Reaktion.

Verzweifelt erkannte Miriam, dass sie nichts tun konnte.

Lindas Lippen bewegten sich. Miriam beugte sich zu ihr hinunter. »Jetzt hat er, was er wollte. Es tut mir leid.« Lindas Stimme war nur noch ein Hauchen. Eine Träne kullerte über ihre Wange, bevor kurz darauf auch die letzte Kraft ihren Körper verließ und die Arme leblos zu Boden sanken.

»Neeeeeeein!« Miriam schrie ihre Verzweiflung heraus. Sie hatte einen Menschen getötet und Lukas war schuld daran. Sie schlang ihre Arme um Lindas Körper und weinte bitterlich.

× × ×

Lukas starrte gefesselt auf seine Monitore. Eine solche Show hatte er nicht erwartet. Dagegen war jeder Spielfilm Kasperletheater. Anfang der Woche war er sich noch sicher gewesen, dass keine der beiden Frauen so weit gehen würde. Daher hatte er für den kommenden Sonntag bereits das große Finale geplant. Doch nun war alles ganz anders gekommen. Besser. Interessanter. Dramatischer.

Lukas strich sich über den Unterarm. Er hatte immer noch eine Gänsehaut. Laura hatte endlich bekommen, was sie verdiente, dafür, dass sie ihn verlassen und gedemütigt hatte. Und Miriams seelischer Widerstand war spätestens jetzt endgültig gebrochen. Ihr leises Schluchzen war Musik in seinen Ohren. Lukas schloss die Augen und genoss den Augenblick in vollen Zügen.

× × ×

Miriam war völlig aufgelöst. Noch immer kniete sie auf dem Boden der Kammer. War das wirklich geschehen? Sie erwartete, jeden Moment aus einem bösen Traum zu erwachen. Der Anblick des leblosen Körpers der Frau, mit der sie die letzten Tage gemeinsam durchgestanden hatte, war so unwirklich.

Angewidert starrte Miriam auf ihre blutverschmierten Hände. Wie in Trance griff sie eine Flasche nach der anderen und opferte ihre kostbaren Wasserreserven, um sich das Blut von Händen und Gesicht zu waschen. Doch selbst nachdem sie alle Flaschen geleert hatte, fühlte sie sich genauso schmutzig wie zuvor.

An Schlaf war in dieser Nacht nicht zu denken. Miriam mochte sich nicht einmal hinsetzen. Lindas Blut war auf dem ganze Boden verteilt und sie hätte es auf keinen Fall vermeiden können, die Leiche zu berühren. Erst als Miriams Beine nachzugeben drohten, drückte sie sich in die am wenigsten blutverschmierte Ecke der Kammer und schloss die Augen.

Kaum waren die äußeren Eindrücke fort, lief das Geschehene wie ein Film vor ihrem inneren Auge ab. Als sie in den frühen Morgenstunden endlich vor lauter Erschöpfung eindämmerte, merkte sie nicht einmal, dass es an dem Betäubungsgas lag, das Lukas in die Kammer strömen ließ.

× × ×

Lukas hatte es eilig. Während der Nacht hatte er die notwendigen Utensilien zusammengesucht, um die Kammer zu säubern. Der unerwartete Ausgang von Miriams und Lauras gemeinsamer Zeit hatte viel mehr Spuren hinterlassen, als ihm lieb war.

Lukas öffnete die Kammer. Bei dem Anblick, der sich ihm bot, schluckte er. Die Kamerabilder hatten nicht ansatzweise die Wirkung wie das, was er nun vor sich sah. Mit einem kurzen Anflug von Unsicherheit blieb er vor der geöffneten Kammer stehen und sog die metallisch riechende Luft durch die Nase ein. Eigentlich war er mehr ein Freund der unblutigen Tode, doch das hatte er sich dieses Mal nicht aussuchen können. Für die Reinigung der Kammer hatte Lukas einen einteiligen Schutzanzug übergestreift, der mit seiner Kapuze auch die Haare abdeckte. Auf keinen Fall durfte er mit den genetischen Spuren der Toten in Berührung kommen oder gar irgendwelche Partikel von sich auf der Leiche zurücklassen. Er breitete eine Plane auf dem Fußboden aus und schleifte Lauras Körper aus der Kammer. Miriam zog er vorsichtiger heraus und sicherte sie mit den noch blutigen Handschellen am Rohr in der Wand.

Die Polsterung der Kammer war nicht zu retten. Eine Reinigung wäre viel zu zeitaufwendig gewesen, auch wenn dieser Entschluss bedeutete, dass er das Innere komplett erneuern musste, falls er die Kammer jemals wieder verwenden sollte. Lukas riss die gepolsterte Verkleidung heraus und stopfte sie in Plastiksäcke. Er würde die Säcke selbst zur Müllverbrennungsanlage fahren und alle Beweise endgültig vernichten.

Nun widmete er sich Miriam. Sie sah schrecklich aus, verheult und blutbefleckt. Er schloss die Handschellen auf und hob die Frau auf seine Werkbank, die er zuvor mit einer Plane abgedeckt hatte. Er zog ihr die blutgetränkte Kleidung aus und stopfte sie in einen der Müllsäcke. Sorgfältig wusch er anschließend die Spuren der unfreiwilligen Tat von ihrem Körper.

Nach getaner Arbeit zog er den Schutzanzug aus, der ebenfalls in einen Müllsack wanderte, und regelte den Thermostat des Kellerraums herunter. Lauras toter Körper musste noch eine Weile hier liegen bleiben, bevor er ihn entsorgen konnte. Dieses Mal sollte die Polizei die Leiche nicht so schnell finden.

Lukas zog Einweghandschuhe über, hüllte Miriam in eine Wolldecke und trug sie zu seinem Wagen. Er legte sie auf die Rückbank und fuhr zu ihrer Wohnung. Nachdem er sich vergewissert hatte, dass im Haus noch alles ruhig war, trug er Miriam hinein. Den Haus- und Wohnungsschlüssel hatte er in ihrem Handtäschchen gefunden, nachdem er sie vor zwei Wochen in seiner Gästekammer untergebracht hatte. Trotz ihres geringen Gewichts schnaufte Lukas heftig, als er endlich mit Miriam auf den Armen in ihrer Wohnung ankam und sie im Schlafzimmer auf dem Bett ablegte. Behutsam zog er die Decke über ihren Körper und platzierte einen Zettel auf dem Nachttisch, auf den er ›Herzlichen Glückwunsch‹ geschrieben hatte. Ihre Handtasche legte Lukas auf den kleinen Tisch im Wohnzimmer und verließ die Wohnung. Als er den Wagen startete und sich auf den Weg nach Hause machte, ging gerade die Sonne auf und tauchte die sonst so tristen Häuserfassaden in ein zauberhaftes Licht.

* * *

Die Klimaanlage funktionierte einwandfrei. Während seiner kurzen Abwesenheit war es im Raum bitterkalt geworden. Nun galt es, Lauras Leiche loszuwerden. Auf ihrer Kleidung verteilte Lukas gezielt einzelne Haare von Miriam, die er vorsorglich gesichert hatte. Dann wickelte er die ausgelegte Plane eng um den leblosen Körper und verknotete das Paket mit mehreren Metern fester Schnur. Vor dem Abtransport vergewisserte er sich, dass es an allen Seiten dicht verschlossen war. Unerwünschte Körperflüssigkeiten im Kofferraum seines Wagens konnte er nicht gebrauchen.

Durch die feste und unhandliche Verpackung war es anstrengend, Laura aus dem Keller zu tragen. In der Garage angekommen, warf Lukas ihre Leiche in den Kofferraum und schlug den Deckel zu. Schwer atmend stützte er sich auf das Heck des Wagens. Draußen war es inzwischen hell geworden, doch Lukas konnte nicht bis zum Abend damit warten, die Leiche zu entsorgen. Er stieg ins Auto und öffnete mit der Fernsteuerung das Garagentor.

* * *

Miriam blinzelte. Die Sonnenstrahlen, die durch den Spalt im Vorhang schienen, blendeten sie. Verschlafen drehte sie sich auf die Seite und zog die Decke über den Kopf. Wie schön weich das Bett war. Verwirrt tastete Miriam um sich. Lag sie wirklich in ihrem Bett und nicht auf einem harten Boden? Tatsächlich. Es war alles nur ein böser Traum gewesen! Miriam musste bei ihrem Ausflug in den Klub zu viel getrunken haben. Sie konnte sich nicht daran erinnern, wie sie nach Hause gekommen war. Hatte Thomas sie nach Hause gefahren? Miriam lächelte. Wie konnte sie nur davon träumen, dass ihre neue Bekanntschaft solch ein Psychopath war? Langsam reckte sie sich und setzte sich im Bett auf. Zehn Uhr. Heute würde sicher ein schöner Tag. Miriam fühlte sich ausgeruht, wenn auch noch etwas mitgenommen vom nächtlichen Ausflug in die Horrorwelt der Albträume.

Beim Aufstehen entdeckte Miriam die handgeschriebene Nachricht, die neben ihrem Wecker lag. Herzlichen Glückwunsch? Wozu? Hatte sie am Abend an irgendeinem Wettbewerb teilgenommen, an den sie sich ebenfalls nicht erinnern konnte?

Da heute keine Vorlesungen stattfanden, gönnte sich Miriam trotz des späten Aufstehens eine ausgiebige Dusche. Der heiße Wasserstrahl auf der Haut tat ihr gut. Miriam nutzte die Gelegenheit, sich die Beine zu rasieren. Sie war irritiert, wie nötig das war. War sie am Abend etwa so ausgegangen? Wie peinlich. Das hätte ihr doch auffallen müssen.

In diesem Moment entdeckte sie das Tattoo. Der Rasierer fiel ihr aus der Hand. Schlagartig wurde ihr bewusst, dass sie keineswegs geträumt hatte, sondern dass alles, woran sie sich aus den letzten Tagen erinnerte, bittere Realität war. Unvermittelt schossen ihr Tränen in die Augen. Schluchzend kauerte sie sich in eine Ecke der Duschkabine.

* * *

Nach zwanzig Minuten Autofahrt erreichte Lukas eine wenig befahrene Straße, die am Stadtwald entlangführte. Plötzlich entdeckte er vor sich eine Polizeikontrolle. *Verdammt!* Vor dem Kontrollpunkt gab es keine Abzweigung mehr und wenden konnte er nicht, ohne Misstrauen zu erregen. Als er näher kam, winkte ihn einer der Beamten an den Straßenrand. Lukas hielt hinter dem parkenden Streifenwagen. Sein Herz schlug ihm bis zum Hals.

Der Polizist ging eine Runde um das Auto, kam dann zur Fahrertür und forderte ihn mit einer Handbewegung auf, das Fenster zu öffnen. Lukas drückte den Schalter des elektrischen Fensterhebers und die Scheibe senkte sich beinahe geräuschlos.

»Guten Morgen. Fahrzeugkontrolle. Führerschein und Fahrzeugpapiere, bitte.«

Lukas griff ins Handschuhfach und reichte dem Polizisten die Papiere.

»Herr Bender, haben Sie etwas getrunken?« Der Beamte gab Lukas die Papiere zurück.

»Nein.« Lukas schüttelte den Kopf. »Seit dem Wochenende nicht mehr.«

»Kommen Sie mal bitte mit nach hinten.«

Lukas' Puls beschleunigte sich auf gefühlte zweihundert Schläge pro Minute. Er stieg aus dem Auto und folgte dem Beamten zum Kofferraum.

»Hier, Herr Bender.« Der Polizist zeigte auf das Heck des Wagens. »Ihr TÜV ist seit einem Monat abgelaufen. Das muss dringend erledigt werden.«

Lukas war noch immer äußerst angespannt. »Natürlich, das werde ich umgehend in die Wege leiten. Entschuldigen Sie, aber ich habe überhaupt nicht daran gedacht. Vielen Dank für den Hinweis.«

»Könnten Sie mir bitte noch Ihren Verbandskasten, die Warnweste und das Warndreieck zeigen?«, fuhr der Beamte mit der Routinekontrolle fort.

Lukas' Herzschlag setzte für einen Moment aus, doch dann fiel ihm ein, dass er diese Dinge aus dem Kofferraum geräumt und hinter den Fahrersitz gelegt hatte, um für Laura Platz zu schaffen. Er präsentierte dem Polizisten die vorgeschriebene Ausrüstung.

Der Beamte war zufrieden und beließ es wegen der überfälligen Hauptuntersuchung bei einem Ordnungsgeld. »Eine schöne Weiterfahrt«, wünschte er noch und ging zurück zu seinem Streifenwagen, um sich dem nächsten Fahrzeug zu widmen, das sich dem Kontrollpunkt näherte. Lukas fiel ein Stein vom Herzen, als er wieder in seinen Wagen steigen und losfahren konnte.

Erst als er sicher war, dass er sich außer Sichtweite befand, und er auch sonst kein weiteres Fahrzeug in der Nähe entdecken konnte, bog er in einen der vielen Waldwege ein, die ausschließlich für Land- und Forstwirtschaft freigegeben waren. Mehrere Kilometer weit ließ er den schweren Wagen über den unbefestigten Weg holpern. Hierher, wo der Wald besonders dicht war, verirrten sich keine Wanderer.

Lukas hielt an und öffnete den Kofferraum. Er trug Lauras Leiche ein Stück weit in den Wald und legte das Paket auf den laubbedeckten Boden. Mit dem mitgebrachten Spaten begann er, ein flaches Grab zu schaufeln. Obwohl der Waldboden recht weich war, benötigte Lukas eine halbe Stunde, bis das Loch groß genug war, den Leichnam aufzunehmen. Er rollte Laura mitsamt der Verpackung hinein und bedeckte alles wieder mit Erde. Zum Schluss verteilte er einige Äste und etwas Laub auf der Grabstelle. Er klopfte sich den Schmutz von den Händen und sah sich noch einmal prüfend um. Von der Grabung war nichts mehr zu sehen. Und selbst wenn der unwahrscheinliche Fall eintreten sollte, dass die Leiche entdeckt würde, gäbe es keine Spuren von ihm. Alles, was die Spurensicherung finden könnte, waren Haare und ein paar Hautzellen von Miriam.

Lukas fühlte sich ausgelaugt. Die Anspannung und der Schreck bei der Polizeikontrolle saßen ihm noch in den Knochen. Er war froh, dass er alles hinter sich gebracht hatte. Erleichtert setzte er sich ans Steuer, startete den Motor und wendete den Wagen. Auf dem schmalen Waldweg musste er mehrfach vor- und zurücksetzen.

Beim letzten Zurücksetzen schätzte Lukas die Entfernung falsch ein und stieß mit dem Heck gegen einen Baum. Verdammt! Er stieg aus und begutachtete den entstandenen Schaden. Das linke Rücklicht war gesplittert und die Stoßstange hatte eine kleine Delle. Genervt sammelte Lukas die Splitter vom Waldboden und legte sie in den Kofferraum. Jetzt hatte er neben der überfälligen Hauptuntersuchung noch einen Grund, den Wagen in die Werkstatt zu bringen. Ein letztes Mal suchte er den Waldboden nach verbliebenen Plastikstücken ab und fuhr dann zurück zur Hauptstraße. In einem weiten Bogen durch die Nachbardörfer umfuhr er die Polizeikontrolle. Ein erneutes Aufeinandertreffen mit den Beamten wollte er auf jeden Fall vermeiden.

× × ×

Miriam betrachtete sich im Spiegel. Ihre Augen waren stark gerötet und brannten. Was sollte sie jetzt tun? Wieder las sie den Zettel, den Lukas ihr hinterlassen hatte. ›Die Polizei‹, schoss ihr plötzlich durch den Kopf. Warum war sie nicht schon früher darauf gekommen? Sie musste sich bei der Polizei melden und erzählen, was passiert war. Schnell lief sie ins Wohnzimmer und nahm das Telefon von der Station. Während sie die 1-1-0 wählte, fiel ihr Blick auf die Rückseite des Zettels, den sie noch immer in der Hand hielt.

›… zur gewonnenen Freiheit. Aber denk dran: Ich weiß immer, was du tust und mit wem du sprichst.‹

Miriam ließ den Hörer sinken und legte auf, noch bevor das Freizeichen in der Leitung ertönte. Lukas hatte schon beim ersten Treffen genau über sie Bescheid gewusst. Diese Nachricht war eindeutig eine Drohung, da war sie sicher. Woher sollte sie wissen, ob Lukas nicht sogar ihr Telefon abhörte und was er ihr antun würde, wenn sie sich an die Polizei wandte? Ihm war alles zuzutrauen. Nein. Ihr blieb nichts anderes übrig, als mit ihrem Alltag und dem Studium weiterzumachen, als sei das alles nie geschehen. Bei dieser Erkenntnis kamen ihr erneut die Tränen. Sie hatte keine Ahnung, wie sie das schaffen sollte.

ZWEI

MIRIAM

Der Dezember in diesem Jahr brachte klirrende Kälte und viel Schnee. Bis zum Heiligen Abend waren es noch eineinhalb Wochen und der Wetterbericht stellte schon seit Tagen weiße Weihnachten in Aussicht.

Lukas saß im Keller vor seinem Computer und schaute die Videoaufzeichnungen seiner Eroberungen an. In den letzten vier Monaten hatte er sich alle Videos wieder und wieder angesehen, um die Erinnerung an die besten Momente präsent zu halten, doch mit jedem Mal verloren die Wiederholungen mehr von ihrem Reiz. Nach Lauras Tod hatte sich Lukas auf die Suche nach einem neuen Hobby gemacht, aber der Drang, seine Frauenkammer wieder in Betrieb zu nehmen, wurde immer stärker. Es war zu schade, dass sie ungenutzt herumstand, nachdem er so viel Mühe, Planungszeit und Geld in ihren Bau investiert hatte.

Die Weihnachtszeit verbrachten die meisten Menschen im Kreise ihrer Familie und auch Lukas hatte wenig Lust, über die Feiertage allein zu sein. Wenn er in der kurzen Zeit noch einen passenden ›Gast‹ finden wollte, musste er sich beeilen. Die Auswahl und die Vorbereitungen für den Empfang der Besucherin durften nicht weniger akribisch sein als bei den Malen zuvor, sonst könnte er sich auch direkt bei Frank Holper outen. Lukas zog seinen Wintermantel über und ging in die städtische Bibliothek.

In der Vorweihnachtszeit waren in der Regel nur wenige Besucher im Gebäude. Das kam Lukas zugute. Er suchte sich einen freien Computer mit Internetzugang und tippte die Domain einer Online-Seitensprungagentur in die Adressleiste des Browsers, von der er wusste, dass es möglich war, anonym zu bezahlen. Er legte unter falschem Namen ein Profil an und startete eine Suche.

Erstaunlich, wie viele paarungswillige Frauen zwischen zwanzig und vierzig es in einem Umkreis von einhundert Kilometern gab. Lukas filterte die Ergebnisse auf eine Umgebung von fünfzig Kilometern. Dreiundzwanzig Treffer. Er überflog die Profile und sortierte alle Kandidatinnen aus, deren Angaben zu Person oder Interessen ihm nicht ausführlich genug waren. Sein geschultes Auge erkannte in den meisten Fällen auch sofort, ob es sich um offensichtlich erfundene Profile handelte. Am Ende blieben vier Favoritinnen übrig, denen er sogleich eine Privatnachricht schickte. Jede Nachricht schnitt er sorgfältig auf das jeweilige Profil und die Interessen der Frauen zu. Mal gab er sich als Draufgänger aus, mal als Macho und mal als schüchterner Ehemann auf der Suche nach Abwechslung.

Eine Seitensprungagentur war wie geschaffen für Lukas' Zwecke. Wenn sie sich mit ihm verabredete, würde keine der Frauen jemandem erzählen, was sie vorhatte und wohin sie ging. Außerdem kam als Treffpunkt nur ein neutraler Ort in Frage – optimale Voraussetzungen für eine gut geplante Entführung.

Da er nicht vor dem nächsten Tag mit Antworten rechnete, meldete sich Lukas ab und löschte alle Spuren seines Internetbesuchs vom Computer. Mit Vorfreude auf die kommende Zeit zu zweit verließ er die Bibliothek und machte sich auf den Heimweg.

× × ×

Miriam hatte auch vier Monate nach ihrer Freilassung noch nicht zur Normalität zurückgefunden. Schon vor ihrer Gefangenschaft war es ihr schwergefallen, Kontakte zu knüpfen, doch jetzt blockte sie jede Annäherung sofort ab. Sie wusste, dass in der Uni hinter ihrem Rücken getuschelt wurde, aber es war ihr egal. Nie wieder würde sie jemandem vertrauen können.

Auch das Studium machte Miriam mehr und mehr zu schaffen. Sie konnte sich nur schwer auf den Lehrstoff konzentrieren und hatte bereits zwei Prüfungstermine auf das nächste Semester verschoben, da es ihr nicht gelungen war, sich ausreichend vorzubereiten. An manchen besonders schlimmen Tagen dachte sie ernsthaft daran, sich das Leben zu nehmen und so dem ganzen Elend zu entfliehen. Es gab niemanden, der um sie trauern würde.

Fast jede Nacht wachte sie schweißgebadet auf. Das Bild der blutüberströmten Linda verfolgte sie bis in ihre Träume. ›Du hast mich ermordet!‹, hörte sie die krächzende Stimme in ihrem Kopf. Dazu kam dieses ständige Gefühl, dass Lukas sie beobachtete.

In den ersten Wochen nach ihrer Freilassung hatte Miriam noch die Nachrichten verfolgt und gehofft, irgendwann die erlösende Schlagzeile zu lesen: ›Schmetterlings-Mörder gefasst‹. Doch nichts geschah. Lukas musste Lindas Leiche so entsorgt haben, dass sie bis jetzt nicht gefunden worden war, und die Presse verlor schnell das Interesse am Fall.

Vor zwei Monaten hatte Miriam zum wiederholten Mal den Entschluss gefasst, die Polizei zu informieren. Doch sie hatte es nicht über sich gebracht, den entscheidenden Anruf zu machen. Minutenlang hatte sie mit dem Telefon in der Hand im Wohnzimmer gestanden, mehrfach die 1-1-0 eingetippt und den zitternden Finger über der Hörertaste schweben lassen, nur um anschließend in Tränen auszubrechen und das Telefon zurückzulegen.

Am Tag danach fand Miriam vor ihrer Wohnungstür einen Schokoriegel. Daneben einen Zettel mit den Worten ›Genieße ihn, solange du kannst‹. Nach diesem Schock hatte sie sich fast eine Woche in ihrer Wohnung eingeschlossen. Lukas verstand es, sie psychisch zu terrorisieren, ohne ihr persönlich gegenüberzutreten.

Miriam hatte vergeblich versucht, eine neue Unterkunft zu finden: Die Mietpreise der angebotenen Wohnungen waren für sie nicht bezahlbar und eine WG kam unter keinen Umständen infrage.

Der heutige Tag hatte das Fass zum Überlaufen gebracht. Miriam hatte das Ergebnis zweier Prüfungen erhalten: durchgefallen. Das bedeutete, sie musste ein weiteres Semester durchstehen. Am späten Vormittag erhielt sie nach langer Zeit ohne jeglichen Kontakt plötzlich einen Anruf von ihrem Vater. Er brauchte Geld und forderte sie auf, eine erhebliche Summe aus ihrem Ausbildungsfonds an ihn auszuzahlen. Sie hatte ihn angeschrien und einfach aufgelegt.

Nun stand Miriam an der Brüstung der Eisenbahnbrücke, die in schwindelerregender Höhe über die Schnellstraße führte, die das alte Industriegebiet südlich des Universitätsgeländes erschloss. Die Bahnstrecke war schon seit Jahren stillgelegt, die Brücke diente nun hauptsächlich Fußgängern als Abkürzung von einem Stadtteil in den anderen.

Schnee wirbelte in dicken Flocken durch die Luft. Miriam sah sich um. Niemand war zu sehen. Mit wackligen Beinen kletterte sie über die Brüstung und blickte in die Tiefe. Ein Schritt, ein paar Sekunden Fall und es wäre geschafft. Sie hielt sich mit beiden Händen am Geländer fest, schloss die Augen und lehnte sich nach vorne.

»He, du!«

Vor Schreck hätte Miriam beinahe das Geländer losgelassen. Sie drehte den Kopf in die Richtung, aus der die Stimme kam. Kaum eine Armlänge von ihr entfernt stand eine Frau. Durch das Schneegestöber war sie nicht gut zu erkennen, doch die Stimme klang jung.

»Was machst du da?«

Blöde Frage, dachte Miriam. Wonach sah es denn aus?

Die Frau kam näher und streckte ihre Hand aus. »Komm schon, mach keinen Quatsch. Nimm meine Hand!«

Miriam zögerte. Ausgerechnet während sie hier stand, musste jemand vorbeikommen. Sie wusste zwar nicht, ob sie es wirklich über sich gebracht hätte zu springen, doch Zuschauer hatte sie sich bei ihrem Versuch nicht gewünscht.

»Das willst du nicht tun«, redete die Frau weiter auf Miriam ein. »Nichts kann so schlimm sein …« Sie griff nach Miriams Arm und hielt sie fest.

Miriam gab nach. Sie wollte nicht, dass sich die Frau schuldig fühlte, wenn sie jetzt doch noch sprang. Zu gut kannte sie das bohrende und nicht enden wollende Gefühl, schuld am Tod eines Menschen zu sein. Langsam kletterte sie zurück über das Brückengeländer und setzte sich auf den kalten Beton. Tränen liefen ihre Wangen hinab und sie verbarg das Gesicht hinter den Händen.

Die Frau blieb trotz der eisigen Kälte an Miriams Seite. »Kann ich etwas für dich tun? Jemanden anrufen vielleicht?«

Miriam schüttelte zaghaft den Kopf.

»Mensch, deine Hände sind ja schon ganz blau gefroren. Komm, ich nehme dich mit zu uns nach Hause, da kannst du dich erst mal aufwärmen.«

Die junge Frau war so energisch, dass Miriam nicht einmal versuchte zu widersprechen. Sie ließ sich von ihr aufhelfen und folgte ihr wortlos.

»Wie heißt du denn? Ich bin Jennifer, aber alle nennen mich Jenny.«

* * *

Frank Holper hatte sich in den letzten Monaten in die Ermittlungen zum ›Fall Schmetterling‹, wie er intern genannt wurde, verbissen. Leider gab es kaum neue Erkenntnisse. Linda Geppert, ihre beste Spur, war verschwunden und alle Versuche, sie zu finden, waren erfolglos geblieben.

Vor einigen Wochen hatte Lukas scheinbar einen Durchbruch erzielt, als er herausfand, dass etwas in Frau Gepperts Vergangenheit nicht stimmte. Linda Geppert war nicht die, für die sie sich ausgab. Sie hatte die Identität einer Frau angenommen, die nachweislich vor über zwanzig Jahren verstorben war. Leider war es weder Holper und seinem Team noch Lukas gelungen, ihre wahre Identität herauszufinden. Der Vorname ›Laura‹, den Klaus Wesselmann, der Tätowierer genannt hatte, half ihnen ebenso wenig weiter.

Ein zusätzliches Rätsel gab den Ermittlern das Haus der Verschwundenen auf. Es zeigten sich weder Anzeichen für ein gewaltsames Eindringen, noch fehlten persönliche Dinge wie das Portemonnaie oder Ausweise. Die Bank, bei der Linda Geppert Kundin war, meldete keine neuen Kontobewegungen. Nichts deutete auf ein freiwilliges Verschwinden hin und gleichzeitig gab es keinen Hinweis auf eine Entführung oder ihren Aufenthaltsort. Linda Geppert war fort. Spurlos. Es war zum Verrücktwerden.

Der einzige Lichtblick im ›Fall Schmetterling‹ war, dass seit einigen Monaten keine weitere Leiche gefunden worden war.

Holper genoss seinen freien Tag mit einem Science-Fiction-Roman vor dem knisternden Kaminfeuer. Bei der eisigen Kälte draußen war dies der angenehmste Aufenthaltsort. Er hörte, wie der Schlüssel in der Haustür umgedreht wurde, und blickte Richtung Eingang. Jenny kam mit einer fremden Frau herein und ging ohne Begrüßung mit ihr die Treppe hinauf. Im Vorbeigehen rief sie ihm zu: »Ich erklär dir das später.«

× × ×

Jennifer war froh, im warmen Haus angekommen zu sein. Die verzweifelte Frau, die sie auf der Brücke gefunden hatte, zitterte am ganzen Körper und hatte noch kein Wort gesprochen. Ob sie wirklich gesprungen wäre? Wenn Jennifer nach der Schule nicht noch bei Bea gewesen wäre, hätte sie nicht die Abkürzung über diese Brücke genommen. Und dann? Sie wollte nicht darüber nachdenken.

Vorsichtig führte sie die Frau ins Badezimmer, drehte die Heizung auf höchste Stufe und ließ heißes Badewasser einlaufen. Eingewickelt in mehrere Handtücher, saß die Frau auf dem kleinen Badhocker und starrte ins Leere. Sie schien kaum älter als Jennifer zu sein, vielleicht fünf oder sechs Jahre, und Jennifer hätte sich gern mit ihr unterhalten, fand jedoch einfach nicht die richtigen Worte, ein Gespräch zu beginnen.

Als die Wanne voll genug war, ließ sich die junge Frau bereitwillig aus ihrer vom Schnee durchnässten Kleidung helfen und stieg in das wärmende Bad.

»Kann ich dich allein lassen?« Jennifer war noch immer besorgt. Die Antwort war lediglich ein stummes Kopfnicken. Jennifer legte noch ein Handtuch und ihren Bademantel bereit und verließ dann das Bad. Im Wohnzimmer wartete ihr Vater schon gespannt auf die angekündigte Erklärung.

× × ×

Miriam lag in der Wanne und sortierte ihre Gedanken. Langsam ließ das Zittern nach und die unterkühlten, blutleeren Hände und Füße nahmen wieder eine gesündere

Farbe an. Miriam war es nicht gewohnt, dass ihr jemand so freundlich und fürsorglich begegnete. Sie war geradezu überwältigt und schämte sich dafür, dass sie nicht einmal ein Wort des Dankes herausgebracht hatte. Ob sie wohl noch am Leben wäre, wenn Jennifer sie nicht entdeckt und mitgenommen hätte? Miriam tauchte so weit unter Wasser, dass sie gerade noch atmen konnte. Erst jetzt, im heißen Wasser, bemerkte sie, wie kalt es auf der Brücke gewesen war.

× × ×

Jennifer setzte sich zu ihrem Vater an den Kamin und erzählte, was passiert war. Frank Holper hörte interessiert zu.

»Ich weiß nicht, ob sie wirklich springen wollte, Papa, aber irgendwie war sie total durch den Wind. Sie hat auch bis jetzt noch kein Wort gesprochen, ich kenne nicht einmal ihren Namen. Es war doch okay, dass ich sie mitgebracht habe, oder?«

»Natürlich, Schatz. Das war genau richtig. Ich denke, es ist auch besser, wenn zuerst nur du versuchst, mit ihr zu reden.« Scherzend fügte er hinzu: »Ein Polizeiverhör ist sicher nicht das, was sie jetzt braucht. Aber wenn ich helfen kann, sagst du Bescheid, versprochen?«

Jennifer lachte. »Klar, Papa, mache ich. Ich gehe jetzt lieber mal zurück nach oben und sehe nach ihr.«

»Tu das.« Frank Holper vertiefte sich wieder in seine Romanlektüre.

Als Jennifer ins Badezimmer kam, war die Frau von der Brücke gerade aus der Badewanne gestiegen und trocknete sich ab. Schnell wandte sich Jennifer ab. »Oh, sorry. Ich dachte, du liegst noch in der Wanne.«

»Kein Problem«, bekam sie als Antwort.

Es war das erste Mal, dass Jennifer ihre neue Bekanntschaft sprechen hörte.

»Du kannst dich wieder umdrehen.«

Zögerlich drehte sich Jennifer ihr wieder zu. Die junge Frau hatte inzwischen den bereitgelegten Bademantel angezogen und saß auf dem Rand der Wanne. Das ausgiebige Bad schien ihr gutgetan zu haben, denn sie war kaum wiederzuerkennen. Ihre tiefbraunen Augen wirkten längst nicht mehr so traurig wie noch zuvor und die nassen blonden Haare hingen glatt über ihre Schultern. Sie war attraktiv, das war Jennifer bisher gar nicht aufgefallen. Freundlich sah die Frau sie an.

»Ich wollte mich noch ganz herzlich bei dir bedanken, Jennifer. Tut mir leid, dass ich so schräg drauf war. Das Bad hat wirklich gutgetan.« Sie atmete einmal tief durch. »Ich glaube, ich habe mich dir noch gar nicht vorgestellt. Ich bin Miriam.« Sie lächelte verhalten.

Jennifer freute sich, dass der jungen Frau ihre Hilfe offensichtlich gutgetan hatte. »Gern geschehen. Meine Güte, du hast mir vielleicht einen Schrecken eingejagt vorhin. Was ist denn in dich gefahren? Wolltest du echt runterspringen?«

Miriam konnte diese Frage nicht beantworten, sie wusste selbst nicht, ob sie das wirklich gewollt hatte. In jedem Fall war sie jetzt froh, dass Jennifer sie vor einer Dummheit bewahrt hatte.

»Sag mal, willst du vielleicht heute Nacht hierbleiben?«, fuhr Jennifer fort. »Deine Sachen sind noch nicht wieder trocken und meine Eltern haben bestimmt nichts dagegen, wenn du es dir im Gästezimmer bequem machst.«

Miriam wusste nicht, was sie antworten sollte. Das Angebot kam völlig überraschend. Eigentlich war es ihr unangenehm, dass fremde Menschen sich ihretwegen Mühe machten. Allerdings war die Aussicht sehr verlockend, eine Nacht zu verbringen, ohne sich ständig von Lukas beobachtet zu fühlen. »Ich möchte euch nicht zur

Last fallen, du hattest schon genug Arbeit mit mir.« Miriam versuchte, überzeugend zu klingen.

»Das ist wirklich kein Problem«, wiegelte Jennifer ab. »Ich sage meiner Mutter Bescheid, dass wir das Gästebett herrichten. In der Zwischenzeit kannst du dich hier in Ruhe fertigmachen.«

»Danke.« Miriam war so erleichtert, dass ihre Stimme beinahe versagte.

Jennifer strich ihr sanft über die Schulter. »Kein Problem. Wirklich.« Erst jetzt bemerkte sie das Tattoo auf Miriams Knöchel. »Oh, was hast du denn da?« Sie sah genauer hin. »Ein wirklich schönes Tattoo. Das Motiv gefällt mir. Wie lange hast du das schon?« Sofort bereute sie, gefragt zu haben. Die Fröhlichkeit wich schlagartig aus Miriams Gesicht und Tränen liefen über ihre Wangen. Jennifer entschuldigte sich schnell und nahm sie in den Arm. Was auch immer sie durchgemacht hatte, die junge Frau tat ihr furchtbar leid. Vielleicht hatte das Tattoo etwas mit ihrem Freund zu tun und es lief gerade nicht besonders. Aus Liebeskummer taten die Leute die verrücktesten Sachen. Das könnte auch die Aktion auf der Brücke erklären. Obwohl Jenny die Arbeit ihres Vaters nicht sonderlich interessierte, hatte sie ihn schon des Öfteren von derartigen Fällen erzählen hören.

Erst als sich Miriam etwas beruhigt hatte, ließ Jennifer sie allein. Wie erwartet hatte Roswitha nichts gegen den spontan eingeladenen Übernachtungsgast einzuwenden und machte sich sofort daran, das Gästezimmer für die Nacht herzurichten.

Miriam ging früh zu Bett. Jenny hatte ihr noch angeboten, mit der Familie zu Abend zu essen, doch sie hatte keinen Hunger. Sie wollte einfach nur schlafen.

× × ×

Lukas beobachtete beinahe jeden Tag, was in Miriams Wohnung vor sich ging, sofern es seine Zeit zuließ. Die dort versteckten Mikrofone und Kameras taten noch immer zuverlässig ihren Dienst und lieferten ihm alle Informationen, die für ihn interessant waren.

Seit Lukas sie freigelassen und nach Hause gebracht hatte, war Miriam abends nicht mehr ausgegangen und immer früh im Bett gewesen. In vielen Nächten hörte er sie schreien. Vermutlich hatte sie Albträume. Ein wenig bereute Lukas in diesen Momenten, dass er im Schlafzimmer keine Kamera, sondern nur ein Mikrofon angebracht hatte. Die nächtlichen Panikattacken wären eine Bereicherung für seine Videosammlung gewesen.

An diesem Abend wartete Lukas vergeblich darauf, dass Miriam nach Hause kam. Bis spät in die Nacht rührte sich nichts und das beunruhigte Lukas. Als er sich schlafen legte, stellte er einen Wecker und prüfte um zwei Uhr nachts die Videoaufzeichnungen der letzten Stunden. In Miriams Wohnung war noch immer nichts zu sehen. Lukas wurde nervös. In den letzten Wochen hatte er den Eindruck gewonnen, dass Miriam kurz vor dem Suizid stand. Sie weinte viel, wenn sie allein war, und zwei Mal hatte er beobachtet, wie sie auf der alten Eisenbahnbrücke am Geländer gestanden und mehrere Minuten in Abgrund gestarrt hatte. Aber sie war nicht gesprungen. Eigentlich glaubte Lukas nicht, dass sie es jemals tun würde, doch wenn er sich irrte und es in dieser Nacht geschehen war, dann konnte er nicht mehr verhindern, dass die Polizei ihre Leiche vor ihm fand.

Fahrig bediente er den Videoplayer und spulte noch einmal durch die Aufnahmen der Kameras. Auf dem Wohnzimmertisch entdeckte er einen Zettel. Die Auflösung war jedoch nicht gut genug, um zu erkennen, was darauf geschrieben stand. Wenn Miriam einen Abschiedsbrief hinterlassen hatte, war er geliefert.

Als Miriam bis zum späten Vormittag nicht in ihrer Wohnung erschienen war, hielt Lukas es nicht mehr aus. Er hastete aus dem Haus und fuhr zu Miriams Wohnung. Er hoffte, dass der Zettel auf dem Tisch nur eine Einkaufsliste oder eine Notiz zur Erinnerung war, doch wenn es sich wirklich um einen Abschiedsbrief handelte, musste er ihn schleunigst entsorgen.

Kaum hatte er den Wagen am Straßenrand vor dem Haus gestoppt, sprang er hinaus und rannte zur Eingangstür. Zeit für eine vorbereitende Observierung blieb ihm diesmal nicht. Lukas spurtete die Treppen hinauf und öffnete die Wohnungstür mit seinem Zweitschlüssel. Kurz dachte er, er hätte hinter sich eine Tür ins Schloss fallen hören, konnte aber niemanden entdecken. Derart hektische und spontane Aktionen waren sonst nicht seine Art, doch Miriams Verschwinden hatte ihn nervös gemacht.

Im Wohnzimmer angekommen nahm Lukas den Zettel vom Tisch. ›Herzlichen Glückwunsch‹. Es war seine eigene Handschrift. Lukas atmete tief aus. Kein Abschiedsbrief. Aber warum hatte Miriam den Zettel nicht weggeworfen? Wahrscheinlich spielte sie immer noch mit dem Gedanken, zur Polizei zu gehen. Nach seiner letzten Warnung hatte es nicht so ausgesehen, als würde sie sich trauen, aber er musste auf Nummer sicher gehen. Lukas steckte den Zettel ein und durchsuchte alle Räume. Nichts. Kein weiteres Blatt Papier, kein Briefumschlag. Mit noch immer erhöhtem Puls setzte sich Lukas erst einmal auf das Sofa, um sich zu beruhigen.

Nach einigen Minuten konnte er wieder klare Gedanken fassen. Er vergewisserte sich, dass er keine offensichtlichen Spuren hinterlassen hatte, und verließ die Wohnung. Der fehlende Abschiedsbrief gab Lukas etwas Hoffnung, dass seine Sorge um Miriams möglichen Selbstmord unbegründet war. Er entschloss sich, kurz an den Orten vorbeizufahren, die sie sich nach seiner Meinung am ehesten für ein solches Vorhaben aussuchen würde.

Zu Lukas' Erleichterung endete die Suche ergebnislos. Allerdings blieb die Frage, wo sich Miriam aufhielt, und das verursachte ein ungutes Gefühl in seiner Magengegend. Um auf andere Gedanken zu kommen, machte Lukas auf dem Heimweg einen Abstecher in ein Internetcafé und prüfte seine Nachrichten auf dem Seitensprungportal. Eine angenehme Abwechslung nach dem morgendlichen Schreck.

× × ×

Zum ersten Mal seit Monaten hatte Miriam eine Nacht durchgeschlafen. Sie war weder schweißgebadet aufgewacht noch hatten sie Albträume gequält. Erholt wachte sie am frühen Morgen auf, blieb jedoch im Bett liegen, um dem gemeinsamen Frühstück zu entgehen. Sie verspürte wenig Lust auf die Fragen, die sie erwarten würden.

Um kurz vor zehn klopfte es leise an der Tür.

»Ja, herein!« Miriam setzte sich auf und wickelte die wärmende Decke um ihren Körper.

»Ah, schön, du bist wach.« Jennifer steckte den Kopf durch den Türspalt. »Gut geschlafen?«

»Ja, sehr gut!« Miriam streckte sich ausgiebig und gähnte. »Vielen Dank noch mal für deine ganze Mühe und für den kuscheligen Schlafanzug.« Ein Lächeln huschte über ihr Gesicht.

»Hast du Hunger? Wir haben zwar schon gefrühstückt, aber ich hab dir ein bisschen was auf dem Tisch stehen lassen. Hier sind auch deine Sachen. Sind wieder trocken.« Sie legte die Kleidung auf den Nachttisch. »Aber kein Stress. Mein Vater ist bei irgend so einem Sondereinsatz, glaube ich, und meine Mutter ist gerade einkaufen. Wir haben das Haus also eine Weile für uns. Komm einfach runter, wenn du fertig bist.«

»Okay, mache ich. Bis gleich.« Miriam war es fast peinlich, wie Jennifer sie umsorgte. Sie musste gestern einen ziemlich verzweifelten Eindruck gemacht haben. Kein Wunder eigentlich, nach all dem, was geschehen war. Sie nahm es ihrer Gastgeberin auch nicht übel, dass sie sie auf das Tattoo angesprochen hatte. Jenny konnte die grausamen Hintergründe ja nicht kennen und im Übrigen fand Miriam sie ausgesprochen sympathisch. Ein Gefühl, das sie schon lange nicht mehr gehabt hatte.

LINDA

Lukas hatte sich ein Internetcafé ausgesucht, das er zuvor noch nie besucht hatte. Zur Mittagszeit waren kaum Kunden dort, sodass ihm alle Computer zur Verfügung standen. Er entschied sich für einen PC am Ende der Tischreihe und drehte den Monitor ein wenig, damit er von keinem der anderen Plätze aus eingesehen werden konnte.

Nach wenigen Sekunden hatte sich Lukas mit seinem Benutzernamen ›LuckyLuke33‹ auf dem Seitensprungportal angemeldet und klickte auf den Link zu seinem Posteingang.

Zwei neue Nachrichten.

Er öffnete die erste. Die Dame mit dem klangvollen Pseudonym ›happybird78‹ kam direkt zur Sache. Ihr Name war Brigitte und sie hätte den Text an Lukas auch problemlos als Bewerbungsschreiben für eine Sexhotline verwenden können. Von einigen Dingen, die sie für das gemeinsame Abenteuer vorschlug, hatte Lukas noch nicht einmal gehört. Ohne zu zögern, verschob er die Mitteilung in den Papierkorb und öffnete die zweite Nachricht.

›pusteblume123‹ klang schon etwas zurückhaltender. Sie hieß Janina, schrieb ein wenig von ihren Interessen und Vorlieben und sendete ihm ein aktuelles Foto. Offenherzig berichtete sie von den häufigen Geschäftsreisen ihres Mannes und ihren Ausflügen – wie sie es nannte –

während dieser Zeit. Natürlich fragte sie auch Lukas nach einem Foto, seinen Hobbys und Lebensumständen.

Für diese Fälle hatte Lukas zu Hause passende Fotos aus dem Internet gesucht und verschiedene Steckbriefe erstellt, mit denen er sein erfundenes Basisprofil optimal ergänzen konnte, abgestimmt auf die jeweilige Kandidatin.

Für ›pusteblume123‹ hieß er Benjamin, war vierunddreißig Jahre alt, Geschäftsmann im Außendienst, hatte zwei Kinder im Alter von vier und sechs Jahren und war gefangen in einer unglücklichen Beziehung, in der er sich schon lange nach Abwechslung sehnte. Er schrieb auch gleich, an welchen Tagen er angeblich unterwegs war und sich ohne Verdacht zu erregen mit ihr treffen konnte. Die Auswahl des Treffpunktes überließ er Janina, um ihr Sicherheit vorzugaukeln. Seine einzige Bedingung war, dass die gemeinsamen Stunden außerhalb der Öffentlichkeit, am liebsten in einem Hotel, verbracht werden sollten.

Lukas schickte die Nachricht ab und lehnte sich zufrieden zurück. Wenn alles nach Plan verlief und Janina keinen Rückzieher machte, käme es vielleicht schon in der nächsten Woche zu einem Treffen und er hätte pünktlich zu Weihnachten einen Gast für die Feiertage.

× × ×

Miriam und Jennifer saßen gemeinsam auf der Wohnzimmercouch. Miriams Frühstück war nach den Strapazen des letzten Tages üppig ausgefallen. Drei Scheiben Brot mit Wurst, zwei Tassen Kaffee und ein Acht-Minuten-Ei hatte sie verputzt.

»Geht's dir wieder besser?«, erkundigte sich Jennifer.

Miriam nickte.

»Musst du heute noch irgendwo hin? Du kannst gerne noch eine Weile bleiben, wenn du magst.«

»Nein, heute muss ich nirgends hin.« Miriam lächelte. »Ich bin noch mitten im Studium und samstags gibt's zum Glück keine Vorlesungen.«

»Auch auf die Gefahr hin, dass ich dir auf die Nerven gehe ...« Jennifer machte eine kurze Pause. »Was war denn gestern los mit dir? Stress mit dem Freund? Oder dem Ex?«

Miriam wusste, dass die Fragen gut gemeint waren, doch sie hatte ungeheure Angst, dass Lukas davon erfahren könnte, wenn sie etwas ausplauderte. »Sei mir nicht böse, aber ich kann ... möchte nicht darüber reden. Bitte frag auch nicht weiter.« Sie lenkte das Gespräch auf Jennifer. »Wie sieht's denn bei dir aus? Hast du einen Freund?«

»Im Moment nicht. Ist mir aber auch ganz recht so. Ich genieße das Singleleben in vollen Zügen.« Sie senkte verschwörerisch die Stimme. »Aber erzähl bloß meinen Eltern nichts davon. Für sie bin ich immer noch die ›Kleine‹. Apropos, hast du Lust, heute Abend mit auf Klubtour zu kommen? Ich ziehe mit ein paar Freundinnen um die Häuser. Das würde dich bestimmt ein wenig auf andere Gedanken bringen. Und danach kannst du natürlich wieder bei uns übernachten.«

Miriam war schon monatelang nicht mehr ausgegangen. Seit dem Erlebnis mit Lukas hatte sie panische Angst, dass ihr so etwas noch einmal passieren könnte. Doch in einer Gruppe von mehreren Frauen wäre sie sicher. Und ein wenig Ablenkung konnte ihr wirklich guttun. »Das ist echt lieb von dir, das Angebot nehme ich gerne an. Aber ich müsste noch einmal kurz in meine Wohnung wegen der Klamotten.« Miriam zögerte kurz. Am liebsten wäre sie nie wieder dorthin zurückgegangen. »Du hast schon so viel für mich getan. Ich traue mich fast nicht, dich darum zu bitten, aber ...« Sie stockte. »Würdest du mich begleiten?«

Jennifer merkte ganz deutlich, dass es Miriam Überwindung kostete, sie um diesen Gefallen zu bitten. Es musste einen Grund dafür geben, dass sie nicht allein zu ihrer Wohnung wollte. »Kein Problem«, antwortete sie sofort. »Das mache ich gerne. Wir müssen nur warten, bis meine Mom nach Hause kommt, ich habe leider noch kein eigenes Auto.« Jennifer sah Miriam an, wie dankbar sie für diese Antwort war.

Eine halbe Stunde später kam Roswitha vom Einkaufen zurück. Sie hatte wie erwartet nichts dagegen, dass die beiden sich ihr Auto ausliehen, um Kleidung für den gemeinsamen Abend aus Miriams Wohnung zu holen.

Jennifer nahm ihre Mutter kurz zur Seite. »Mama, ich weiß, dass du Miriam gerne ausfragen würdest, aber bitte tu das nicht. Sie hat einiges durchgemacht mit ihrem Ex und es wäre nicht gut für sie, dauernd darauf angesprochen zu werden. Versprichst du mir das?«

Roswitha nickte. Irgendwann würde sie sicher mehr erfahren. »Ist gut«, sagte sie.

Wenig später saßen die beiden jungen Frauen im Auto und durchquerten die Innenstadt. Kurz vor dem Ziel bat Miriam Jennifer in einer Seitenstraße anzuhalten und sie aussteigen zu lassen.

Zögernd ging sie um die Hausecke zum Eingang und stieg langsam die fünfundzwanzig Stufen in den ersten Stock hinauf. Jennifer hatte ihr angeboten, sie auch in die Wohnung zu begleiten, doch das wollte sie nicht. Sie wusste, dass Lukas sie beobachtete, und durfte seine Aufmerksamkeit keinesfalls auf Jennifer lenken.

Oben angekommen steckte Miriam den Schlüssel ins Schloss der Wohnungstür.

»Hallo Frau Homeier.« Miriam drehte sich um. Am Ende des Flurs stand ihre Wohnungsnachbarin. Frau Sanders war eine zierliche alte Dame.

»Hallo Frau Sanders.« Miriam grüßte freundlich. »Wie geht es Ihnen?«

»Ach, Sie wissen ja. Der Rücken, die Gelenke, man wird nicht jünger.« Frau Sanders lachte heiser. »Aber sagen Sie mal, haben Sie einen neuen Freund?«

Miriam stutzte. Wie kam sie darauf? »Nein, wieso?«

»Komisch.« Die alte Frau legte die Stirn in Falten. »Gestern war ein Mann hier und ich dachte, er wäre in Ihre Wohnung gegangen. Aber dann habe ich mich wohl geirrt. Meine Augen sind ja auch nicht mehr die besten.«

Miriam lief ein kalter Schauer über den Rücken. Lukas war also wirklich in ihrer Wohnung gewesen und das sicher nicht zum ersten Mal. Mühsam lächelte sie Frau Sanders zu und verabschiedete sich höflich. Dann öffnete sie vorsichtig die Tür und betrat ihre Wohnung.

Ihr Puls raste. Zuerst sah sie in jedes Zimmer, in den Schrank und unter das Bett. Es war niemand da. Miriam holte ihre Reisetasche aus dem Schlafzimmer und packte ein paar Sachen für den Abend und die Übernachtung ein.

Beim Verlassen der Wohnung fiel ihr auf, dass die Nachricht von Lukas, die sie auf dem Tisch hatte liegen lassen, nicht mehr dort war. Er musste den Zettel mitgenommen haben. Kurz entschlossen packte Miriam ihre Studienunterlagen und den Laptop ein. Dann ging sie zurück ins Schlafzimmer und holte alles aus dem Kleiderschrank, das noch in die Tasche passte. Vielleicht konnte sie ein paar Tage länger bei Jennifer wohnen. Jetzt, wo sie wusste, dass Lukas ihre Wohnung zu jeder Zeit unbemerkt betreten konnte, gruselte es ihr bei dem Gedanken, auch nur eine einzige weitere Nacht hier zu verbringen. Miriam ließ die Tür hinter sich ins Schloss fallen und ging zurück zum Auto. Jennifer wartete bereits ungeduldig auf sie.

× × ×

Lukas zog es nach einem Kundentermin gleich in den Keller. Gespannt warf er einen Blick auf die Bilder aus Miriams Wohnzimmer. Noch immer tat sich nichts. Hatte sie sich doch umgebracht? Vielleicht wusste Frank Näheres. Aber wie sollte Lukas ihn ausfragen, ohne Verdacht zu erregen? Dazu kam das Problem mit seiner Überwachungstechnik. Beim Ausräumen der Wohnung würden die kleinen Mikrofone und die Kamera mit großer Sicherheit entdeckt und er wusste, dass jedes dieser Geräte eine Seriennummer besaß, die sich im ungünstigsten Fall bis zum Käufer zurückverfolgen ließ. Lukas musste baldmöglichst noch einmal in die Wohnung und seine Spuren beseitigen.

Aber nicht heute. Er war bei Familie Holper zum Essen eingeladen. Die gemeinsamen Abende hatten inzwischen einen festen Platz im Kalender. Jeden dritten Samstag im Monat kam Lukas in den Genuss von Rosis hervorragender Küche. Ein unangenehmer Nebeneffekt war jedoch, dass er sich alle vier Wochen neue Geschichten über seine Vergangenheit ausdenken musste, die er im Gespräch überzeugend verkaufen konnte.

Lukas warf einen letzten Blick in Miriams Wohnung, dann verließ er den Keller und ging ins Schlafzimmer, um sich umzuziehen.

× × ×

Im Gästezimmer von Familie Holper breitete Miriam die Sachen, die sie aus ihrer Wohnung geholt hatte, auf dem Bett aus. Da sie nicht oft ausging, war die Auswahl an passender Garderobe für einen Zug durch die Klubs mit den Mädels recht übersichtlich. Ihr Lieblingskleid war der Gefangenschaft bei Lukas zum Opfer gefallen. Bei dem Gedanken, dass er sie nackt in ihre Wohnung zurückgebracht und ins Bett gelegt hatte, lief es ihr jetzt noch kalt über den Rücken. Sie schüttelte sich, um die Gedanken zu vertreiben.

Miriams Wahl fiel schließlich auf ein figurbetontes weinrotes Kleid und farblich dazu passende Pumps. In den Klubs und Bars war es für gewöhnlich warm genug für ein solches Outfit und für die Fußwege zwischen den einzelnen Stationen hatte sie einen dunkelgrauen Wintermantel eingepackt. Fertig angezogen ging Miriam ins Badezimmer, wo Jennifer sich gerade frisiert hatte und jetzt dabei war, Make-up aufzulegen. Sie trug ein schwarzes trägerloses Kleid, das ihr hervorragend stand, für Miriams Geschmack allerdings ein wenig zu kurz geraten war.

»Gut siehst du aus. Dürfte ich vielleicht ein paar deiner Sachen benutzen?«

»Danke. Du siehst auch fantastisch aus.« Jennifer strahlte Miriam an. Sie freute sich ganz offensichtlich sehr auf den gemeinsamen Abend mit den ›Mädels‹. »Und natürlich darfst du. Bedien dich.« Sie zeigte auf das Regal.

Miriam war nicht der Typ für ein auffälliges Make-up. Sie wählte nur einen transparenten Lipgloss, ein wenig Rouge und Wimperntusche.

»Bist du fertig?« Jennifer drehte sich um. »Dann könnten wir uns auf den Weg machen. In einer Viertelstunde treffen wir uns mit den Mädels am Park.«

»Meinetwegen können wir los, wenn du mich so mitnimmst.« Miriam lachte. So gelöst und fröhlich war sie lange nicht gewesen.

Die beiden jungen Frauen verabschiedeten sich kurz von Roswitha und Frank.

»Wollt ihr nicht doch noch zum Essen bleiben?« Roswitha versuchte zum wiederholten Mal, ihnen das Abendessen schmackhaft zu machen. »Ihr könnt euch auch nach dem Essen mit deinen Freundinnen treffen. In den Klubs ist jetzt doch noch gar nichts los. Du weißt ja, wir bekommen Besuch und er würde sich bestimmt freuen, wenn du dabei bist.«

Jenny rollte mit den Augen. »Mensch, Mama. Das hatten wir doch schon. Erstens sind wir in fünfzehn Minuten verabredet und wollen dann bei ›Luigi‹ essen.« Sie holte tief Luft. »Und zweitens kann ich den Kerl nicht leiden.«

Roswitha seufzte. »Na dann haut schon ab. Ich wünsche euch viel Spaß. Und kommt nicht zu spät heim.«

Jennifer nahm Miriam am Arm und zog sie aus dem Haus, bevor ihre Mutter noch auf weitere Ideen kam. »Meine Güte, ich bin doch kein kleines Kind mehr«, schimpfte sie vor sich hin. »Meine Mutter behandelt mich immer noch, als wär ich zwölf. Sie sollte eigentlich wissen, dass wir heute Nacht ganz sicher spät nach Hause kommen.«

× × ×

Lukas parkte seinen Wagen am Straßenrand gegenüber dem Haus. Er sah, wie Jenny gerade mit einer Freundin den Gartenweg entlang ging und stutzte. Es war schon dunkel, doch ein wenig erinnerte ihn die Freundin an Miriam. *Du wirst langsam paranoid, Lukas!*, schalt er sich. Sie konnte es unmöglich sein.

Bevor er sein Fernglas aus dem Handschuhfach holen konnte, um sich zu versichern, waren die Mädchen um die nächste Straßenecke verschwunden. Lukas schüttelte den Kopf. Besorgt, wie er wegen Miriams Verschwinden war, hatte ihm sein Unterbewusstsein einen Streich gespielt. Miriam bei den Holpers? Das war absurd.

Lukas ging zur Haustür und klingelte. Das ganze Haus war mit Lichterketten geschmückt, einschließlich der kleinen Bäume im Vorgarten, und an der Eingangstür hing ein kitschiger Weihnachtsmann, flankiert von zwei Engeln. Lukas hatte für den ganzen Dekorationsschnickschnack nichts übrig. In seinem Haus gab es keinen Weihnachtsschmuck, nur die Frauenkammer hatte er mit einem kleinen Kranz auf den erhofften Gast vorbereitet und

Weihnachtslieder auf dem Computer hinterlegt. Sein Besuch sollte schließlich auch in Festtagsstimmung kommen.

Frank öffnete und begrüßte Lukas mit Handschlag. »Schön, dass du da bist. Rosi hat wieder gekocht, als würden wir ein Fest veranstalten.«

Lukas lachte. »Also wie immer. Du, ich hab gerade Jennifer weggehen sehen, isst sie heute gar nicht mit uns?« Er sah noch einmal in die Richtung, in die die beiden verschwunden waren.

»Nee, sie hatte keine Lust und wollte lieber mit ihren Freundinnen um die Häuser ziehen. Aber wir werden uns auch ohne sie amüsieren.«

Jennifer ging also mit Freundinnen aus. Dann hatte sich Lukas wirklich geirrt. Wäre Miriam mit Franks Tochter befreundet, hätte er das schon vor Langem mitbekommen. Er hatte kein einziges Telefonat zwischen den beiden Frauen aufgezeichnet und in Miriams Wohnung hatte er Jennifer nie gesehen.

»Spielst du gerne Karten?« Frank unterbrach Lukas' Gedanken. »Rosi hat vorgeschlagen, nachher ein wenig Skat zu spielen.«

»Wieso nicht.« Lukas hatte schon lange nicht mehr Karten gespielt. Eine Partie Skat wäre eine willkommene Abwechslung zur Unterhaltung nach dem Essen und eine gute Möglichkeit, den unangenehmen Fragen zu seinem Privatleben aus dem Weg zu gehen. »Ich bin aber völlig aus der Übung.«

»Umso besser!« Frank schlug ihm freundschaftlich auf die Schulter und lachte herzhaft.

Im Haus ging der weihnachtliche Dekowahn weiter. Überall hingen Sterne, Engel und sonstige Weihnachtsmotive in diversen Ausführungen an Wänden, Fenstern und Türen, und auf dem Esstisch stand ein überdimensionaler Adventskranz mit vier roten Kerzen. Zwei von ihnen brannten mit ruhiger Flamme. Leise Weihnachtsmusik ertönte aus der kleinen Stereoanlage auf der Kommode.

Holper bemerkte Lukas' verunsicherte Blicke und flüsterte ihm zu: »Rosi hat wirklich einen Weihnachtsfimmel. Ich habe mich inzwischen dran gewöhnt, aber für dich wirkt das hier im Moment wahrscheinlich wie ein amerikanischer Weihnachtsalbtraum, was?« Er grinste breit. »Zum Glück ist das in ein paar Wochen alles wieder verschwunden.«

Lukas kam aus dem Kopfschütteln nicht mehr heraus. So eine kitschige Dekoration hatte er noch nie gesehen. Roswitha gegenüber ließ er sich nichts anmerken, verkniff sich aber auch ein Lob über ihr Outfit, das er keinesfalls hätte überzeugend aussprechen können. Rosi trug eine Küchenschürze, auf die ein Weihnachtsschlitten mit Rentieren gestickt war.

Kaum hatten sich Lukas und Frank an den gedeckten Tisch gesetzt, servierte sie schon die Vorspeise: Rindfleischsuppe mit Markklößchen und Eierstich. Genau nach Lukas' Geschmack.

× × ×

Jennifer und Miriam kamen pünktlich am Treffpunkt an.

»Hi, Mädels«, grüßte Jennifer in die Runde. »Ich hab noch jemanden mitgebracht. Das ist Miriam. Miriam, das sind Flo, Elli, Hanna und Bea.«

Miriam hatte befürchtet, dass sie sich als fünftes Rad am Wagen fühlen würde, doch sie hätte sich keine Sorgen machen müssen. Alle begrüßten sie freundlich und hießen sie in der Clique willkommen. Gemeinsam machten sich die sechs Frauen auf den Weg zum ersten Ziel an diesem Abend.

Das ›Luigi‹ war einer der angesagtesten Italiener der Stadt. Jennifer hatte die Idee gehabt, dass Miriam und die anderen sich dort besser kennenlernen konnten, als wenn sie gleich in einen lauten Klub zogen, in dem Unterhaltungen normalerweise kaum zustande kamen. Das Restaurant lag versteckt in einer Nebenstraße, wenige Gehminuten vom Park entfernt. Es war ein beliebter Treffpunkt, aber Miriam war bisher nie dort gewesen. Ihr gefiel der rustikale Flair, und obwohl der Speiseraum gut gefüllt war, war die Lautstärke erträglich.

Die Kellnerin führte die sechs jungen Frauen zu einem reservierten Tisch im hinteren Bereich des Lokals.

× × ×

Während des Hauptgangs klingelte Holpers Diensthandy.

Seine Frau sah ihn strafend an. »Du wirst doch jetzt nicht …?«

»Entschuldige, Schatz. Das muss wichtig sein. Die Kollegen wissen Bescheid, dass ich an unseren Abenden nur im äußersten Notfall gestört werden will.« Er nahm das Handy von der Kommode und ging in den Nebenraum. »Holper?«

»Hallo Frank«, meldete sich der diensthabende Kollege. »Entschuldige bitte, dass ich dich an deinem freien Abend störe, aber du musst dringend herkommen. Es gibt eine Leiche.«

Holper traute seinen Ohren nicht. »Wie bitte? Eine Leiche? Wo?«

»Ein Förster hat sie vorhin im Wald entdeckt, halb in eine Plane eingewickelt. Scheinbar hat sie jemand dort vergraben und Tiere haben sie kürzlich wieder ausgebuddelt. Der Rechtsmediziner meint, dass auch Teile der Leiche fehlen. Vermutlich gefressen oder verschleppt.«

Holper schluckte schwer. »Ich bin gleich da. Schick mir bitte die Wegbeschreibung aufs Handy.« Er beendete das Gespräch und ging zügig zurück ins Esszimmer. »Ich muss sofort weg«, sagte er ohne Umschweife. »Es tut mir wirklich leid, aber das kann nicht warten.«

Roswitha hatte sich in den vielen Jahren Ehe daran gewöhnt, dass es solche Situationen hin und wieder gab, und fragte nicht weiter nach.

Lukas hingegen war klar, dass etwas passiert sein musste, das alles andere als alltäglich war. »Kann ich dir vielleicht helfen?«, bot er in der Hoffnung an, damit ein paar Informationen über den Anruf zu bekommen.

»Nee, nee, bleib du mal schön hier und genieß das Essen. Reicht ja, wenn einer von uns leer ausgeht.«

Noch bevor Lukas Einwände vorbringen konnte, hatte Holper seinen Mantel gegriffen und war zur Haustür hinausgerauscht.

»Komm, Lukas. Greif zu!« Roswitha überspielte ihre Enttäuschung darüber, dass ihr Mann wieder einmal einen gemeinsamen Abend versäumte. »Sonst wird das Essen kalt. Und Nachtisch gibt's ja auch noch.«

Lukas setzte sich, obwohl seine Gedanken in diesem Moment ausschließlich um den Anruf kreisten, den Frank erhalten hatte.

× × ×

Als Holper bei den Kollegen im Wald ankam, erwartete ihn ein grausiger Anblick. Die Rechtsmediziner hatten die Leiche, oder das, was davon übrig war, von der Plastikplane befreit, sodass die deutlichen Rissspuren zu sehen waren, vermutlich von Krallen oder Zähnen. Holper wurde übel und er musste sich abwenden. Trotz der kalten Temperaturen war der Gestank, den die verwesenden menschlichen Überreste verbreiteten, bestialisch.

»Bitte sehr.« Sein Kollege Heinz Knecht reichte Frank einen Mundschutz und etwas Pfefferminzsalbe, die den Aufenthalt am Fundort erträglicher machten. »Hier hat sich jemand Mühe gegeben, die Leiche verschwinden zu lassen. Hätten die Tiere sie nicht ausgegraben, läge sie wohl noch in hundert Jahren unter der Erde.«

»Wissen wir denn schon Näheres?«

»Falls du meinst, ob wir wissen, wer sie ist, muss ich dich enttäuschen. Da wird uns erst eine Genanalyse im Labor weiterbringen. Beide Hände fehlen mitsamt Teilen der Arme. Es gibt also keine Fingerabdrücke. Und für einen Abgleich mit den Fotos aus der Vermisstendatenbank müssten wir erst einmal das Gesicht rekonstruieren. Der Kollege von der Rechtsmedizin konnte aber mit Sicherheit sagen, dass es sich um eine Frau handelt. Schätzungsweise ist sie seit drei bis sechs Monaten tot und hier vergraben. Genaueres wird er erst nach der vollständigen Obduktion wissen. Wenn du den Förster befragen möchtest, der sie gefunden hat, er steht da vorne.« Heinz zeigte auf einen Mann, der etwas abseits an einem Baum lehnte und ziemlich mitgenommen wirkte.

Holper ging zu ihm. »Guten Abend. Ich bin Kommissar Holper. Ich würde Ihnen gerne ein paar Fragen stellen, wenn das okay für Sie ist?«

Der Mann nickte wortlos.

Holper begann mit den Routinefragen. »Wie heißen Sie?«

»Kurt Remke.«

»Sie sind Förster in diesem Bereich des Waldes?«

»Ja, richtig.«

»Können Sie mir schildern, was heute passiert ist?«

Der Mann zögerte. Es fiel ihm sichtlich schwer, über das Erlebte zu sprechen. »Ich habe wie jede Woche meine Runde durch den Wald gedreht. Wissen Sie, ich muss regelmäßig die Bäume kontrollieren. Gerade im Winter gibt es viele Fraßschäden. Außerdem hatten wir in den letzten Monaten immer wieder Leute, die Brennholz geklaut haben. Manche haben sogar kleine Bäume gefällt.«

Diese Informationen waren für Holper nicht besonders hilfreich, obwohl er bei den Brennholzdieben aufhorchte. Waren es potenzielle Zeugen? Doch er wollte den

Mann nicht unterbrechen und nickte freundlich, um zu signalisieren, dass er aufmerksam zuhörte.

»Wie gesagt, heute bin ich meine Runde in diesem Abschnitt gegangen und plötzlich lag ein Kopf vor mir. Ich bin ja gewohnt, dass hier ab und zu mal ein Tierkadaver herumliegt, darum habe ich mir im ersten Moment auch nichts dabei gedacht … Bis ich näher hingesehen und erkannt habe, dass da ein menschlicher Kopf aus den Blättern ragte.« Der Förster erschauderte. »Ich musste mich erst einmal übergeben und habe dann sofort die Polizei gerufen.«

Holper fragte weiter: »Haben Sie denn in den letzten Monaten etwas Verdächtiges in dieser Gegend gesehen?«

Der Mann schüttelte den Kopf. »Ich glaube nicht.«

»Bitte denken Sie noch einmal nach. Jeder Hinweis kann hilfreich sein.«

»Hm. Nein. Oder warten Sie. Doch. Vor drei oder vier Monaten fuhr hier mal ein Auto durch. Ich kann Ihnen nicht sagen, von wo es kam oder wo es hingefahren ist. Ich habe mich nur gewundert, dass jemand mit einer Limousine durch den Wald fährt. Es fahren häufiger mal Wanderer verbotenerweise ein Stück auf diesem Weg, aber doch nicht mit solchen Autos.«

Jetzt wurde es interessant. Holper bohrte nach: »Fällt Ihnen zu dem Auto noch etwas ein? Welche Farbe hatte es? Welche Marke? Oder gab es Besonderheiten an dem Wagen?«

»Oje, das ist schon so lange her.« Der Förster dachte eine Weile nach. »Es war auf jeden Fall ein dunkles Auto. Vielleicht schwarz. Und es war groß, sah aus wie so was, womit die Politiker immer durch die Gegend kutschiert werden. An mehr kann ich mich wirklich nicht erinnern. Ich habe es ja auch nur aus der Entfernung gesehen.«

Trotz der vagen Beschreibung war das kein schlechter Anfang. Natürlich musste der Fahrer dieses Wagens nicht der Mörder sein, aber eine brauchbare Spur war es allemal. Holper dankte Herrn Remke für seine Hilfe und wollte sich gerade wieder den Kollegen zuwenden, als sein Blick auf den Baum fiel, an dem der Förster lehnte.

»Entschuldigung, können Sie mal kurz zur Seite gehen?« Holper bückte sich und sah sich den Stamm näher an. Im unteren Bereich waren deutliche Abschürfungen zu erkennen, die nicht nach einer frischen Beschädigung aussahen. »Herr Remke, würden Sie sich das einmal ansehen? Sie kennen sich doch aus. Können Sie mir sagen, wodurch das verursacht wurde?«

Der Förster sah sich den Baumstamm an und entfernte an einigen Stellen vorsichtig die Rinde. »Scheint, als wäre etwas Schweres gegen den Stamm gestoßen. Könnte ein Auto gewesen sein.« Er sah zu Holpers Wagen hinüber. »Ja, die Höhe der Stoßstange würde in etwa passen. Dürfte aber schon vor einiger Zeit passiert sein. Sicher nicht in den letzten Wochen.« Plötzlich entdeckte er etwas. »Schauen Sie mal. Hier steckt etwas in der Rinde. Sieht aus wie rotes Glas. Oder Plastik.«

»Bitte nicht anfassen!« Holper streifte ein Paar Einweghandschuhe über und zog den Splitter vorsichtig aus dem Holz. Tatsächlich. Ein kleines Stück rotes Plastik. Er betrachtete das halb transparente Fragment von allen Seiten. Wenn wirklich ein Auto gegen den Baum gestoßen war, könnte es ein Teil des Rücklichts sein, das bei dem Aufprall beschädigt wurde.

Holper steckte das Beweisstück in einen kleinen Plastikbeutel und übergab ihn einem Kollegen. »Lassen Sie Ihre Leute den Bereich absuchen«, wies er den Beamten an. »Vielleicht liegen hier noch weitere Bruchstücke.« Anschließend wandte er sich wieder dem Förster zu. »Sie waren es vermutlich nicht, der gegen diesen Baum gefahren ist, oder?«

»Nein, ganz sicher nicht. Daran könnte ich mich erinnern.«

Sehr gut. Ein weiteres Teilchen im großen Puzzle. Die Wahrscheinlichkeit, dass jemand anderes als der Mörder zufällig genau an dieser Stelle sein Auto beschädigt hatte, war verschwindend gering.

× × ×

Miriam fühlte sich rundum wohl. Die Mädels waren ihr alle sehr sympathisch und sie hatte während des Abends nie das Gefühl, dass sie aus der Unterhaltung ausgegrenzt wurde oder die Gruppe störte. Jennifer war wirklich ein Schatz. Miriam wollte sich gar nicht vorstellen, was ohne ihre neue Freundin mit ihr geschehen wäre. Ob sie sich wohl jemals dafür revanchieren konnte?

Gestärkt mit Pizza und Pasta machte sich die Clique auf den Weg zum ersten Klub in dieser Nacht. Heute gab es im ›Blue Baby Doll‹ eine Ladies' Night. Für Frauen gab es freien Eintritt und alle Getränke zum halben Preis. Die perfekte Gelegenheit für einen günstigen und feuchtfröhlichen Start in die Nacht.

Als die jungen Frauen den Klub um kurz nach acht betraten, waren Tanzfläche und Bar bereits gut besucht. Viele flirtwillige Männer wollten sich das erwartete Überangebot an weiblichen Besuchern nicht entgehen lassen. Kaum hatten sich Miriam und die anderen auf der Couch in einer kleinen Lounge niedergelassen, gesellten sich wie aufs Stichwort einige junge Männer zu ihnen und gaben ihnen bereitwillig Getränke aus. Kostenlos trinken war natürlich noch besser als zum halben Preis.

Miriam reagierte zurückhaltend auf die Flirtversuche. So wohl und sicher sie sich auch in Begleitung der Mädchen fühlte, gegenüber Männern konnte sie ihre Angst einfach noch nicht überwinden. Immer wenn ein Mann ein Gespräch mit ihr anknüpfen wollte, musste sie an den Abend denken, an dem sie Lukas kennengelernt hatte.

Damit der Abend ein Erfolg für sie wurde, benötigte Miriam keinen Flirt. Sie hatte noch nie so viel Spaß in einem Klub gehabt. Sie verausgabte sie sich abwechselnd mit den anderen auf der Tanzfläche oder plauderte mit ihnen in der Lounge – soweit das bei der lauten Musik möglich war.

Nach zwei Stunden Party und Alkohol war es Zeit für die nächste Station auf der nächtlichen Tour. Bea übernahm das Kommando. »Na los, Mädels! Wir gehen rüber ins ›Palermo‹. Mal sehen, was da heute so abgeht.«

Miriam wurde blass. Ausgerechnet das ›Palermo‹? Sie nahm Jennifer zur Seite. »Du, Jenny, ich weiß nicht, ob ich das packe. Ich …« Sie stockte. »Ich will euch wirklich nicht den Abend vermiesen, aber ich habe dort etwas Furchtbares erlebt und ich habe Angst, dass alles wieder hochkommt.« Miriam war den Tränen nah.

Jennifer fragte sich, ob dieses Erlebnis wohl der Grund dafür war, dass sie Miriam auf der Brücke getroffen hatte. »Ist doch kein Problem, Kleine.« Sie hakte sich bei Miriam unter. »Ich bin ja bei dir und wir machen es einfach so: Wenn du merkst, dass es nicht mehr geht, dann sagst du mir Bescheid und wir gehen sofort woanders hin. Einverstanden?«

Es war seltsam, dass Jennifer sie ›Kleine‹ nannte. Immerhin war sie gut vier Jahre jünger als sie, wenn auch ein paar Zentimeter größer. Zögernd nickte Miriam. Sie hoffte, dass sie sich in Gesellschaft der Mädchen so sicher fühlen würde, dass sie ihr furchtbares Erlebnis wenigstens für diese Nacht vergessen konnte.

Vor dem ›Palermo‹ angekommen, stellte Miriam erleichtert fest, dass der Klub geschlossen hatte. An der Eingangstür klebte ein großes Schild mit der Aufschrift ›Leider bleibt unser Klub wegen Renovierung bis zum 30.12. geschlossen‹. Daneben hing ein Plakat mit der Ankündigung einer großen Silvester-Neueröffnung.

Miriam sah Jennifer erleichtert an, die ihr mit einem freundlichen Lächeln zu verstehen gab, dass sie ebenfalls nicht traurig war, diese Station auf der nächtlichen Tour auszulassen.

× × ×

Als Frank Holper wieder zu Hause ankam, saß Lukas noch mit Roswitha am Tisch. Mit dem Essen waren die beiden anscheinend schon eine Weile fertig und unterhielten sich jetzt. Holper grüßte kurz und ging in die Küche, wo seine Frau ihm einen Teller mit Entenbraten, Birnenkompott, Rosinen und Walnüssen zum Wärmen sowie eine Portion Tiramisu bereitgestellt hatte. Er stellte das Essen in die Mikrowelle und setzte sich wenige Minuten später mit dem dampfenden Teller zu Roswitha und Lukas an den Tisch. Während er aß, fiel ihm auf, dass Lukas das Gespräch so lenkte, dass Roswitha die meiste Zeit von sich und ihrer Familie erzählte und nur wenige Fragen zu seinem Leben stellte. Er grinste ihm mitfühlend zu.

Das Essen schmeckte köstlich. Doch mit den noch frischen Bildern aus dem Wald im Kopf konnte Holper es nicht wirklich genießen.

× × ×

Lukas war froh, als Frank endlich auch mit dem Nachtisch fertig war, seinen Teller in die Küche räumte und auf dem Rückweg gleich das Skatblatt mitbrachte. Er war eindeutig kein Freund von langen privaten Unterhaltungen. Dafür interessierte ihn das Berufliche an diesem Abend umso mehr. »Was war denn los, Frank? So schnell wie du verschwunden bist, muss ja was extrem Wichtiges passiert sein.«

Holper sah kurz fragend zu seiner Frau. Rosi nickte ihm zu. »Es wurde eine tote Frau gefunden«, begann er zu berichten. »Draußen im Stadtwald.« Er überlegte kurz, ob er die Einzelheiten erzählen sollte, aber er wollte Roswitha nicht auch noch den Rest des Abends verderben. »Lass uns darüber nicht heute reden. Das ist kein Thema, das ich Rosi zumuten möchte. Jetzt machen wir uns noch einen schönen Abend und am Montag ist dann wieder die Arbeit dran.«

Eine Leiche im Wald? Laura? Unmöglich. So viel Pech konnte Lukas einfach nicht haben. Er hätte alles dafür gegeben, die Details erzählt zu bekommen, aber Frank bestand darauf, dass die Arbeit warten konnte. Und das ausgerechnet am Wochenende, sodass Lukas nicht einmal persönlich in der Rechtsmedizin vorbeischauen konnte, ohne sich verdächtig zu machen.

»Kommt, ihr zwei. Lasst uns das Spiel etwas interessanter machen«, schlug Holper vor. »Wir spielen um Cent. Zehn Runden und am Ende kostet jeder Punkt Differenz einen Cent.«

Lukas hatte nichts gegen etwas mehr Spannung einzuwenden und auch Roswitha war einverstanden. Während des Spiels kreisten Lukas' Gedanken jedoch immer wieder um die Frage, wessen Leiche es sein konnte, die gefunden worden war. Nur das Wissen, dass in Lauras Grab und an ihrer Leiche keine Spuren von ihm zu finden sein würden, beruhigte ihn etwas.

Nach einigen Runden war klar, dass der Abend für Lukas mit einem Minus enden würde. Er hatte wenig Erfahrung im Skat und die mangelnde Konzentration auf das Spiel tat ihr Übriges. Roswitha spielte die beiden Männer in Grund und Boden und mit jedem gewonnenen Blatt stieg ihre Laune noch ein wenig mehr.

Pünktlich um Mitternacht zündete Roswitha die dritte Kerze des Adventskranzes an, gerade so, als hätte sie nur auf den Beginn des dritten Advents gewartet. Holpers

Grinsen wurde prompt mit einem strafenden Blick seiner Frau bedacht.

LUKAS

Der Mädelsabend war ein voller Erfolg. Nach einem kurzen Zwischenstopp in einer kleinen Bar war die Clique in einer Technodisco angekommen. Miriam hatte sich bisher hervorragend amüsiert und bedauerte, dass sich der gemeinsame Ausflug dem Ende näherte. Obwohl sie inzwischen hundemüde war, hätte sie die ganze Nacht durchfeiern können.

Elli und Flo waren schon vor einiger Zeit mit jeweils einem Verehrer verschwunden und Bea lag schlafend auf einer Bank im hinteren Bereich der Disco. Auch Hanna und Jennifer merkte man die Müdigkeit inzwischen deutlich an. Gemeinsam entschieden sie, es für diese Nacht gut sein zu lassen. Mit leicht schwankenden Schritten wanderten Miriam und Jennifer zum Haus der Holpers, nachdem sich Hanna in die entgegengesetzte Richtung verabschiedet hatte.

»Das war ein toller Abend«, schwärmte Miriam. »Vielen, vielen Dank. Das habe ich endlich mal wieder gebraucht. Und deine Freundinnen sind einfach super!«

»Wir können das gerne mal wiederholen. Du bist jederzeit herzlich eingeladen. Ein bisschen unter Leute zu kommen, tut dir ganz gut, wie man sieht.«

Miriam umarmte Jennifer spontan und drückte sie an sich. »Du bist die Beste«, flüsterte sie.

Als sich die beiden wenig später dem Haus näherten, sah Miriam zwei Männer, die vor der Tür standen und sich unterhielten. Sie erstarrte. War das etwa …? Hastig zog sie Jennifer hinter eine Hecke und duckte sich. Sie erkannte Jennifers Vater, und der andere … sie hätte schwören können, dass es Lukas war. Auch die Stimme passte.

»Was ist los? Warum verstecken wir uns?«, fragte Jennifer irritiert.

»Weißt du, wer der Mann ist, der da bei deinem Vater steht?«, flüsterte Miriam drängend.

Vorsichtig spähte Jennifer über die Hecke zum Hauseingang. »Och, das ist nur Lukas Bender, ein Arbeitskollege meines Vaters. Er ist öfter bei uns. Irgendwie ein komischer Typ. Aalglatt. Ich kann ihn nicht wirklich leiden.«

Ohne ein Wort drehte sich Miriam um und rannte panisch zurück in die Richtung, aus der sie gekommen waren. Erst nach einigen Hundert Metern konnte Jennifer sie einholen und fasste ihren Arm. Miriam zitterte am ganzen Körper.

»Hey, was ist denn los mit dir?«

»D-d-das ist der Kerl«, antwortete Miriam stotternd.

»Der Kerl? Welcher Kerl?«

Miriam brach in Tränen aus, und obwohl sie es eigentlich nicht wollte, sprudelte die Geschichte von Lukas, ihrer Gefangenschaft und Lindas furchtbarem Ende aus ihr heraus.

Jennifer wurde mit jeder Minute blasser.

Miriam hatte befürchtet, dass Jenny sie für wahnsinnig halten würde, wenn sie versuchte, ihr die ganze Wahrheit zu erzählen, und wäre vor Erleichterung fast in Tränen ausgebrochen, als Jenny sie wider Erwarten fest in den Arm nahm.

»Jetzt ist mir auch klar, was du auf der Brücke verloren hattest.« Jennifer kämpfte ebenfalls mit den Tränen.

»Wir müssen das sofort meinem Vater erzählen! Er ist Kommissar bei der Polizei. Das Arschloch muss schnellstens hinter Schloss und Riegel!«

Aber Miriam hatte zu viel Angst. »Bitte nicht. Ich flehe dich an, erzähl niemandem davon. Wenn Lukas das herausfindet, bin ich tot. Ich weiß doch nicht einmal, wo er mich gefangen gehalten hat, und Beweise gibt es auch keine.«

Jennifer war sicher, dass es besser wäre, ihren Vater einzuweihen, doch Miriams Verzweiflung und ihr Flehen rührte sie und sie versprach ihr schließlich, kein Wort zu sagen. Mit gesenkten Köpfen gingen die Freundinnen zurück. Im Schutz der Hecke spähten sie ängstlich zum Haus hinüber, um sicherzugehen, dass Lukas nicht mehr in der Nähe war. Erst dann trauten sie sich hinein.

Miriam und Jenny waren durchgefroren bis auf die Knochen. Mit einer dicken Wolldecke und einer Wärmflasche kauerten sie sich schweigend auf Jennifers Bett. Es dauerte eine ganze Weile, bis sie zu zittern aufhörten.

In dieser Nacht schlief Miriam bei Jennifer. Keine der beiden wollte allein im Dunkeln liegen. Miriam machte sich Vorwürfe, dass sie sich nicht zurückgehalten und Jenny die ganze Last ihrer Geschichte aufgebürdet hatte. Eines stand für Miriam fest: In ihre Wohnung konnte sie nun keinesfalls mehr zurück, und auch wenn sie Jenny noch nicht darum gebeten hatte, wusste sie, dass sie vorerst hier bei ihr bleiben konnte. Über alles Weitere würden sie sich am nächsten Morgen Gedanken machen.

* * *

Der Spieleabend bei den Holpers hatte deutlich länger gedauert, als Lukas erwartet hatte. Frank hatte ihn erst tief in der Nacht zur Tür gebrachte. Ein weiteres Mal hatte Lukas versucht, mehr über den Leichenfund aus ihm herauszubekommen. Aber Frank hatte ihn nur vertröstet und ein Gespräch für Montagnachmittag angeboten, wenn weitere Erkenntnisse aus dem Labor vorliegen sollten.

Am Sonntag stand Lukas erst mittags auf und verzichtete dank seiner schlechten Laune auf ein ordentliches Frühstück. Auf dem Weg zum Internetcafé, wo er seine Nachrichten auf dem Seitensprungportal prüfen wollte, holte er sich lediglich ein Laugencroissant vom Discounter, um den ersten Hunger zu stillen.

In seinem Account benachrichtigte ihn das Portal über zwei neue Nachrichten. Die erste löschte er, nachdem er wenige Zeilen gelesen hatte. Brigitte schien noch nicht aufgegeben zu haben, ihn zu einem außergewöhnlichen sexuellen Abenteuer zu verführen. Die zweite Nachricht stammte von seiner Wunschkandidatin Janina. Sie schlug Lukas ein kurzfristiges Treffen noch am selben Abend in einem kleinen Hotel vor, das eine halbe Autostunde entfernt lag. Die Zeit musste ihm für die notwendigen Vorbereitungen reichen. Bevor er zusagte, sah sich Lukas vorsichtshalber die Lage des Hotels auf einer Online-Landkarte an und prüfte die Optionen für eine unbemerkte Entführung. Leider war das Hotel zentral gelegen. Auf der Karte konnte er nicht ausreichend gut erkennen, ob der Hotelparkplatz von der direkten Umgebung aus einsehbar war. Daher beschloss Lukas, einen spontanen Ausflug in den kleinen Ort zu machen, um sich die Gegebenheiten genauer anzusehen.

× × ×

Jennifer und Miriam saßen allein am Frühstückstisch. Die Eltern waren zu einem Adventsbrunch bei Freunden eingeladen und würden bis zum Nachmittag nicht zurückkommen. Jennifer hatte in dieser Nacht sehr unruhig geschlafen. Seit Miriam von ihren grausamen Erlebnissen erzählt hatte, musste sie die ganze Zeit daran denken. Wie konnte sie Miriam davon überzeugen, dass es das Beste wäre, ihren Vater ins Vertrauen zu ziehen? Diesem Lukas musste dringend jemand das Handwerk legen. Es durfte nicht sein, dass ein mehrfacher Mörder seit Monaten unbehelligt in ihrem Haus ein und aus ging.

Doch sie hatte versprochen, das Geheimnis für sich zu behalten, und wollte Miriams Vertrauen nicht missbrauchen. Nach dem Schreck, den Miriam letzte Nacht erlitten hatte, als sie Lukas wiedersah, musste sie behutsam vorgehen. Sie durfte ihre neue Freundin nicht sofort wieder mit dem Thema belasten. Am Abend würde sie noch einmal in Ruhe mit ihr reden. Für den Nachmittag hatte sie andere Pläne.

»Miri, hast du Lust, später mit mir über den Weihnachtsmarkt zu gehen? Ich muss noch ein Geschenk für meine Eltern finden. Jedes Jahr der gleiche Stress.« Jennifer lachte. »Aber unser Weihnachtsmarkt ist wirklich schön.«

»Keine schlechte Idee«, antwortete Miriam. »Ich bin ja noch nicht so lange in der Stadt und auf den Weihnachtsmarkt zu Hause habe ich die letzten Jahre verzichtet. Allerdings besteht der auch gerade mal aus zwei Glühweinständen links und rechts neben der Pommesbude auf dem Marktplatz, ein paar Girlanden und Weihnachtsmusik aus der Dose. Das ist so besinnlich wie ein Spaziergang durchs Industriegebiet. Vielleicht finde ich ja heute an einem Stand auch noch was Schönes.«

»Sag mal, Kleine …« Jenny dachte daran, dass sie, abgesehen von der Horrorgeschichte, bisher kaum etwas über Miriams Leben wusste. »Feierst du Weihnachten auch mit deiner Familie?«

Miriams Miene verfinsterte sich. »Ich glaube nicht. Mit meinem Vater möchte ich vorerst keinen Kontakt mehr haben und meine Mutter ist vor gut einem Jahr gestorben.« Sie schluckte. »Und wie du weißt, kenne ich hier kaum jemanden.«

Jenny sah sie betroffen an. »Oh, das mit deiner Mutter tut mir leid. Und deinem Vater willst du dich mit den schrecklichen Erlebnissen wirklich nicht anvertrauen? Dafür sind Eltern doch da.«

»Nee, nee, nee, der Typ ist ein absoluter Idiot.« Miriam ballte die Faust. »Der kann mir echt gestohlen bleiben. Da rede ich lieber mit einer Wand.«

Jennifer ließ sich keinen Moment von Miriams schwachem Versuch täuschen, ihren Kummer mit Humor zu überspielen. »Weißt du was? Ich rede mal mit meiner Mutter. Vielleicht kannst du ja über Weihnachten bei uns bleiben. Ich würde mich wirklich freuen.«

»Ich weiß nicht …« Miriam zögerte. »Ich bin dir sehr dankbar. Du hast so viel für mich getan. Aber bist du sicher, dass es deiner Familie recht wäre, wenn ich mich auch noch zu Weihnachten bei euch einniste?«

»Mach dir da mal keine Sorgen«, winkte Jennifer ab. »Das regele ich schon.«

Da Roswitha heute nicht für die Familie kochte, beschlossen die beiden jungen Frauen, bereits am frühen Nachmittag in die Stadt zu gehen und auf dem Weihnachtsmarkt eine deftige Bratwurst mit Pommes zu essen.

JANINA

Lukas drehte bereits die dritte Runde durch das kleine Städtchen und prägte sich die Gegebenheiten genau ein. Es gab nur eine Straße, über die man zum Parkplatz des Hotels gelangen konnte. Das letzte Stück der Zufahrt verlief in einer Kurve, sodass niemand die parkenden Autos von der Straße aus sehen konnte. Zu den benachbarten Grundstücken versperrten hohe Büsche die Sicht.

Lukas hatte nur zwei Kameras auf dem Hotelgelände ausgemacht, die auf verschiedene Abschnitte des Parkplatzes gerichtet waren und mehrere tote Winkel hatten. Die altmodischen Laternen ließen für die Nacht keine allzu gute Beleuchtung erwarten. Sein Plan würde funktionieren.

Er stellte den Wagen am Straßenrand ab und ging zur Rezeption. Für die kommende Nacht buchte er ein Zimmer sowie ein Ticket für WLAN-Nutzung und zahlte die Rechnung sofort in bar. Dann setzte er sich wieder in seinen Wagen und schickte vom Laptop aus eine Nachricht an ›pusteblume123‹: ›Treffen um acht Uhr geht klar. Zimmer 42 ist bereits bezahlt. Ich erwarte dich dort und freue mich auf unsere Nacht.‹

Nun hieß es warten. Lukas überlegte kurz, ob er das Hotelzimmer für ein kurzes Nickerchen nutzen sollte, da es nun sowieso bezahlt war. Aber nein; er wollte von so wenig Menschen wie möglich gesehen werden. Besser war es, die Fahrtstrecken auf sich zu nehmen und sich zu Hause auszuruhen. Hauptsache, er war rechtzeitig vor Janinas Eintreffen wieder hier. Lukas startete den Motor und machte sich auf den Rückweg.

× × ×

Der Weihnachtsmarkt gefiel Miriam sehr. Seit über drei Stunden schlenderte sie mit Jennifer durch die schmalen Gassen zwischen den Holzhäuschen mit all den besonderen Dingen, Kitsch in jeglicher Ausprägung und vor allem einem Riesenangebot an kulinarischen Köstlichkeiten.

Jennifer sah sich gerade einen singenden Weihnachtsmann an, der drei verschiedene Lieder im Repertoire hatte und diese bei Berührung tanzend von sich gab. »Was meinst du«, fragte sie Miriam. »Wäre der nicht perfekt für meine Mom? Du kennst ja ihre Weihnachtsdekosammlung.«

Miriam nickte grinsend, verkniff sich aber lieber einen Kommentar.

Für Jennifers Vater fanden sie wenig später ein Paar Löwenpantoffeln mit integrierten Wärmflaschen für kalte Winterabende. Für den leider nicht seltenen Fall, dass er den Lesesessel vor dem Kamin gegen den Arbeitsplatz am Schreibtisch tauschen musste.

Auf ihrem Weg über den Weihnachtsmarkt hatte Miriam genau darauf geachtet, für welche Stände sich Jennifer besonders interessierte. Sie kannte ihren Geschmack noch nicht sehr gut, wollte ihr aber trotzdem ein kleines Weihnachtsgeschenk machen.

Miriam nutzte die Gelegenheit, als sich die beiden Freundinnen eine Pause bei einem Glas Glühwein gönnten, erfand eine Ausrede und ging zurück zu einem Stand mit Modeschmuck. Dort kaufte sie eine zierliche silberne Halskette mit einem glitzernden Anhänger in Form eines Sterns, die sich Jennifer lange angesehen hatte.

Gegen achtzehn Uhr schickte Roswitha eine SMS, dass sie sich über ein gemeinsames Abendessen freuen würde, nachdem sich die Familie den ganzen Sonntag noch nicht gesehen hatte.

»Wir müssen nicht«, bot Jennifer Miriam an. »Meine Mutter wird das schon verstehen. Wenn du lieber hierbleiben möchtest, können wir noch weiter durch die Stadt spazieren.«

Miriam schüttelte den Kopf. Sie wollte auf keinen Fall schuld daran sein, wenn Roswitha enttäuscht war. »Nee«, antwortete sie und schlang die Arme um ihren Körper. »Wir waren jetzt lange genug in der Kälte. Lass uns lieber zurückgehen.«

× × ×

Seit zwanzig Minuten war Lukas zurück vor dem Hotel und beobachtete von seinem Wagen aus die ankommenden Fahrzeuge. Pünktlich zur verabredeten Zeit bog ein silbergrauer Kombi in die Einfahrt des Hotelparkplatzes. Am Steuer saß eine Frau, auf die die Beschreibung passte, die ihm Janina von sich gegeben hatte.

Lukas wartete drei Minuten, bis er sicher war, dass die Frau das Gebäude betreten hatte. Im Schutz der Dunkelheit schlich er zu ihrem Wagen und kroch darunter. Mit einer kleinen Zange riss er die Benzinleitung aus der Verankerung und ließ den Kraftstoff aus dem Tank in einen Gully laufen. Nach getaner Arbeit verbarg er sich in der Nähe der Einfahrt hinter einem Busch und behielt den Parkplatz im Auge. Eigentlich war es eine Observierung wie jede andere.

Es dauerte fast eine Stunde, bis Janina das Warten auf ihre Verabredung aufgegeben hatte. Mit wütenden Schritten stürmte sie über den Parkplatz zurück zu ihrem Wagen und stieg ein. Kurz darauf jaulte der Starter ein paar Mal … wie zu erwarten vergeblich.

Lukas verließ sein Versteck und lief hinaus auf die Straße. Er stieg in seinen Wagen, startete den Motor und fuhr auf den Parkplatz, als wäre er ein Gast dieses Hotels.

Janina war inzwischen wieder ausgestiegen, stand vor ihrem Auto und musterte es. Sie hörte den sich nähernden Wagen und drehte sich in Lukas' Richtung.

Um sie nicht zu alarmieren, parkte er drei Stellplätze entfernt und stieg aus, ohne die Frau zu beachten. Erst auf dem Weg zum Hoteleingang sah er in ihre Richtung und blieb stehen. »Kann ich Ihnen helfen?«, fragte er.

»Mein Auto springt nicht an. Kennen Sie sich damit aus?« Der Frust in Janinas Stimme war unüberhörbar.

»Einen Moment.« Lukas kam zurück. »Darf ich mal probieren?« Nach kurzem Zögern legte Janina die Autoschlüssel in seine ausgestreckte Hand. Lukas setzte sich hinters Steuer und betätigte die Zündung. Nach zwei vergeblichen Startversuchen schaute er wie zufällig auf die Armatur und zeigte auf die Tankanzeige. »Ihr Tank ist leer. Haben Sie einen Kanister dabei?«

»Nein. Verdammt!« Janina schüttelte den Kopf. »Wie konnte ich das übersehen? Dieser Idiot hat mal wieder vergessen zu tanken. Verfluchter Mist noch mal!«

Lukas ließ die Falle zuschnappen. »Soll ich Sie schnell zur Tankstelle fahren? Da können Sie auch einen Kanister kaufen. Ein paar Minuten Zeit hätte ich noch.«

»Vielen Dank«, antwortete sie. »Aber ich rufe mir einfach ein Taxi.«

»Ach kommen Sie«, setzte Lukas nach. »Bis das hier im Niemandsland ist, dauert es um diese Uhrzeit bestimmt eine halbe Stunde oder länger. Ich meine, ich hätte eben eine Tankstelle gesehen, vielleicht fünf oder zehn Minuten von hier.«

Janina überlegte einen Moment lang. »Und es macht Ihnen wirklich nichts aus?«

Lukas lächelte. *Hab ich dich!* »Nein, ob ich jetzt oder in einer halben Stunde schlafen gehe, macht keinen Unterschied. Mein Wagen steht dort drüben.« Er zeigte auf die dunkle Limousine.

»Das ist wirklich nett.« Janina schloss ihr Auto ab, ging neben Lukas zu seinem Wagen und stieg auf der Beifahrerseite ein. »Vielen Dank, dass Sie mich fahren. Das hilft mir sehr. Ich heiße übrigens Janina.«

»Angenehm. Lukas.« Er sah keinen Sinn darin, einen falschen Namen zu verwenden. Wenn er mit ihr fertig war, würde sie sowieso mit niemandem mehr darüber sprechen können. Er verließ den Ort und fuhr auf die Landstraße. Nach einigen Kilometern erreichten sie unbewohntes Gebiet.

Auf dem Beifahrersitz wurde Janina langsam nervös. »Wo sind wir denn hier? Ist es noch weit?«

Lukas beruhigte sie: »Nein, es kann nicht mehr weit sein, glaube ich. Noch ein paar Kilometer, dann sollten wir die Tankstelle schon sehen.«

Kurz darauf bog Lukas von der Landstraße in einen versteckten Waldweg ein. Spätestens jetzt musste Janina klar werden, dass sie einen großen Fehler begangen hatte, in sein Auto einzusteigen. Sie versuchte, die Tür zu öffnen. Verschlossen. »Was wollen Sie von mir?«, fragte sie mitaufkommender Panik in ihrer Stimme.

Lukas lächelte sie an und sah sie frösteln. »Du wolltest doch ein Abenteuer. Das sollst du haben.«

Noch bevor ihr aufging, dass niemand außer LuckyLuke33 wissen konnte, was sie an diesem Abend vorgehabt hatte und wo sie sein würde, griff Lukas mit einer Hand zu der versteckten Plastikdose neben seinem Sitz und trat kräftig auf die Bremse. Janina fiel mit einem Ruck in den Gurt. Während sie noch versuchte, sich von dem plötzlichen Schreck zu erholen, zog er das chloroformgetränkte Tuch hervor und presste es ihr auf Mund und Nase. Sie zuckte vor dem süßlichen Geruch zurück und kämpfte gegen Lukas' Griff an, doch er hielt sie mühelos fest, bis sie genug der Dämpfe eingeatmet hatte und das Bewusstsein verlor. Ihr Körper erschlaffte.

* * *

Jennifer saß mit Miriam auf dem Bett in ihrem Zimmer. »Miri«, begann sie vorsichtig, »wir müssen uns noch einmal über Lukas unterhalten. Ich weiß, dass es für dich nicht einfach ist, darüber zu reden, aber irgendeinen Grund muss ich meinen Eltern ja nennen, weshalb du nicht wieder nach Hause kannst. Mein Vater wartet schon seit Freitag darauf, dass ich ihm etwas erzähle. Bei ihm ist Neugier wohl berufsbedingt. Wenn du immer noch darauf bestehst, dass wir ihm nicht die Wahrheit sagen, dann brauchen wir eine wirklich gute Geschichte. Du weißt, ich halte das für falsch, aber …«

Miriam nickte. »Ich weiß, Jenny. Trotzdem. Ich kann nicht. Du kannst dir nicht vorstellen, zu was Lukas fähig ist. Denk doch mal nach. Wenn er meine Wohnung überwacht, weiß er inzwischen, dass ich nicht mehr zu Hause war. Er wird mich früher oder später finden. Linda hat damals auch niemand geglaubt und jetzt?« Ihr kamen die Tränen. »Jetzt ist sie tot.«

Jennifer nahm sie in den Arm. »Es war nicht deine Schuld, Miri.«

Miriam nickte zaghaft, doch sie glaubte nicht daran. Auch wenn sie in Notwehr gehandelt hatte, klebte Lindas Blut an ihren Händen. Lukas hatte sie zur Mörderin gemacht. Sie hätte nicht kämpfen sollen. Es wäre für alle das Beste gewesen, sie hätte sich ihrem Schicksal ergeben und wäre in der Kammer ertrunken.

»Es war nicht deine Schuld, hörst du?«, wiederholte Jennifer noch einmal. »Was passiert ist, ist ganz allein Lukas Schuld.«

Für einige Sekunden sagte keine der beiden etwas. Dann durchbrach Miriam die Stille: »Kannst du deinen

Eltern nicht erzählen, dass ich in der Wohnung einen Wasserschaden habe?«

Jennifer schüttelte den Kopf. »Das würde mein Vater niemals glauben. Er weiß doch, wie wir uns kennengelernt haben.« Sie überlegte. »Was hältst du davon, wenn wir ihnen erzählen, dass dein Ex-Freund noch in der Wohnung lebt und du ihm nicht mehr über den Weg laufen willst? Meine Eltern wissen ja nicht, dass du alleine wohnst.«

»Gute Idee. Aber was machen wir, wenn Lukas noch einmal zu Besuch kommt? Wenn er mich hier sieht oder dein Vater ihm von mir erzählt, bin ich geliefert.«

Jennifer überlegte kurz. »Ich frage meine Eltern einfach mal, ob er vor Weihnachten noch mal herkommt. Wenn ja, können wir uns überlegen, was wir machen. Ich versuche, meinem Vater auch klar zu machen, dass er mit niemandem über dich sprechen soll. Privatsphäre und so. Das wird er verstehen.«

Miriam seufzte tief. »Hoffentlich.«

* * *

Jennifer lag bereits im Bett, als Roswitha noch einmal an die Tür klopfte. Sie wartete, bis ihre Tochter »herein« rief. »Ich gehe jetzt schlafen. Gute Nacht, mein Schatz. Schlaf schön.«

»Nacht, Mom.« Jennifer gähnte.

In der Tür drehte sich Roswitha noch einmal um. »Ach, Jenny, wir sind nächsten Samstag bei Lukas eingeladen. Ich schätze mal, du willst lieber zu Hause bleiben, oder?«

Jennifer nickte.

»Okay, dann sag ich Papa, dass er Lukas Bescheid geben soll, wenn er ihn trifft. Ach so, und was ist eigentlich mit Miriam?«

»Was meinst du?« Jennifer sah ihre Mutter fragend an.

»Geht es ihr wieder besser?«

»Ein wenig, denke ich.« Jennifer nutzte die Gelegenheit, ihrer Mutter die mit Miriam vereinbarte Geschichte zu erzählen. Sie gab ihr ein Zeichen, die Tür zu schließen, und fragte dann mit gedämpfter Stimme: »Sag mal, meinst du, Miri kann noch ein paar Tage bei uns bleiben? Vielleicht auch über Weihnachten?«

»Hat sie denn keine Familie, mit der sie feiern möchte?«, fragte Roswitha erstaunt.

»Leider nicht. Ihre Mutter ist vor einem Jahr verstorben, zu ihrem Vater hat sie keinen Kontakt mehr und ihr Ex-Freund … der ist einfach ein Mistkerl. Zu dem kann sie auch auf keinen Fall zurück in die Wohnung.«

»Das klingt ja furchtbar. Das arme Ding. So ganz allein und das zu Weihnachten?« Sie machte eine kurze Pause. »Natürlich kann sie gerne erst einmal bei uns bleiben. Ich sage Papa Bescheid. Er wird schon nichts dagegen haben.« Mit einem freundlichen Lächeln strich Roswitha ihrer Tochter durch die Haare. »Dann schlaf gut, mein Schatz.«

»Du auch, Mom. Gute Nacht.«

Als Roswitha das Zimmer verlassen und die Tür hinter sich geschlossen hatte, atmete Jennifer erleichtert durch. Auf ihre Mutter war Verlass.

Kurz vor dem Einschlafen hatte sie plötzlich eine Idee. Sie stand noch einmal auf, schlüpfte in ihre Hausschuhe und schlich im Pyjama über den Flur zum Gästezimmer. Leise klopfte sie an die Tür und öffnete vorsichtig einen Spalt weit. Mit gedämpfter Stimme fragte sie: »Miri, bist du noch wach?«

»Ja, komm ruhig rein.« Miriam klang nicht, als hätte sie bereits geschlafen.

Jennifer schloss die Tür hinter sich und setzte sich auf die Bettkante. »Ich hatte gerade eine Idee wegen Lukas.«

»Wegen Lukas?« Miriam setzte sich kerzengerade auf. »Was für eine?«

»Meine Mom hat mir erzählt, dass Lukas uns für Samstag zu sich eingeladen hat. Bisher war er immer nur hier zu Besuch und ich hab meiner Mom schon gesagt, dass ich lieber zu Hause bleiben möchte.«

»Und was hat das mit deiner Idee zu tun?«

»Ich werde doch mitgehen«, erklärte Jennifer. »Dann kann ich unauffällig nach der versteckten Kammer suchen.«

»Bist du wahnsinnig?«, rief Miriam erschrocken.

»Jetzt warte doch mal«, beruhigte Jennifer sie. »Du hast mir ja erzählt, dass der Raum aussah wie ein Keller. Keine Fenster, Betonboden und so weiter. Vielleicht ist die Kammer ja bei Lukas im Haus.«

»Nein, Jenny! Das ist viel zu gefährlich. Das kannst du nicht machen!«

»Ach Quatsch.« Jennifer machte eine abfällige Handbewegung. »Das ist schon okay. Meine Eltern sind ja dabei, also kann mir nichts passieren. Und selbst wenn ich die Kammer nicht finde … vielleicht entdecke ich im Haus irgendeinen Beweis, dass er dich und die anderen Frauen gefangen gehalten hat. Dann könnten wir endlich meinen Vater einweihen.«

»Du bist verrückt.« Miriam schüttelte den Kopf. »Wenn etwas schiefgeht und dir was passiert … Das würde ich mir nie verzeihen.«

Aber Jennifer ließ sich nicht von ihrem Vorhaben abbringen. Sie war fest entschlossen, Lukas zu überführen. »Jetzt schlaf dich erst mal aus, Kleine«, sagte sie lächelnd. »Bis Samstag sind es ja noch ein paar Tage.« Sie nahm Miriam kurz in den Arm und ging dann zurück ins Bett.

Gleich am Morgen überraschte Jennifer ihrer Mutter mit der Neuigkeit.

»Das ist toll, Schatz«, freute sich Roswitha. »Dann verbringt die Familie den Abend ja gemeinsam. Aber warum hast du es dir anders überlegt? Ich hatte den Eindruck, dass du Lukas nicht besonders magst, oder sehe ich das falsch?«

»Ach, nein … es ist …« Mit der Frage hatte Jennifer nicht gerechnet. Schnell schob sie eine Erklärung nach: »Ich weiß, wie wichtig euch die Familienabende sind. Eigentlich wollte ich mit Miri am Samstag ausgehen, aber jetzt muss sie etwas Privates erledigen, also hab ich nichts zu tun.«

»In Ordnung.« Roswitha nickte. »Dann sage ich Papa Bescheid.«

× × ×

Lukas weckte Janina mit leiser Weihnachtsmusik. Er hatte die Kammer in rotes und grünes Licht getaucht und an der Wand einen kleinen Kranz aus Tannenzweigen mit weihnachtlicher Verzierung befestigt.

Janina rührte sich langsam und griff sich sofort an den Kopf. Die Betäubung musste Kopfschmerzen hinterlassen haben. Mit unsicheren Bewegungen richtete sie sich auf und hatte offensichtliche Mühe, das Gleichgewicht zu halten.

»Guten Morgen, Janina«, grüßte Lukas über die Lautsprecher in der Decke der Kammer. »Herzlich willkommen in deinem neuen Zuhause. Ich freue mich, dass du mir zu Weihnachten Gesellschaft leistest. Hoffentlich freust du dich über dein Willkommensgeschenk.«

Janina blickte von einer fensterlosen Wand zur nächsten und betastete die Polsterung. Ihr Gesicht zeigte deutlich die Verwirrung. »Lukas!«, drang ihre Stimme aus den Lautsprechern, »Lukas? Was soll das? Lass mich raus hier!«

Lukas dachte nicht im Traum daran, die Kammer zu öffnen. Endlich, nach vier Monaten voller Wiederholungen, konnte er ein frisches Gesicht in seiner Videosammlung willkommen heißen.

Janina trommelte mit den Fäusten gegen die Wände. »He! Hörst du mich? Verdammt, ich will hier sofort raus!«

Langsam wurde es interessant. Lukas blickte gespannt auf die Bildschirme. Der Ablauf war ähnlich wie bei den anderen Frauen, doch jeder Charakter verlieh dem Geschehen einen ganz eigenen Charme. In der Zelle wurde sein Gast immer panischer. Schade, dass Janina sein mühevoll gestaltetes Willkommensgeschenk am rechten Knöchel bis jetzt nicht einmal wahrgenommen hatte. Sie trat mit den Füßen gegen die Wände und schrie unaufhörlich. Ihre Atmung wurde immer hektischer, sie hyperventilierte und sank nach einigen Minuten ohnmächtig in sich zusammen.

Lukas klatschte in die Hände. Wundervoll.

× × ×

Frank Holper saß in seinem Büro und studierte den Bericht des Rechtsmediziners. Die vorläufigen Ergebnisse der Obduktion besagten, dass es sich bei der Leiche aus dem Stadtwald um eine Frau handelte, die etwa Ende dreißig bis Mitte vierzig gewesen war und eine Größe von ungefähr einem Meter siebzig hatte. Der Mediziner schätzte, dass der Todeszeitpunkt drei bis fünf Monate zurücklag. Genauer ließ sich das zum jetzigen Zeitpunkt aufgrund der Wetterbedingungen und zahlreichen Fraßschäden noch nicht sagen.

Dennoch war Holper davon überzeugt, dass es sich um die seit vier Monaten vermisste Linda Geppert handelte, und seinem Bauchgefühl konnte er in der Regel vertrauen. Ihr Tod würde erklären, weshalb es in der vergangenen Zeit keinerlei Spuren von ihr gegeben hatte. Keine Kontobewegungen, keine Kreditkartenaktivitäten, gar nichts. Aber er brauchte einen Beweis. Also gab er im Labor eine DNA-Analyse in Auftrag. Ein Vergleich mit den in Linda Gepperts Haus sichergestellten Proben würde Klarheit bringen.

Die zweite vielversprechende Spur, der Hinweis auf ein verdächtiges Fahrzeug, hatte noch keine neuen Erkenntnisse gebracht. In einer Umgebung von fünfzig Kilometern gab es mehrere Hundert Zulassungen, auf die die Beschreibung des Försters passte. Dabei war nicht einmal sicher, dass der Halter des gesuchten Wagens aus diesem Radius kam. Eine Analyse des gefundenen Plastiksplitters stand noch aus. Holper hoffte, dass das Ergebnis die Liste der möglichen Fahrzeuge deutlich verkürzen würde.

× × ×

In seiner Euphorie hätte Lukas beinahe den Termin mit Frank Holper am Nachmittag vergessen. Zu sehr hatte er sich in die Beobachtung seines Gastes in der Kammer vertieft. Erst mit einer halben Stunde Verspätung kam er abgehetzt im Büro des Kommissars an.

»Hi Lukas«, begrüßte ihn Frank mit Handschlag. »Wie geht's dir? Ich habe tolle Neuigkeiten.«

Franks gute Laune ließ Lukas' Alarmglocken läuten. »Alles okay so weit«, sagte er vorsichtig. »Du bist ja heute besonders gut drauf. Müssen wirklich tolle Neuigkeiten sein. Aber sag mir doch erst mal, was da am Samstag los war. Ich bin noch überhaupt nicht im Bilde.«

»Ach ja, stimmt. Dann fange ich am besten vorne an.«

Sein Kurzbericht vom Geschehen im Wald bestätigte Lukas' Befürchtungen. Die Polizei hatte Lauras Leiche gefunden. Sein letzter Funke Hoffnung, dass er sich irren könnte, erlosch, als Frank ihn auf den Stand der Ermittlungen brachte.

»Wir haben zwar noch keine Bestätigung, aber alles deutet darauf hin, dass es sich bei der Toten um Linda Geppert handelt.« Er reichte Lukas den Obduktionsbericht. »Das ändert natürlich vieles. Als Verdächtige scheidet sie damit aus.«

»Und das sind gute Neuigkeiten?« Lukas wartete angespannt, was Frank ihm noch präsentieren würde.

»Nicht direkt. Aber es gibt sehr konkrete Hinweise. Ein Zeuge hat am Fundort der Leiche einen dunklen Wagen beobachtet und wir haben das hier gefunden.« Er schob ein Foto des sichergestellten Plastiksplitters über den Tisch.

Das durfte nicht wahr sein! Lukas hatte nach seinem kleinen Zusammenstoß mit dem Baum den ganzen Waldboden abgesucht. Wie hatte ihm dieses Stück entgehen können? Er musste sich beherrschen, seine Unruhe zu verbergen. »Das ist großartig«, sagte er mit einem breiten Lächeln. »So wie du aussiehst, war das aber immer noch nicht alles, oder?«

»Nicht ganz.« Holper reichte Lukas ein Blatt Papier. »Wir warten noch auf den DNA-Vergleich und die endgültige Bestätigung des Labors. In der Zwischenzeit, hoffen wir, können uns die Autohersteller mithilfe des Splitters helfen, diese Liste der passenden Fahrzeuge einzugrenzen. Momentan ist sie noch viel zu lang, als dass wir alle Halter befragen könnten. Wir brauchen dringend ein paar Ausschlusskriterien.«

Hastig überflog Lukas den Ausdruck. Verflucht. Er hatte es befürchtet. An Position sechsundachtzig stand der Name ›Bender, Lukas‹. So nah waren ihm die Ermittler noch nie auf den Fersen gewesen. Fieberhaft überlegte Lukas, wie er sich aus dem Kreis der Verdächtigen schleichen konnte. Gab es eine Möglichkeit, seinen Namen von der Liste der Fahrzeughalter zu streichen? Wahrscheinlich nicht. Im Zeitalter der Computer würde jeder Versuch, die Originaldaten zu manipulieren, Spuren hinterlassen. Aber vielleicht konnte er wenigstens noch etwas über Franks Pläne erfahren. »Das klingt ja alles sehr vielversprechend. Wie geht's denn jetzt weiter?«

»Erst einmal heißt es warten. Die Kollegen telefonieren derzeit mit den Herstellern und die Laboranalyse wird wohl noch bis mindestens Donnerstag dauern.«

Sehr gut. Das verschaffte Lukas ein paar Tage Zeit, in denen er sich eine Lösung für dieses Schlamassel überlegen konnte. »Kann ich denn in der Zwischenzeit etwas für dich tun«, erkundigte er sich.

Frank schüttelte den Kopf. »Die Telefonate mit den Autoherstellern erledigen wir hier vom Büro aus und auf die Rechtsmedizin und auf das Labor können wir wie gesagt nur warten.« Er nahm die Liste der Fahrzeughalter und den Plastiksplitter wieder an sich. »Ach, bevor ich es vergesse: Wir sind am Samstag zu viert, Jenny kommt auch mit.«

Die Einladung zum Essen hatte Lukas fast vergessen. Es war unpassend, sich Gäste ins Haus zu holen, während im Keller der wirklich wichtige Besuch seine Aufmerksamkeit verlangte. In diesem Fall hatte er allerdings keine Wahl. Nach den vielen Einladungen der Holpers fühlte er sich verpflichtet, den Gegenbesuch nicht kurzfristig abzusagen. Natürlich konnte er nicht kochen, aber er hatte genügend Flyer von Lieferdiensten der verschiedensten Nationalitäten gesammelt, die er in den nächsten Tagen stichprobenartig testen wollte.

Dass Jenny mitkommen wollte, überraschte Lukas allerdings. Wenn er bei den Holpers zu Besuch gewesen war, hatte sie sich zumeist rargemacht oder sich ihm gegenüber sehr reserviert gezeigt. Welchen Grund konnte sie haben, plötzlich einen gemeinsamen Abend mit ihm und ihren Eltern zu verbringen? Lukas schob den Gedanken beiseite. Er hatte weitaus Wichtigeres, über das er nachdenken musste. Wenigstens versprach ihm Frank zum Abschied, sich sofort zu melden, wenn es Neuigkeiten gab.

* * *

Bis zum Mittwochabend konnten Holper und seine Kollegen die Liste der Namen auf vierzig reduzieren. Anhand der Farbe, Transparenz und Beschaffenheit des Splitters schlossen viele Autohersteller aus, dass ein Rücklicht aus diesem Material in ihren Modellen verbaut worden war.

Nun war es an Holper, mit möglichst vielen der übrig gebliebenen Kandidaten noch vor dem Wochenende zu sprechen. Er ging die einzelnen Namen noch einmal der Reihe nach durch. Lukas Bender? Er stutzte. Natürlich. Lukas fuhr eine dunkle Limousine. Sehr gut. Eine Vernehmung weniger, die vor ihm lag. Holper strich den Namen von der Liste.

Noch während er die restlichen Einträge durchsah, klingelte das Telefon. Das Ergebnis der Laboruntersuchung lag endlich vor und bestätigte seinen Verdacht. Bei der Toten handelte es sich um Linda Geppert. Wahrscheinlich hatte sie etwas gewusst, das dem Mörder gefährlich werden konnte. Hatten Holper und seine Kollegin ihn vielleicht aufgeschreckt, als sie mit ihr sprechen wollten? Wenn er annehmen musste, dass sie redete, könnte ihn das gezwungen haben zu handeln.

Holper ordnete eine zweite, gründlichere Durchsuchung des Hauses der Ermordeten an. Vielleicht konnte das Team dort noch Hinweise finden, die die Ermittlungen voranbrachten.

* * *

Lukas ließ seinen Frust über die neuen Erkenntnisse an Janina aus. Abwechselnd quälte er sie mit Hitze, Kälte, Nässe und lauter Musik, die sie daran hinderte, auch nur eine Minuten Schlaf zu finden. Die Neuigkeiten, die er von Frank erfahren hatte, verschlechterten seine Lage dramatisch. Inzwischen war offiziell, dass die Tote tatsächlich Laura war. Frank hatte ihm zudem verraten, dass er die Ermittlungen nun noch stärker auf Linda Gepperts Vergangenheit konzentrieren würde. Früher oder später musste er dabei auf Laura stoßen und damit auf die alte Anzeige, die sie gegen ihn erstattet hatte.

Lukas dachte nach. War nun der Zeitpunkt gekommen, den Mann zu warnen, der Laura die falsche Identität verschafft hatte? So konnte er wenigstens diese Ermittlungsrichtung zu einer Sackgasse werden zu lassen. Unglücklicherweise würde das Frank nicht davon abbringen, sich weiter um den dunklen Wagen zu kümmern, den Zeugen im Wald gesehen hatten. Die Liste der entsprechenden Fahrzeughalter war bereits auf neunzehn geschrumpft. Lukas fühlte sich zunehmend in die Enge getrieben. Warum hatte Frank ihn noch nicht verhört? Ahnte er vielleicht etwas und sammelte Beweise, mit denen er Lukas konfrontieren konnte?

Selbst die Hilfeschreie und das Flehen aus der Kammer vertrieben Lukas' schlechte Laune an diesem Tag nicht. Zu allem Überfluss musste er morgen Familie Holper zum Abendessen empfangen und durfte sich dann den Stress und die Sorge nicht anmerken lassen. Vielleicht konnte er den Abend nutzen, in vertrauter Atmosphäre etwas aus dem Kommissar herauszukitzeln.

Im Laufe des Nachmittags wurde Janina geradezu hysterisch. Zunächst beobachtete Lukas die Entwicklung erfreut, doch dann merkte er, dass etwas nicht stimmte. Janina schien geistig abwesend und redete wirres Zeug. Er konnte sich nicht erklären, was passiert war. Irritiert sah er sich die Aufnahmen der vergangenen Tage an, fand jedoch keinen Hinweis darauf, was Janinas Zustand ausgelöst haben konnte. Spielte sie ihm vielleicht nur etwas vor, damit er die Kammer öffnete?

Bis zum Abend änderte sich nichts am Verhalten seines Gastes. Nachdenklich verließ Lukas den Keller und ging zu Bett.

× × ×

Miriam war nicht wohl bei der Vorstellung, dass sich Jennifer in den Kopf gesetzt hatte, Detektiv zu spielen. Zwar wünschte sie sich nichts sehnlicher, als dass Lukas festgenommen und weggesperrt wurde, doch sie hatte am eigenen Leib erfahren, wie skrupellos und kaltherzig er war. Sie wollte nicht, dass Jennifer ihn gegen sich aufbrachte.

In der Nacht schlief Miriam unruhig und wälzte sich von einer Seite auf die andere. Am Morgen kam sie nur mit Mühe aus dem Bett. Vergeblich versuchte sie bis zuletzt, ihre Freundin von dem riskanten Vorhaben abzubringen.

JENNIFER

Lukas ging gleich nach dem Frühstück in den Keller. Janina lag in der Kammer und schlief. Lukas öffnete sein Videoarchiv und sah sich im Schnelldurchlauf das Material der letzten Nacht an. Die ersten Stunden der Aufnahme tat sich wenig Neues. Plötzlich fiel Janina zu Boden und krümmte sich krampfartig. Lukas sah sich die Szene noch einmal an. Das konnte nicht gespielt sein. Er eilte zur Kammer, öffnete sie und versuchte Janina zu wecken. Sie war nicht ansprechbar. Alarmiert schüttelte er sie, doch sein Gast blieb schlaff und atmete nur noch schwach. Verdammt! Was war hier los? So hatte er seine Vorweihnachtszeit nicht geplant. Lukas ging noch einmal die Videos der vergangenen Tage durch. Was hatte er übersehen? Da! Beinahe wäre es unbemerkt an ihm vorbeigerauscht. Lukas stoppte den Vorlauf, spulte einige Sekunden zurück und startete die Wiedergabe.

»Hallo? Bitte! Wenn mich irgendjemand hört, ich brauche meine Medikamente, ich habe Diabetes.«

Das durfte nicht wahr sein. Dieses Miststück wagte es, ihm seine Weihnachtstage zu ruinieren! Vermutlich hatte sie einen Zuckerschock und Lukas konnte nichts unternehmen. Er besaß weder Insulin noch konnte er einen Arzt rufen oder Janina in ein Krankenhaus bringen. Untätig sah er zu, wie sie sich durch die letzten Minuten ihres Lebens quälte. Unter anderen Umständen hätte ihm dieses

Schauspiel großen Spaß bereitet, doch jetzt überwog die Wut darüber, dass er ihrer Gesellschaft über Weihnachten beraubt wurde.

Gesellschaft! In einer halben Stunde würden Frank und seine Familie vor der Tür stehen und er hatte noch nichts vorbereitet. Fluchend schloss Lukas die Tür der Kammer, drehte den Thermostat herunter und eilte nach oben, um den Tisch vorzubereiten und sich umzuziehen.

× × ×

Holper wartete an der Wohnungstür auf seine Frau und seine Tochter. Wieder einmal kamen sie später als geplant aus dem Haus, weil Jennifer nicht rechtzeitig fertig wurde und das Badezimmer blockierte. Frank schaute auf die Uhr. Zehn nach sechs. In zwanzig Minuten sollten sie bereits bei Lukas sein. Er war gespannt, was der Detektiv vorbereitet hatte. Es war zu erwarten, dass er kein Freund von üppiger Dekoration war, und dass er nicht kochen konnte, war ein offenes Geheimnis.

Endlich war auch Jennifer bereit zur Abfahrt und kam betont langsam die Treppe herunter. Holper warf ihr einen Blick zu, der ihr zu verstehen geben sollte, was er davon hielt. Jennifer ignorierte es. Dieses Spielchen wiederholte sich bei fast jedem Termin, zu dem die Holpers gemeinsam wollten, und Jennifer wusste genau, dass ihr Vater ihr nie lange böse war.

Mit einer Viertelstunde Verspätung verließen sie das Haus. Für Holper eine gerade noch akzeptable Größenordnung. Er hatte in der Vergangenheit schon weitaus Heftigeres erlebt.

× × ×

Lukas war nicht böse darüber, dass sich Familie Holper verspätete. Die Zeit für die Vorbereitungen war ohnehin knapp und so gelang es ihm zumindest noch, eine minimale Weihnachtsdekoration anbringen. Roswitha sollte nicht allzu sehr enttäuscht sein.

An den Wänden verteilte er einige Tannenzweige, legte eine neu gekaufte CD mit Weihnachtsliedern in die Stereoanlage und platzierte für jeden Gast einen kleinen Schokoladenweihnachtsmann auf dem Teller. Um kurz vor sieben klingelte es schließlich an der Tür.

× × ×

Als Lukas Bender an die Tür kam, musste Jennifer sich beherrschen, ihre Abneigung nicht offen zu zeigen und einen freundlichen Eindruck zu erwecken. Nun erwies es sich als vorteilhaft, dass sie sich bei seinen Besuchen zu Hause immer distanziert gezeigt hatte. So würde es niemanden überraschen, wenn sie ihren Eltern die Unterhaltung mit diesem Mistkerl überließ. Dennoch musste sie sich darauf konzentrieren, ihn keinesfalls plötzlich beim Vornamen zu nennen. Seit Miri ihr alles erzählt hatte, dachte sie an ihn nur als ›Lukas‹ – je nach Situation ergänzt um ›das Schwein‹, ›der Mörder‹ oder ähnliche Ausdrücke.

Lukas bat die Familie herein, führte sie ins Esszimmer und versorgte alle mit Getränken. Jennifer musterte ihn unauffällig. Mit dem Wissen, das sie inzwischen besaß, erkannte sie, was sie schon die ganze Zeit an ihm gestört hatte. Er war nicht einfach nur freundlich und charmant, er war aalglatt, berechnend und kalkuliert. Keine seiner Äußerungen wirkte spontan. Rückblickend waren seine geschmacklosen Scherze und versteckten Andeutungen auf das, was er tat, nichts als Überheblichkeit. Er fühlte sich sicher.

Jennifer würde ihn eines Besseren belehren.

Wie erwartet hatte Lukas nicht gekocht und als er die Bestellflyer von verschiedenen Lieferdiensten auf den

Tisch legte, sah Jennifer, wie ihre Mutter kurz die Augenbrauen hochzog.

»Also ich würde empfehlen, hier«, Lukas schob den Flyer eines Chinarestaurants in die Tischmitte, »oder hier zu bestellen«. Es folgte ein Flyer mit italienischen Gerichten. »Sucht euch aus, was ihr möchtet.«

Dieser Angeber! Er hatte sich die Mühe gemacht, die Flyer an den Seiten abzuschneiden, sodass die Preise nicht mehr sichtbar waren. Das sollte Rosi wohl daran hindern, sparsam zu bestellen. Jennifer hatte da keine Skrupel. Wenn er schon nicht mit eigenen Gerichten aufwarten konnte, sollte ihn das Essen wenigstens einiges kosten.

Jenny entschied sich für das vegetarische Gericht, von dem sie annahm, dass es das teuerste auf der Karte war. Appetit hatte sie in dieser Gesellschaft allerdings überhaupt keinen. Frank und Rosi wählten gemeinsam eine gemischte Platte mit verschiedenen Fleisch- und Gemüsesorten und Reis sowie Wan Tan als Vorspeise. Lukas entschied sich für Frühlingsrollen und Ente mit scharfer Soße.

Nachdem er sich die Nummern der Gerichte notiert hatte, verschwand Lukas im Nebenzimmer, um die Bestellung aufzugeben. Kaum war er zurück, begann er mit etwas Small Talk. »Und, Jenny, was macht die Schule?«, fragte er.

An jedem anderen Tag hätte Jennifer eine schnippische Antwort gegeben, doch heute musste sie sich um ein gewisses Maß an Harmonie bemühen. »Es geht so«, antwortete sie möglichst gleichgültig. »Zum Glück ist es ja bald geschafft. Noch eineinhalb Jahre, dann bin ich durch.«

Lukas nickte. »Weißt du schon, was du danach machen willst? Studieren? Oder vielleicht zur Polizei wie Frank?«

»Ich werde wohl ein freiwilliges soziales Jahr machen und danach Modedesign studieren.«

Jennifers Eltern sahen sich erstaunt an. Sie grinste. Diese Informationen waren auch für Frank und Rosi neu. Bisher war sie allen Fragen nach ihrer beruflichen Zukunft konsequent ausgewichen.

Je länger das Essen auf sich warten ließ, desto unruhiger wurde Jennifer. Wenn sie etwas herausfinden wollte, blieben ihr nicht viele Gelegenheiten dazu. Gerade wollte sie sich auf die Toilette verabschieden, da klingelte der Lieferservice an der Tür.

Lukas ließ es sich nicht nehmen, die Speisen in der Küche auf Tellern und in kleinen Schälchen anzurichten und sie zusammen mit Wein zu servieren.

»Guten Appetit«, sagte er und begann zu essen.

Die Gerichte schmeckten unerwartet gut. Frank ließ sich von Lukas sogar einen Flyer mitgeben. »Natürlich nur für die Arbeit«, beteuerte er. Wenn er es einmal nicht schaffte, zu den Mahlzeiten nach Hause zu kommen.

Während des Essens wurde Jennifer immer nervöser. Sie wollte endlich ihren Plan in die Tat umsetzen.

× × ×

Miriam ging unruhig im Wohnzimmer auf und ab. Wie hatte sie nur zulassen können, dass Jenny sich ihretwegen auf ein solches Vorhaben einließ? Dazu kam die Gefahr, dass das Gespräch bei Tisch auf sie kommen könnte. Miriam wollte sich gar nicht vorstellen, was der Psychopath tun würde, wenn er herausbekam, wo sie war. Was, wenn er merkte, dass sie Jennifer alles erzählt hatte? Die Tatsache, dass er im Haus der Holpers ein und aus ging und sogar mit Frank Holper befreundet war, machte alles nur noch komplizierter. Wem würde der Kommissar eher glauben? Einem Mädchen, das er kaum kannte, oder einem angesehenen Privatdetektiv?

Immer wieder sah Miriam auf ihr Handy. Jenny hatte versprochen, ihr eine Nachricht zu schicken, sobald sie mit ihrer Suche fertig war; erfolgreich oder nicht.

× × ×

Nachdem sie aufgegessen hatte, holte Jennifer tief Luft. »Herr Bender, ich müsste mal auf die Toilette. Könnten Sie mir sagen, wo die ist?«

Lukas kaute noch auf den letzten Bissen der gebratenen Ente. Er legte die Gabel zur Seite und zeigte zur Tür. »Einfach den Flur ganz bis zum Ende, dann links um die Ecke und die erste Tür rechts. Der Lichtschalter ist außen.«

»Danke. Bin gleich wieder da.« Jennifer stand vom Tisch auf und ging den Flur entlang. Vorsichtig schaute sie hinter jede Tür, an der sie vorbeikam. Der dritte Raum war offensichtlich Lukas' Büro. Das würde ihre zweite Station, wenn die Suche nach Hinweisen im Keller erfolglos blieb.

Jennifer ging weiter bis zur Gästetoilette. Der Raum war schmal und hatte an der gegenüberliegenden Wand ein relativ großes Milchglasfenster. Leise nahm sie den Schlüssel aus dem Schloss, steckte ihn von außen wieder in die Tür, schloss ab und steckte den Schlüssel ein. Ein Stück weiter den Flur hinunter fand sie auf der linken Seite endlich die Kellertreppe. Jennifer zog eine kleine Taschenlampe aus ihrer Hosentasche, schaltete sie ein und stieg hinunter.

Im Keller war es eiskalt. Jennifer fröstelte. Von dem schmalen Flur aus konnte man zwei dunkle Kellerräume betreten. Sie begann mit dem linken. Anscheinend nutzte Lukas ihn hauptsächlich als Abstellkammer. Der Raum war gefüllt mit Kisten, alten Möbeln und sonstigen Gegenständen. Langsam ging Jennifer an der Wand entlang und fuhr mit der Hand über den Putz. Jeden Spalt, den sie entdeckte, untersuchte sie genau. Sie wollte auf keinen Fall etwas übersehen.

Leider war kein Hinweis auf eine Tür oder einen anderen Zugang zu einem versteckten Raum zu finden. Jennifer ging in den zweiten Kellerraum. Hier standen Regale mit unzähligen Flaschen an den Wänden. Das machte eine gründliche Suche schwieriger.

× × ×

Lukas schenkte Roswitha den letzten Schluck Wein ein. »Frank, möchtest du auch noch ein Glas? Ich habe genug da.«

»Gerne.« Frank nickte. »Hast du zufällig auch einen halbtrockenen Rosé?«

Lukas überlegte kurz. »Da muss ich nachsehen. Normalerweise trinke ich den nicht, daher dürfte keiner oben sein.« Er ging in die Küche und kam kurz darauf mit leeren Händen zurück. »Ich schaue noch im Keller nach, da müssten ein paar Flaschen sein, denke ich.« Lukas verließ das Wohnzimmer und ging den Flur entlang zur Kellertür.

Die Tür war nur angelehnt. Er öffnete vorsichtig und sah einen Lichtschimmer am Ende der Treppe. Er sah genauer hin. Dort unten lief jemand mit einer Taschenlampe durch seinen Keller und Lukas kannte nur eine Person, die dafür infrage kam. Er ging zurück zur Badezimmertür und drückte die Klinke herunter. Abgeschlossen. Er klopfte. »Jenny, bist du noch hier drin?«

Keine Antwort. Was hatte Jennifer dort unten im Keller verloren? Lukas überlegte. Dann nahm er kurz entschlossen sein Taschenmesser aus der Hosentasche, öffnete es und verbarg die Klinge einsatzbereit hinter seinem Rücken. Leise und ohne das Licht einzuschalten, ging er die Kellertreppe hinunter. Erst am Eingang des Raumes drückte er den Schalter und sprach den ungebetenen Gast an: »Was machst du denn hier unten im Dunkeln?«

Jennifer zuckte zusammen und blinzelte in das plötzliche grelle Licht. »Ich … ich wollte nur …«, stammelte sie.

»Hast du keine Ausrede vorbereitet? Da hätte ich mehr erwartet.« Lukas blieb ruhig und setzte ein Grinsen auf. »Na komm, ab nach oben. Hier unten hast du nichts verloren. Ich muss mal ein ernstes Wort mit deinem Vater reden. Was hält er wohl davon, dass seine Tochter in fremden Häusern herumschnüffelt?«

Mit gesenktem Kopf schlurfte Jennifer auf die Treppe zu. Sie war gerade an Lukas vorbei gegangen und hatte den Fuß auf die erste Stufe gesetzt, da packte er sie plötzlich von hinten und hielt ihr das Messer an die Kehle. Vor Schreck ließ Jennifer die Taschenlampe fallen.

»Keinen Laut!«, zischte er ihr ins Ohr. »Glaubst du im Ernst, ich wüsste nicht, was du hier machst? Du willst also die Kammer sehen, ja? Das kannst du haben.« Lukas zerrte seinen wild strampelnden Gast zurück in den Kellerraum und drückte das Messer mit der flachen Seite fest gegen ihren Hals, während er nach der Klinke der versteckten Tür tastete. In seinem Verlies angekommen, zog er die Tür hinter sich zu, stieß Jennifer zu Boden und drehte ihr die Arme auf den Rücken. Er schloss eine der Handschellen, an denen noch immer Lauras Blut klebte, um ihr Handgelenk, die andere um das Rohr in der Wand. »Ich werde Miriam einen schönen Gruß von dir ausrichten.« Mit diesen Worten zwang er ein Tuch zwischen ihre Zähne und knebelte sie. Er konnte nicht riskieren, dass sie gerade dann schrie, wenn er beim Verlassen des Raumes den Zugang öffnete.

Schnell durchsuchte Lukas ihre Taschen und nahm ihr das Handy und seinen Badezimmerschlüssel ab. Wenige Sekunden später stand er wieder in seinem Weinkeller, schloss den geheimen Zugang hinter sich und rannte nach oben. Lautlos schloss er die Badezimmertür auf, öffnete das Fenster weit und verschloss die Tür anschließend wieder von außen.

Jetzt musste er nur noch Frank ablenken und gleichzeitig erklären, wieso er so lange gebraucht hatte. Er lief noch einmal in den Keller. Mit aller Kraft zog er an einem Regal und riss es aus der Wandbefestigung, sodass es in den Raum kippte. Zehn Weinflaschen zerschmetterten auf dem Beton. Der Inhalt spritze in alle Richtungen. Lukas nahm eine Scherbe, biss die Zähne zusammen und schnitt sich in die linke Hand. Die Wunde musste tief genug sein, sie verbinden zu lassen, aber nicht so tief, dass ein Krankenhausbesuch notwendig wurde. Blutend ging er die Treppe hinauf zurück zu Frank und Roswitha ins Wohnzimmer.

× × ×

»Mir ist ein Regal umgekippt …« Lukas lehnte mit fahlem Gesicht im Türbogen. »Könntest du bitte … in der Küche ist Verbandszeug. Erster Schrank oben rechts.«

Holper lief zu ihm, stützte ihn und führte ihn zum Sofa. Im Vorbeigehen griff er zwei Stoffservietten vom Tisch. »Setz dich erst mal und drück das hier auf die Wunde.«

»Hier ist das Verbandszeug«, rief Roswitha. »Sollen wir dich nicht lieber schnell in ein Krankenhaus bringen?«

»Ist nicht so schlimm«, wiegelte Lukas ab. »Ein Verband wird schon reichen.«

Zu Holpers Ausbildung hatten auch Erste-Hilfe-Kurse gehört, die in regelmäßigen Abständen aufgefrischt wurden, nur hatte er sein Wissen bisher kaum in der Praxis einsetzen müssen. Er benötigte drei Versuche, bis er mit dem angelegten Druckverband zufrieden war.

Nachdem Lukas eine Weile gesessen hatte, bekam sein Gesicht wieder Farbe. »Frank, würdest du mir helfen, unten aufzuräumen? Da liegen Unmengen an Scherben rum und der Wein klebt so furchtbar, wenn man ihn nicht sofort aufwischt.«

Holper zögerte keine Sekunde und auch Roswitha begleitete die beiden Männer, mit Eimer und Putzlappen bewaffnet, in den Keller.

Der Raum sah wirklich wüst aus. Man hätte meinen können, der Boden sei mit Blut getränkt. Es dauerte fast eine Stunde, bis alle Spuren des Chaos beseitigt waren und sie zurück ins Wohnzimmer kamen. Erschöpft ließ sich Holper auf das Sofa sinken.

»Wo ist eigentlich Jenny abgeblieben?«, fragte Roswitha plötzlich. »Sie müsste doch schon lange von der Toilette zurück sein.«

Holper erschrak. Er war so daran gewöhnt, ohne seine Tochter zu Verabredungen zu gehen, dass er ihr Fehlen gar nicht bemerkt hatte. Er stand auf, lief durch den Flur zur Badezimmertür und klopfte. »Jenny?«

Keine Antwort.

»Jenny, los mach auf!«

Immer noch keine Reaktion.

Holper versuchte, die Tür zu öffnen. Sie war verschlossen. »Lukas, hast du noch einen Schlüssel?« Er musste einen kühlen Kopf bewahren. Wenn ihr etwas passiert war, zählte jede Minute.

»Leider nein.« Lukas schüttelte den Kopf.

Roswitha war die Sorge deutlich anzusehen. »Vielleicht ist sie ausgerutscht und hat sich etwas getan«, überlegte sie unruhig.

Holper wartete nicht länger. »Ich bezahle dir den Schaden«, rief er Lukas zu, nahm einige Schritte Anlauf und rammte die Tür mit der Schulter. Splitternd gab der Rahmen nach und die Tür sprang auf. Der Raum war leer.

»Was zum Teufel …?« Holper fehlten die Worte. Er ging zum offenen Fenster und lehnte sich hinaus. Im dunklen Garten war niemand zu sehen. Keine Spur von Jenny.

× × ×

Während Frank hinausspähte, zog Lukas den Schlüssel aus der Hosentasche und steckte ihn wieder von innen ins Schloss. Er wartete, bis Frank sich umdrehte, und setzte eine gekränkte Miene auf. »Hat sich eure Tochter etwa aus dem Haus geschlichen? Sie hätte doch nur etwas sagen müssen, wenn sie keine Lust auf unsere Gesellschaft hat. Die Haustür wäre der leichtere Weg gewesen.« Er nahm mit Genugtuung zur Kenntnis, dass Frank vor Wut auf seine Tochter kochte, und gab sich verständnisvoll: »Nun reg dich nicht so auf. Du sagst ja selbst immer, wie eigensinnig Jenny ist. Vielleicht hat sie es als Scherz gemeint.«

Frank knurrte etwas, das Lukas nicht verstand. Dann sagte er mit finsterer Miene: »Diesmal ist sie zu weit gegangen. Das hat ein Nachspiel.«

Wie recht du hast, Frank. Lukas lachte in sich hinein.

Als Frank sich wieder etwas beruhigt hatte, konnte Lukas ihn überzeugen, gemeinsam zurück ins Wohnzimmer zu gehen und noch eine Flasche Wein zu öffnen.

× × ×

Miriam starrte hinaus in den Regen und wartete sehnsüchtig auf eine Nachricht von Jennifer. Minütlich sah sie auf ihr Handy, obwohl es sich bei einer eingehenden SMS lautstark gemeldet hätte. Eigentlich war eine Nachricht seit zwei Stunden überfällig. Was war schiefgelaufen? Miriam hatte ein äußerst ungutes Gefühl. Inständig hoffte sie, dass ihre Freundin bald zusammen mit den Eltern nach Hause käme.

× × ×

Verzweifelt zerrte Jennifer an den Handschellen. Wieso war ihr Vater noch nicht gekommen? Ihre Eltern mussten doch inzwischen gemerkt haben, dass sie verschwunden war! Hatte Lukas es etwa geschafft, ihr Verschwinden zu erklären?

Auf dem Schreibtisch am anderen Ende des Raums klingelte ihr Mobiltelefon. Etwa dreißig Sekunden ertönte der Klingelton, bevor er wieder verstummte. Bestimmt wollten ihre Eltern herausfinden, wo sie war. Wahrscheinlich dachten sie, sie mache sich einen schönen Abend mit ihren Freundinnen und zog durch die Klubs. Sie war selbst schuld. Warum war sie früher so oft von zu Hause weggelaufen, besonders dann, wenn sie Hausarrest hatte? Ihre Eltern würden in den nächsten Stunden nicht nach ihr suchen. Nicht, bis es zu spät war. Jennifers letzte Hoffnung war Miriam. Wenn ihre Eltern ohne sie nach Hause kamen, musste Miriam ihnen alles erzählen. Sie musste inzwischen ahnen, dass etwas nicht so gelaufen war wie geplant. Ja, Jennifer war sich sicher. Miri würde Frank in den Plan einweihen. Ihr Vater würde sie finden.

× × ×

Miriam hörte, wie der Schlüssel gedreht wurde, und lief eilig zur Haustür. Frank Holper betrat mit seiner Frau den Flur. Jennifer fehlte. Aufgeregt stürzte Miriam auf die beiden zu: »Herr Holper, wo ist Jenny?«

Holper blickte sie missmutig an und legte den nassen Schirm auf die Schuhbank. Roswitha murmelte etwas von ›nass geworden‹ und ›Kopfschmerzen‹ und lief direkt die Treppe hinauf in den ersten Stock. »Jenny hat sich aus dem Staub gemacht, gleich nach dem Abendessen«, erklärte Holper. »Wahrscheinlich zieht sie mal wieder mit ihren Freundinnen um die Häuser.«

Miriam sah Jennifers Vater mit aufgerissenen Augen an. »Nein! Das kann nicht sein!« Ihre Stimme zitterte. In ihrer Sorge vergaß sie alle Befürchtungen um ihre eigene Situation. »Herr Holper, Lukas hat sie! Er hat sie entführt!«

»Hör auf mit dem Unsinn«, herrschte der Kommissar sie an. »Ich bin nicht in Stimmung für so einen Quatsch!« Er machte einen Schritt auf die Wohnzimmertür zu.

Miriam hielt ihn am Arm fest. »Bitte! Sie müssen mir glauben. Ihre Tochter ist in Gefahr.« Mit Tränen in den Augen sprach sie weiter: »Ich weiß, wovon ich spreche.« Langsam zog Miriam ihr rechtes Hosenbein nach oben, bis das Tattoo zum Vorschein kam.

Holper wurde blass. »W-woher hast du das?«

»Lukas …«, sprach sie kaum hörbar und mit gesenktem Kopf. »An jedem seiner Opfer hat er dieses Andenken hinterlassen.«

Holper vergewisserte sich mit einem schnellen Blick, dass im oberen Flur das Licht bereits aus war. »Komm mit ins Wohnzimmer.« Er schloss die Tür hinter ihnen und sank auf einen Sessel. Miriam brauchte einen Moment, sich zu sammeln, bevor sie mit ihrer Geschichte beginnen konnte.

Holpers erste Reaktion war ungläubiges Schweigen. Er schien ihr glauben zu wollen, aber Miriam ahnte, dass er sie für verrückt erklärt hätte, wenn nicht das Tattoo an ihrem Bein der Beweis für ihre Geschichte gewesen wäre.

Nach einer Weile schien Holper sich zu fangen. Er winkte Miriam mitzukommen und ging voraus in sein Büro. Während der Computer hochfuhr, fragte er Miriam nach weiteren Einzelheiten. »Und du bist dir sicher, dass es Lukas war?«, wollte er schließlich wissen. »Das ist …« Er suchte nach Worten. »Das kann nicht möglich sein. Ich arbeite seit Monaten mit ihm zusammen an diesen Fällen. Ich hätte doch gemerkt, wenn er …« Die Situation machte Holper offensichtlich zu schaffen.

Miriam nickte. »Er war es.«

Holper fuhr sich durch die Haare. »Aber wieso habt ihr mich nicht vorher eingeweiht? Jenny weiß doch, dass ich euch, dass ich dir hätte helfen können.«

Zusammengesunken saß Miriam auf dem Besucherstuhl. »Ich … ich habe ihr das Versprechen abgenommen, nichts zu sagen«, antwortete sie kleinlaut. »Ich hatte solch eine Angst, dass Lukas … Er hat mich ständig beobachtet. Er weiß sogar, was in meiner Wohnung passiert. Darum habe ich Jenny auch nicht mit hineingenommen, als ich meine Sachen geholt habe. Lukas sollte nicht wissen, dass wir uns kennen. Ich wollte nicht, dass sie auf seinem Radar auftaucht.«

»Na, das ist ja gehörig in die Hose gegangen.« Holper schlug mit der Faust auf den Schreibtisch.

× × ×

Innerlich kochte Holper vor Wut auf Miriam, weil sie seine Tochter in diese Lage gebracht hatte. Doch nach allem, was sie erlebt hatte, tat sie ihm ja auch leid. Wie sie mit tränenverschmiertem Gesicht und gesenktem Kopf vor ihm saß, konnte er nicht weiter mit ihr schimpfen. Außerdem kannte er seine Jennifer. Wenn sie sich etwas in den Kopf setzte, war es unmöglich, sie davon abzubringen.

»Hast du irgendeinen Beweis dafür, dass Lukas dich entführt und die anderen Frauen ermordet hat? Ich meine, ich glaube dir, aber wenn wir damit zu meinen Kollegen gehen … Das Tattoo wird da nicht reichen und ich fürchte, es dauert ewig, bis alles überprüft ist. Inzwischen kann er mit Jenny wer weiß was anstellen.«

Miriam brach erneut in Tränen aus. »Darum ist Jenny heute überhaupt mitgefahren. Sie wollte unbedingt einen Beweis finden. Ich wollte nicht, dass sie das macht. Ich habe ihr gesagt, wie gefährlich Lukas ist.«

Frank nickte stumm. Inzwischen war der Computer bereit. Der Kommissar meldete sich über eine gesicherte Verbindung beim Server seiner Dienststelle an und tippte das Aktenzeichen in die Suchmaske. Die meisten Unterlagen zu den Mordfällen hatte er zwar in Papierform vorliegen, einige Details waren jedoch nur elektronisch erfasst worden. Frank klickte sich durch die Informationen und suchte nach etwas, das ihn in Verbindung mit dem neuen Wissen weiterbringen konnte. Bei den Fundorten der ersten Leichen konnte Frank auch jetzt keine Verbindung zu Lukas entdecken, doch als er die Fotos aus dem Waldstück öffnete, in dem Linda Gepperts Leiche gefunden worden war, fiel ihm die Liste der Fahrzeughalter wieder ein. Er war ein Idiot. Ohne nachzudenken, hatte er Lukas' Namen gestrichen. Nicht eine Sekunde lang hatte in Erwägung gezogen, Lukas näher zu überprüfen. Dieser Mistkerl hatte ihn um den Finger gewickelt.

»Waren Sie mal in Lukas' Keller?«, fragte Miriam. »Jenny wollte da nach einem versteckten Raum suchen.«

Holper unterbrach seine Suche. Das Mädchen hatte recht. Irgendwo in Lukas' Haus musste es einen Raum geben, der für Außenstehende nicht zu sehen war. Anders war nicht zu erklären, dass Jenny vor ihren Augen verschwunden war. Jetzt ergab alles einen Sinn: Lukas lange Suche nach dem Wein, das umgestürzte Regal und die Handverletzung. Alles nur Ablenkung.

Holper versuchte, sich den Kellerraum in Erinnerung zu rufen, in dem sie noch vor wenigen Stunden die Überreste der zersplitterten Weinflaschen beseitigt hatten. Als Ermittler war er darauf geschult, auch auf Kleinigkeiten zu achten, doch Anzeichen für eine versteckte Tür hatte er nicht bemerkt. Er brauchte dringend einen Beweis für Lukas' Schuld oder zumindest starke Indizien, mit denen er eine groß angelegte Polizeiaktion rechtfertigen konnte. Ihm war klar, dass jede Minute zählte. Holper durfte nicht daran denken, was Lukas Jennifer in diesem Moment vielleicht antat. Er musste einen klaren Kopf behalten.

× × ×

Lukas stand vor Jennifer und starrte sie wütend an. Von seiner sonst so stoischen Ruhe spürte er nichts mehr. »Du hast alles verdorben! Meinst du, ich habe mir die ganze Arbeit mit diesem Heiligtum gemacht, damit so eine dahergelaufene Göre mir alles kaputtmacht?«

Er bereute jetzt, dass er Miriam hatte laufen lassen, aber bis dieses Miststück hier in ihrem Leben aufgetaucht war, hatte er alles unter Kontrolle gehabt. Nun musste er ihretwegen untertauchen. Doch bevor das geschah, waren die beiden fällig, komme, was wolle.

Lukas ging zum Schreibtisch und nahm Jennifers Mobiltelefon in die Hand. Zwei Nachrichten und drei verpasste Anrufe, alle von ›Papa‹. Er drückte die Meldungen weg, öffnete das Adressbuch, blätterte zum Buchstaben ›M‹ und wählte den Eintrag, der mit der Bezeichnung ›Miri Handy‹ gespeichert war.

× × ×

Miriams Handy klingelte.

»Jenny! Ich bin so froh, dass …«

Lukas Stimme unterbrach sie: »Sei still und hör mir ganz genau zu, Miriam. Wenn du nur ein Wort gegenüber Frank verlierst, ist deine Freundin tot. Wenn du nicht genau das tust, was ich dir sage, ist sie tot. Hast du mich verstanden?«

Miriam stand in Holpers Büro neben dem Besucherstuhl, von dem sie aufgesprungen war, als sich ihr Handy meldete. Auch Holper war auf den Beinen und streckte die Hand aus, als wollte er ihr das Telefon entreißen. Doch als er sah, wie Miriam vor Schreck erstarrte, ließ er die Hand wieder sinken.

Stockend bejahte Miriam Lukas' Frage.

Lukas sprach mit einer Stimme weiter, bei der sich ihre Nackenhaare aufstellten: »Du kommst in genau zwei Stunden zu der kleinen Brücke im Stadtpark. Und ich rate dir, dass niemand außer dir dort auftaucht.« Dann legte er auf.

Miriam ließ das Telefon sinken.

»Was ist los? War das Jenny? Was hat sie gesagt?«, drängte Holper, doch Miriam brachte kein Wort heraus. Wortlos drehte sie sich um und stürmte aus dem Büro. Auf der Treppe holte Holper sie ein.

»Warte, Miriam!« Er hielt sie an der Schulter fest. »Was hast du vor? Das am Telefon war nicht Jennifer, sondern Lukas, oder? Was wollte er?«

»Ich kann nicht mit Ihnen darüber reden, Herr Holper.« Sie zitterte am ganzen Körper. »Es tut mir leid. Bitte fragen Sie nicht weiter.«

FRANK

Holper war klar, dass er Miriam für den Moment in Ruhe lassen musste. Sie würde seine Fragen nicht beantworten. Wahrscheinlich war es erfolgversprechender, heimlich zu beobachten, was sie vorhatte. Er ging zurück in sein Büro und ließ die Tür einen Spalt weit geöffnet.

Bisher hatte er sich auf der Suche nach dem Täter lediglich mit den vorliegenden Fakten beschäftigt. Doch nun suchte er nach einer Verbindung zwischen Lukas und Linda Geppert. Warum hätte Lukas sie kurz nach der Befragung töten sollen, wenn er nichts von ihr zu befürchten hatte?

Holper durchsuchte das Polizeiarchiv nach dem Namen ›Lukas Bender‹ und wurde schon nach kurzer Zeit fündig. Eine über zwanzig Jahre alte Verfügung untersagte dem damals Fünfundzwanzigjährigen, sich einer gewissen Laura Hoffmann zu nähern oder mit ihr in Kontakt zu treten. Dieser Name war Holper bei seinen Ermittlungen noch nicht untergekommen. Er dehnte die Suche auf weitere alte Akten und auf das Internet aus. Da er nun wusste, wonach er suchte, ließen erste Ergebnisse nicht lange auf sich warten.

Er fand heraus, dass Laura Hoffmann zu der Zeit, als die Verfügung erlassen wurde, im selben Ort gewohnt hatte, in dem sich auch das Tattoo-Studio von Klaus Wesselmann befand. Laura Hoffmanns Geburtsdatum war der sechste Oktober 1968 und ihre Beschreibung passte gut zu Linda Geppert. Das war die Verbindung! Laura Hoffmann und Linda Geppert waren ein und dieselbe Person. Vor zwei Jahrzehnten musste etwas vorgefallen sein, dass sie eine neue Identität angenommen hatte, um Lukas zu entkommen. Und Lukas hatte sie nur aufspüren können, weil er sich in die Ermittlungen eingeschlichen hatte. *Falsch. Ich habe ihn in die Ermittlungen einbezogen und ihn auf die entscheidende Spur gebracht.* Ihm lief ein Schauer über den Rücken. Holper hatte schon oft von Stalking-Fällen gehört, die aus dem Ruder liefen, doch einen Fall wie diesen kannte er bislang nicht.

Beim leisen Klacken der Haustür, die ins Schloss fiel, schreckte Holper auf. Miriam hatte das Haus verlassen. Er griff nach seinem Handy, holte seine Dienstwaffe aus dem Tresor, streifte die Jacke über und trat hinaus in den Regen. Er sah Miriam gerade noch am Ende der Straße durch den Lichtkegel einer Straßenlaterne huschen und um die Ecke in Richtung Innenstadt verschwinden. Holper folgte ihr in einigem Abstand vorsichtig und immer nach einer Deckung suchend, denn er wollte auf keinen Fall, dass sie ihn bemerkte. Was auch immer sie vorhatte, es hatte mit dem Anruf und mit Lukas zu tun.

× × ×

Miriam lief keuchend die Straße entlang. Sie durfte auf keinen Fall zu spät kommen. Über das, was Lukas mit ihr vorhatte, machte sie sich keine Gedanken. Sie konnte Jenny nicht im Stich lassen, nach allem, was ihre Freundin für sie getan hatte.

Miriam verlangsamte ihre Schritte erst als sie den Eingang zum Park erreichte. Ihr kamen Zweifel. Wer garantierte, dass Lukas Jennifer laufen lassen würde? Er war ein Psychopath und hatte sein Wort schon mehrmals gebrochen, sonst hätte sie nie gemeinsam mit Linda in dieser

Zelle gesteckt und es wäre nie … Miriam schüttelte den Gedanken ab. Trotzdem, sie musste zum Treffpunkt. Keinesfalls wollte sie ein weiteres Mal für den Tod eines Menschen verantwortlich sein.

Sie betrat den Park und sah sich ängstlich nach allen Seiten um. Der Regen hatte inzwischen aufgehört, aber ihre Kleidung war durchnässt und die Kälte kroch in jeden Winkel ihres Körpers. Die Straßenlaternen brannten um diese Uhrzeit nicht mehr. Nur in den kurzen Momenten, in denen der Mond durch die Wolkenlücken schien, konnte sie in der Dunkelheit etwas erkennen. Alles in ihr schrie danach, umzukehren, doch sie zwang sich weiterzugehen.

Obwohl sie bei jedem Schritt damit rechnete, dass Lukas auftauchte, zuckte sie zusammen, als er sich plötzlich aus der Dunkelheit auf der anderen Seite der Brücke zu erkennen gab. »Da bist du ja endlich.« Seine Stimme klang in dieser Umgebung noch gespenstischer. »Jetzt komm ganz langsam hier rüber.«

Miriam hob die Hände und ging vorsichtig, einen Schritt nach dem anderen, über die Brücke. »Wo ist Jenny?«, fragte sie. Das Zittern ihres Körpers übertrug sich auf ihre Stimme.

»Ihr geht es gut. Noch. Halt einfach den Mund und beweg dich.«

Miriam schluckte. Jetzt konnte sie ihn schemenhaft erkennen. Lukas' Silhouette schälte sich keine zwei Meter entfernt aus dem Dunkel.

× × ×

»Halt!« Holper richtete die Waffe auf Lukas.

Dieser reagierte sofort. Mit einer blitzschnellen Bewegung war er bei Miriam, packte sie und hielt ihr ein Messer an den Hals. Gleichzeitig drehte er sie wie einen Schutzschild zwischen sich und den Kommissar.

Stocksteif hing Miriam in seinem Griff.

»Lass den Quatsch, Lukas. Ich weiß über alles Bescheid. Es ist vorbei!« Langsam näherte sich Holper.

Lukas bewegte das Messer. »Keinen Schritt weiter!«, rief er mit entschlossener Stimme. »Lass die Waffe fallen, oder du darfst zusehen, wie sich ihr Blut über den Boden verteilt!«

Einige Sekunden lang standen sich die Männer schweigend gegenüber. Holper hatte die Waffe mit beiden Händen im Anschlag und hielt sie auf Lukas gerichtet. Der grinste höhnisch, hielt Miriam in die Schusslinie und drückte das Messer noch fester an ihre Kehle. Holper zweifelte nicht daran, dass er es benutzen würde.

Für einen kurzen Augenblick erhellte das Mondlicht die Szene. Holper zögerte nicht und drückte ab. Ein lauter Knall durchbrach die Stille und Lukas fiel zu Boden. Miriam taumelte von ihm weg, doch nach wenigen Schritten gaben ihre Knie nach und sie sackte ebenfalls zusammen. Holper rannte zu ihr, die Pistole weiter auf den am Boden liegenden Lukas gerichtet. Er war ein guter Schütze und hatte sich zutrauen können, Lukas zu entwaffnen, ohne Miriam zu verletzten. Doch jetzt befürchtete er, dass sein Schuss auch sie getroffen hatte. Er fand ihren Puls. Gut. Ihre Schulter blutete nur leicht. Offenbar hatte die Kugel sie gestreift und sie war ansonsten unverletzt.

Holper wandte sich Lukas zu. Mit dem Fuß stieß er das Messer, das Lukas aus der Hand gefallen war, außer Reichweite. Er steckte die Waffe zurück in das Halfter an seiner Hüfte, drehte Lukas mit geübtem Griff auf den Bauch und legte ihm Handschellen an. Dann zog er ihn auf die Beine.

Lukas' linke Schulter blutete stark, doch er lachte höhnisch. »Du armer Irrer. Du hast soeben das Todesurteil für deine Tochter unterschrieben. Du hättest mich laufen lassen sollen.«

Holper verlor die Beherrschung. Er schlug Lukas die Faust ins Gesicht. Der spuckte ihm Blut vor die Füße, grinste ihn aber weiter hämisch an. Holper musste sich zusammenreißen, ihm nicht alle Knochen zu brechen oder ihn auf der Stelle zu erschießen. Er fixierte Lukas an einer Parkbank und rief per Handy seine Kollegen und einen Rettungswagen. Dann ging er zurück zu Miriam. Die völlig durchnässte Frau stand offenbar unter Schock und zitterte am ganzen Körper.

»J-j-jenny …«, stammelte sie.

»Ich weiß …« Holper versuchte, sich nicht anmerken zu lassen, wie groß die Angst um seine Tochter war. »Darum kümmere ich mich. Jetzt schauen wir erst einmal, dass du versorgt wirst. Lukas kann dir nichts mehr tun.« Er sah zu seinem ehemaligen Berater hinüber. »Dafür sorge ich.«

Wenige Minuten später traf der Krankenwagen ein und Lukas' Schusswunde konnte versorgt werden. Bevor ihn die Sanitäter auf die Rollbahre legten, drehte sich Lukas noch einmal um. »Spätestens morgen bin ich wieder draußen«, kündigte er an. Sein Blick wanderte zu Miriam. »Und wir sehen uns wieder«, fügte er hinzu. »Verlass dich drauf.«

Holper gab den Polizisten, die den Transport ins Krankenhaus bewachen sollten, ein Zeichen und wendete sich ab. Auch wenn er es auf keinen Fall zeigen wollte, machten die Drohungen ihn nachdenklich. Die Hinweise, die er inzwischen gesammelt hatte, mussten ausreichen, kurzfristig einen Durchsuchungsbeschluss für Lukas' Haus zu bekommen. Und wenn sie erst einmal die Kammer gefunden hatten, konnte es keinen Zweifel daran geben, dass dieser Verbrecher für immer im Gefängnis landete. Wieso war Lukas trotzdem so sicher, dass er nichts zu befürchten hatte? Holper durfte keine Zeit verlieren. Das Leben seiner Tochter stand auf dem Spiel.

Trotz der nächtlichen Stunde klingelte er den zuständigen Richter aus dem Bett und schilderte ihm den Sachverhalt. Er betonte insbesondere die Dringlichkeit eines Durchsuchungsbeschlusses. Holper hatte Glück. Richter Beckstein kannte ihn schon seit vielen Jahren und wusste, dass der Kommissar keine derartigen Forderungen wegen einer Lappalie stellte. Er versprach, den Beschluss bis zum Vormittag abzusegnen.

Die Stunden bis zum Eintreffen des Durchsuchungsbescheides verbrachte Holper im Büro. An Schlaf war sowieso nicht zu denken. In der Zwischenzeit stellte Holper ein Team für die Durchsuchung zusammen. Da Lukas festgenommen war, sollten vier Kollegen sowie ein Rettungswagen zur Versorgung der Gefangenen ausreichen. Frank bemühte sich, emotionalen Abstand zu der Situation zu halten und einen kühlen Kopf zu bewahren.

× × ×

Miriam war froh, zurück im Haus der Holpers zu sein. Frank hatte ihr seinen Hausschlüssel gegeben und sie von einem Kollegen fahren lassen. Leise ging sie die Treppe hinauf in ihr Gästezimmer und legte sich ins Bett. Roswitha schlief offenbar noch und Miriam war dankbar, dass sie heute keine Fragen mehr beantworten musste. Auf der Polizeiwache hatte sie mehrfach schildern müssen, was passiert war. Die Beamten wollten nicht nur die genauen Vorkommnisse dieser Nacht erfahren, sondern auch alles, was Miriam zuvor mit Lukas erlebt hatte.

Nach der zweiten Wiederholung der Geschichte war sie so müde, dass sie fast im Sitzen eingeschlafen wäre. Erst da hatten die Ermittler ein Einsehen gehabt und sie nach Hause geschickt.

Sie fühlte vorsichtig über das große Pflaster an ihrer Schulter. Die Wunde schmerzte kaum noch. Holper war ein wirklich guter Schütze. Trotz der dramatischen Ereignisse dieser Nacht schlief Miriam schon nach wenigen Minuten tief und fest.

× × ×

»Chef, es kann losgehen.« Die Stimme eines Kollegen riss Holper aus dem Dämmerschlaf. Er war mit dem Kopf auf dem Schreibtisch eingenickt.

Im Besprechungsraum zogen die für den Einsatz ausgewählten Beamten ihre Schutzwesten über.

»Aufbruch in fünf Minuten!« Holper legte ebenfalls Halfter und Weste an und ermahnte die Kollegen noch einmal: »Es ist äußerste Vorsicht geboten. Wir können nicht mit Sicherheit ausschließen, dass der Verdächtige einen Komplizen hatte und dieser sich noch im Gebäude aufhält. Lukas Bender ist hochintelligent, wir müssen also damit rechnen, dass der Zugang zur Kammer nicht so leicht zu finden sein wird.«

Die Fahrt zu Lukas' Haus schien eine Ewigkeit zu dauern. Endlich vor Ort angekommen, gab Holper dem Team letzte Anweisungen: »Hings und Peters sichern die Rückseite. Klein und Meier gehen zur Vordertür rein. Rückmeldung, wenn alles gesichert ist. Vorrang hat der Keller, insbesondere der Geheimraum.«

Er selbst bezog einige Meter vom Haus entfernt Stellung und verfolgte am Funkgerät angespannt die Aktion.

Gründlich durchsuchte das Einsatzteam Raum für Raum.

Am Funk ertönte die Stimme von Franz Klein: »Erdgeschoss gesichert. Gehen nun in den Keller.«

Holper wartete im Vorgarten auf das Okay, das Haus betreten zu können.

»Hier ist eine Art Verriegelung in der Wand«, sagte Klein. Die Verbindung rauschte ein wenig. »Sie war versteckt hinter einem der Weinregale. Eventuell ist das der Zugang zu einem weiteren Raum. Wir gehen jetzt rein.«

Das Nächste, das Frank Holper hörte, war ein ohrenbetäubender Knall. Die Druckwelle einer Explosion schleuderte ihn zu Boden. Holper verlor das Bewusstsein.

Als er wieder zu sich kam, war um ihn herum nichts mehr wie zuvor. Rettungskräfte und Feuerwehr waren vor Ort. Neben ihm kniete ein Sanitäter und versorgte sein Bein. Ein zweiter schien ihn etwas zu fragen, doch außer einem lauten Pfeifen hörte Holper nichts. Er setzte sich langsam auf und blickte zum Haus.

Feuerwehrleute kämpften gegen die Flammen, die aus allen Bereichen des Hauses emporschlugen. Es sah nicht danach aus, dass sie den Kampf gewinnen konnten.

»Jennifer!« Holper versuchte aufzustehen und zum Haus zu laufen, doch die Sanitäter und ein Kollege hielten ihn zurück. »Du kannst da jetzt nicht rein, Frank. Sei vernünftig.«

Auch wenn Holper noch immer nichts außer einem nervtötenden Pfeifen hörte, konnte er sich denken, was sie sagten. »Lasst mich! Meine Tochter ist da drin!« Verzweifelt versuchte er, sich loszureißen, doch die Männer hielten ihn mit vereinten Kräften fest. Resignierend ließ er sich schließlich zurückfallen. Erst jetzt spürte er die Schmerzen am ganzen Körper. Hilflos sah er mit an, wie die Wasserfontänen ihren Kampf gegen die lodernden Flammen führten. In diesem Inferno konnte niemand überlebt haben. Holper dachte an Roswitha. Jennifer war ihr Ein und Alles. Sie würde ihren Tod nicht verkraften.

Nach einer weiteren Stunde war der Brand gelöscht. Für das, was vom Haus übrig geblieben war, prüften Experten die Einsturzgefahr, erst dann konnten das Bergungsteam und die Brandermittler mit ihrer Arbeit beginnen.

Ungeduldig wartete Holper auf erste Ergebnisse. Was war mit seiner Tochter? Sie musste doch im Keller gewesen sein. Warum sagte niemand etwas? Sein Gehör meldete sich langsam zurück. Er vernahm wieder einzelne

Geräusche, auch wenn alles klang, als käme es aus großer Entfernung, während ihm jemand ins Ohr pfiff.

Nach einer schier endlosen Wartezeit verließ ein Ermittler die Ruine und steuerte direkt auf Holper zu. »Herr Kommissar?«

»Können Sie bitte etwas lauter sprechen?« Holper musste sich anstrengen, den Mann zu verstehen. Er zeigte auf sein Ohr.

»Sie hatten großes Glück, dass Sie das Haus noch nicht betreten hatten. Im Keller haben die Kollegen drei Leichen gefunden. Zwei Polizeibeamte haben die Explosion nicht überlebt, zwei weitere wurden schwer verletzt.« Er fuhr mit ernster Miene fort: »Die dritte Leiche ist die einer noch unbekannten Frau.«

Holper stockte der Atem.

»Näheres wird erst die Obduktion ergeben. Die Leiche wird umgehend in die Rechtsmedizin gebracht.« Der Ermittler legte ihm die Hand auf die Schulter. »In ein bis zwei Stunden wissen wir mehr.«

× × ×

Jennifers rechte Hand war mit Handschellen an einen alten gusseisernen Ofen gefesselt. Sie war nicht mehr in Lukas' Keller, doch wo genau sie sich jetzt befand, wusste sie nicht. Kurz nach dem Telefonat mit Miriam hatte er sie an Händen und Füßen gefesselt, ihr die Augen verbunden und sie in sein Auto geschleift. Die Fahrt hatte sie liegend auf dem Rücksitz unter einer Decke verbringen müssen, sodass sie keine rechte Vorstellung davon haben konnte, wohin Lukas sie gebracht hatte.

Einen Teil der Strecke hatten sie zügig zurückgelegt. Jennifer hatte kaum Kurven oder Richtungswechsel bemerkt. Möglicherweise eine Landstraße. Erst zum Ende der Fahrt war der Wagen durch scharfe Kurven und über eine holprige Straße – vielleicht einen unbefestigten Feldweg – gefahren. Insgesamt waren sie nicht lange unterwegs gewesen, Lukas konnte sie also nicht allzu weit weggebracht haben.

Die Fenster des Raums, in dem sie nun saß, waren mit dunkler Folie abgeklebt. Durch kleine Lücken an den Rändern fiel gerade so viel Licht herein, dass Jennifer sehen konnte, dass es Tag war. Sie haderte immer noch mit ihrem Schicksal. Hätte sie sich nur von Miriam davon abhalten lassen, bei Lukas herumzuschnüffeln! Doch nun war es zu spät. Ihr blieb nur die Hoffnung, dass ihr Vater das Telefonat zwischen Lukas und Miriam mit angehört hatte. Er war nicht ohne Grund Leiter seiner Abteilung geworden. Wenn es jemandem gelang, Lukas zu stellen und sie zu finden, dann ihm.

Doch was, wenn Lukas nicht preisgab, wohin er sie gebracht hatte? Die Polizei würde ihn nicht laufen lassen und sie musste hier verdursten. Panik kroch in ihr herauf. Jennifer sah sich den gusseisernen Ofen an, an den sie gekettet war. Er war viel zu schwer, als dass sie ihn bewegen konnte. Sie griff mit beiden Händen um die Kette der Handschellen. Alles Ziehen und Rütteln brachte bis auf ein metallisches Rasseln und Klappern überhaupt nichts.

× × ×

Roswitha war schon um sieben Uhr auf den Beinen. Am Tag vor Heiligabend gab es noch so viel für die Feiertage vorzubereiten, dass vierundzwanzig Stunden einfach nicht genug waren. Frank war in dieser Nacht wieder einmal nicht ins Bett gekommen. Offenbar war er zu einem Einsatz gerufen worden. Typisch. So etwas passierte immer zu den unmöglichsten Zeiten.

Roswitha warf vorsichtig einen Blick ins Gästezimmer. Miriam lag schlafend in ihrem Bett. Das arme Mädchen hatte so viel durchgemacht. Am liebsten hätte sie sich noch mehr um sie gekümmert, doch Frank hatte ihr ausdrücklich zu verstehen gegeben, dass sie sich zurückhalten sollte. Keinesfalls sollte sie Miriam auf ihre Probleme ansprechen. Roswitha seufzte. Vor einigen Tagen hatte Frank ihr vom gewalttätigen Ex-Freund erzählt, wegen dem Miriam zurzeit nicht in ihre eigene Wohnung konnte. Rosis Beschützerinstinkt war sofort erwacht und sie musste sich sehr zusammennehmen, Miriam nicht bei jeder Gelegenheit zu umarmen, sie zu bemuttern oder sie auszufragen.

Leise schloss sie die Tür und ging weiter zum Zimmer ihrer Tochter. Jennifers Bett war unberührt. Anscheinend hatte auch sie die Nacht nicht daheim verbracht. In letzter Zeit bekam Roswitha ihre Tochter kaum noch zu Gesicht, so oft, wie diese bis in den Morgen hinein durch die Klubs und Bars der Stadt zog und danach zumeist bei Freundinnen übernachtete. Und dann ihr plötzliches Verschwinden gestern Abend. Am Tag vor Weihnachten hätte sie wirklich mehr Familiensinn zeigen können!

Dieses Weihnachten stand kurz davor, in einem Desaster zu enden. Frank hatte noch nicht einmal die traditionelle Weihnachtstanne besorgt! Nach dem Frühstück würde Roswitha das selbst in die Hand nehmen. Wer wusste schon, ob es noch schöne Bäume gab, wenn ihr Mann mit der Arbeit fertig war. Ein schön gewachsener Baum gehörte schließlich zum Weihnachtsfest und geschmückt werden musste er immerhin auch noch.

Auf dem Weg vom Auto zum Christbaumverkäufer schickte Rosi ihrer Tochter noch eine SMS: ›Denk dran, heute gemeinsames Mittagessen! Keine Widerrede!‹

× × ×

Holper tigerte in seinem Büro auf und ab. Jeden Moment musste der vorläufige Obduktionsbericht eintreffen. Er konnte es kaum erwarten und gleichzeitig fürchtete er, dass der Bericht seine größte Angst wahr werden lassen könnte.

Die Tür öffnete sich und der Rechtsmediziner überbrachte persönlich seinen vorläufigen Bericht. Mit zitternden Händen nahm Holper das Papier entgegen und überflog die Sätze.

Die tote Frau wurde auf eine Größe von etwa einem Meter sechzig geschätzt. Das passte nicht zu seiner Tochter. Holper schöpfte Hoffnung. Eine genetische Analyse lag allerdings noch nicht vor und über die Weihnachtstage bestand keine Möglichkeit, diese kurzfristig vom Labor durchführen zu lassen. ›Nach erster Erkenntnis traten alle Verletzungen durch die Explosion und den Brand post mortem auf. Es ist davon auszugehen, dass die unbekannte Frau zwischen dreißig und vierzig Jahre alt war.‹

Holper fiel ein Stein vom Herzen. Es bestand also die Chance, dass seine Tochter noch lebte. Doch wo war sie und was hatte Lukas mit ihr gemacht?

Er stürmte in den Vernehmungsraum, in dem Lukas entspannt auf einem Stuhl saß und ihm süffisant grinsend entgegensah.

»Da bist du ja wieder. Wie war die Nacht?«

Holper ignorierte die Frage. »Wo ist meine Tochter?«

Lukas' Grinsen wurde breiter.

»Du bist echt ein Psychopath!« Holper schäumte vor Wut. »Komplett durchgeknallt.«

»Verrückt?« Lukas beugte sich vor und stützte die Hände auf die Knie. Er schien die Ruhe selbst zu sein. »Wer von uns stellt denn hier dämliche Fragen, während die Zeit seiner Tochter abläuft? Also ich bin es nicht.«

Lukas' herablassende Art machte Holper noch wütender. Sein vorgeblicher Berater, den er schon beinahe als Freund bezeichnet hätte, war nicht wiederzuerkennen. Wie konnte ein Mensch zwei so unterschiedliche Gesichter haben? Was wollte dieser Irre erreichen? Er schien immer noch davon überzeugt zu sein, dass er bald wieder freikommen würde.

»Chef?« Ein Kollege öffnete die Tür und gab Holper ein Zeichen, herauszukommen.

Er folgte dem Beamten auf den Flur und schloss die Tür zum Vernehmungsraum. »Was gibt es?« Holper konnte seine genervte Stimmung nicht verbergen.

»Der vorläufige Bericht der Brandermittler zur Explosion liegt vor.« Er reichte Frank die Akte. »Die Gasleitung im Keller wurde manipuliert. Da der versteckte Raum den ersten Untersuchungen nach luft- und schalldicht eingerichtet war, konnte man das ausströmende Gas außerhalb des Raums nicht wahrnehmen. Ein minimaler Funke beim Öffnen der Zugangstür reichte, das Gas-Luft-Gemisch zu entzünden. Die Brandexperten vermuten einen elektronischen Zünder, der mit der Verriegelung gekoppelt war.«

Frank überflog den Bericht. Wenn die Einschätzung der Experten zutraf, hatte er nur überlebt, weil der Einsatz so schnell auf die Beine gestellt worden war. Seine Kollegen hatten weniger Glück gehabt. Sie waren der Wucht der Explosion schutzlos ausgeliefert gewesen.

Lukas Bender wusste genau, wie solche Aktionen abliefen, und musste demnach geplant oder zumindest in Kauf genommen haben, dass Frank und seine Kollegen bei der Hausdurchsuchung umkamen. Über das Lüftungssystem des Raumes hätte Lukas das Gas ableiten können, wenn er nach dem Treffen mit Miriam wohlbehalten zu Hause angekommen wäre.

Holper runzelte die Stirn. Verwertbare Spuren würden sie in dem Keller nach der Explosion und der Überflutung mit Löschwasser nicht mehr finden. Er ging zurück in den Befragungsraum. »Lukas«, er stützte sich auf den Tisch. »Jetzt rück endlich raus mit der Sprache. Lebt meine Tochter noch? Was genau willst du eigentlich von mir?«

Lukas sah demonstrativ auf seine Uhr und setzte ein nachdenkliches Gesicht auf. »Im Moment lebt Jenny, würde ich sagen. Die Frage ist eher: wie lange noch? Und was ich möchte?« Er lehnte sich nach vorne und blickte Frank direkt in die Augen. »Du sorgst dafür, dass ich hier rauskomme.«

»Wie bitte?« Holper traute seinen Ohren nicht. »Du hast mindestens vier Frauen und zwei Polizisten auf dem Gewissen! Wie kommst du darauf, dass du auch nur den Hauch einer Chance hast, freizukommen?«

»Das lasse ich deine Sorge sein.« Lukas grinste. »Ich denke, deine Tochter dürfte Anreiz genug sein, dir eine Lösung für dieses Problemchen auszudenken, nicht wahr?« Er tippte auf seine Uhr. »Tick tack, tick tack.«

Wortlos stand Holper auf, verließ den Raum und knallte die Tür hinter sich ins Schloss. Was sollte er nun tun? Er wusste es nicht. Natürlich rechnete Lukas damit, dass ein Vater alles für seine Tochter tun würde. Doch wie sollte Holper es anstellen, einen mehrfachen Mörder aus der Untersuchungshaft zu holen, und wie konnte er sicher sein, dass er seine Tochter dann auch wohlbehalten zurückbekam? Erschöpft setzte er sich auf seinen Bürostuhl und dachte nach.

× × ×

Roswitha hatte wider Erwarten doch noch einen Baum gefunden, der genau ihren Vorstellungen entsprach, auch wenn sie mehr ausgeben musste als ursprünglich geplant. Frank hatte sich auch weiterhin nicht gemeldet und ihre Nachrichten einfach ignoriert. Also war sie gezwungen, das über zwei Meter hohe Ungetüm allein nach Hause zu bringen und aufzustellen. Pünktlich zum gemeinsamen Mittagessen wollte sie mit dem Schmücken fertig sein.

Als sie den Baum gerade ächzend über die Türschwelle zog, kam Miriam die Treppe heruntergelaufen. »Moment, ich helfe Ihnen, Frau Holper.« Gemeinsam trugen sie die fest verschnürte Nordmanntanne bis ins

Wohnzimmer und richteten sie im bereitgestellten Christbaumständer auf.

»Danke, Miriam.« Roswitha schnaufte von der Anstrengung. »Wärst du vielleicht so nett, die Nadeln aufzufegen? Dann kann ich mich um das Schmücken kümmern.«

Miriam lief zur Besenkammer, während Roswitha die Kisten mit dem Baumschmuck bereitstellte.

»Hast du etwas von Jennifer gehört?«, fragte Roswitha, als die ersten Kugeln hingen.

Unvermittelt brach Miriam in Tränen aus.

Roswitha stutzte. »Was ist denn los, Miriam? Ist etwas mit Jenny?«

Es dauerte eine ganze Weile, bis die schluchzende junge Frau deutlich genug sprechen konnte, dass das Gesagte zu verstehen war. Zuerst wollte Roswitha kein Wort glauben. Ihr wurde schwindelig. Sie hatte einen Mörder in ihr Haus eingeladen, mit ihm gegessen, geredet und gelacht. Und jetzt hatte er ihre Tochter. Roswitha brach schluchzend zusammen.

× × ×

Holper hatte einen Entschluss gefasst. Um seine Tochter zu retten, gab es keine andere Möglichkeit, als sich über alle Regeln hinwegsetzen, auch wenn er dann auf sich allein gestellt war. Er konnte keinen Kollegen in sein Vorhaben einweihen und sein Vorgesetzter würde ihm niemals die Genehmigung erteilen. Wenn der Plan schiefging, war Holper geliefert, seine Karriere am Ende.

Zurück im Vernehmungszimmer unterbreitete er Lukas einen Vorschlag: »Gut, Lukas. Ich bin einverstanden. Ich hole dich hier raus.« Er musste sich sehr zusammenreißen. »Aber zuerst führst du mich zu Jenny. Ist das klar?«

Lukas lächelte zufrieden. »Hab ich es dir nicht gesagt?« Er sah auf die Uhr. »Das ging sogar schneller, als ich erwartet hatte.«

Holper gab sich keinen Illusionen hin, dass Lukas sich an irgendwelche Abmachungen halten würde. Der Mistkerl wollte untertauchen, und wenn er sich dabei noch an Jenny und Miriam dafür rächen konnte, dass er aufgeflogen war, dann würde er die Gelegenheit ergreifen.

»Ich warne dich.« Holper baute sich vor Lukas auf und kniff die Augen zusammen. »Wenn du dich nicht an die Abmachung hältst, werde ich dich persönlich jagen. Und wenn ich dich habe, werde ich dich umbringen. Langsam und schmerzvoll.« Holpers Augen funkelten entschlossen. »Und wenn es das Letzte ist, was ich tue.«

Lukas schien nicht beeindruckt. Mit einem kühlen Kopfnicken gab er dem Kommissar zu verstehen, dass er ihn gehört hatte.

Holpers Plan war heikel, auch wenn er den Ablauf genauestens geplant hatte. Wenn ein Kollege misstrauisch wurde, musste er improvisieren. Unter dem Vorwand, den Gefangenen beim Toilettengang zu begleiten, führte er ihn durch einen Hinterausgang aus dem Präsidium und zu einem Wagen aus dem Fuhrpark.

Nach wenigen hundert Metern Fahrt gab Lukas das Zeichen anzuhalten. Holper parkte den Wagen und stieg gemeinsam mit seinem Gefangenen aus. Lukas führte ihn in Richtung des Parks, in dem sie sich noch in der Nacht gegenübergestanden hatten. Plötzlich riss er sich los, trat Holper mit einem gekonnten Schwung die Beine unter dem Körper weg und verschwand zwischen den Bäumen des Parks.

Holper hätte nicht gedacht, dass Lukas mit seiner Schusswunde und in Handschellen derartig agil sein würde. Aber er hatte sich sehr wohl überlegt, wie geübt Lukas von Berufs wegen darin war, nicht aufzufallen. Mit dieser

Erfahrung würde es ihm ein Leichtes sein, sich aus dem Staub zu machen, ohne Aufmerksamkeit zu erregen.

Holper rappelte sich auf und klopfte den Schmutz von der Hose. Zum ersten Mal seit Stunden lächelte er. Eilig ging er zurück zum Wagen und schaltete das Ortungsgerät ein. Die Peilsender im Innenfutter von Lukas' Geldbörse und in seiner Jacke funktionierten einwandfrei. Jetzt hoffte Holper inständig, dass Lukas ihn auf direktem Weg zu Jenny führen würde.

Der Punkt auf dem Display des Gerätes bewegte sich jedoch zu der Straße, in der Lukas' Haus gestanden hatte. Was wollte er da? Sein Haus war bis auf die Grundmauern abgebrannt und das musste er wissen. Holper folgte mit seinem Wagen in sicherem Abstand. Er beobachtete, wie Lukas zur Garage auf dem Nachbargrundstück schlich und durch eine Seitentür darin verschwand. Nervös sah Holper abwechselnd zur Garage und auf den kleinen Punkt auf seinem Bildschirm.

× × ×

Lukas zog die Garagentür hinter sich zu. Bisher war alles blendend gelaufen. Frank, dieser naive Kerl, hatte wirklich geglaubt, dass er ihn zu Jennifer führen würde. Lukas schnaubte verächtlich. Er löste einen kleinen Metallkasten von der Wand und nahm den Schlüssel, der dahinter an einem Nagel hing, an sich. Mit dem Schlüssel öffnete er einen Schrank an der gegenüberliegenden Wand.

Es war eine gute Idee gewesen, hier eine Waffe für den Notfall zu deponieren. Beim letzten Urlaub seiner Nachbarn hatte er sich freundlicherweise als Haushüter angeboten und die großartige Möglichkeit genutzt, einige Vorbereitungen für eine Situation wie diese zu treffen. Neben der Pistole und einer kleinen Notfallausrüstung zum Öffnen von Schlössern hatte er hier auch einen Zweitschlüssel für den Wagen seiner Nachbarn hinterlegt, den er vorsorglich hatte anfertigen lassen.

Nun hatte er alles beisammen, was er brauchte. Es dauerte nur wenige Minuten, die Handschellen loszuwerden. Zufrieden öffnete er das Garagentor.

× × ×

Als Lukas das Garagentor von innen aufschob, sah Holper unter seiner Jacke kurz eine Pistole hervorblitzen, die im Hosenbund steckte. Verdammt! Offenbar hatte er sie für den Notfall in der Garage der Nachbarn versteckt. Die Handschellen waren ebenfalls verschwunden. Holper wurde klar, dass sein Vorhaben damit deutlich gefährlicher geworden war.

Plötzlich klingelte sein Handy. Auf dem Display erschien ›Schatz ruft an‹. Rosi, verdammt. Er hatte total vergessen zurückzurufen. Holper nahm das Gespräch an. »Hallo Schatz. Ich bin gerade mitten in der Arbeit. Ist es wichtig?«

»Ob es wichtig ist!?«, schrie Roswitha. »Was hast du dir dabei gedacht? Wie konntest du mir das verschweigen?«

Holper hatte keine Antwort. Er wusste, dass es das Beste gewesen war, Rosi nichts zu erzählen. Aber genauso konnte er ihre Reaktion und ihre Wut verstehen. Hilflos sagte er nur: »Alles wird gut«, legte auf und schaltete das Handy aus. Wenn sein Plan gelang, würde Roswitha ihm nicht länger böse sein. Wenn nicht … dann war sowieso alles egal.

Der Punkt auf dem Bildschirm setzte sich in Bewegung. Lukas steuerte einen Wagen aus der Garage. Jetzt war nicht die Zeit, sich weiter Gedanken darüber zu machen, wie Lukas an die Waffe und die Autoschlüssel gekommen war. Vorsichtig folgte Holper der Route, die das Signal des Peilsenders auf dem Display hinterließ.

× × ×

Jennifer hatte Hunger. Doch noch schlimmer war der quälende Durst. Sie fragte sich, warum Lukas noch nicht wieder aufgetaucht war. Die logischste Erklärung war, dass es Frank tatsächlich gelungen war, ihn festzunehmen, und Lukas sich nun weigerte, ihr Versteck zu verraten.

Jenny erinnerte sich daran, wie ihr Vater ihr als Kind beigebracht hatte, eine Handschelle auch ohne Schlüssel zu öffnen. Sie hatte den Trick nie wieder angewendet. Hoffentlich ließ ihr Gedächtnis sie nicht im Stich.

Vorsichtig zog sie eine Klammer aus den Haaren und drückte ein Ende gegen den Ofen, um das Metall zurechtzubiegen. Die Spitze bohrte sich immer wieder in ihre Haut. Schon nach kurzer Zeit waren Jennifers Finger blutig. Mit dem gebogenen Metallstift stocherte sie im Schloss der Handschelle herum. Bei jedem Klicken hoffte sie, dass sich die Verriegelung löste, doch die Fessel gab nicht nach. Ihre Finger schmerzten und durch das schmierige Blut wurde es immer schwieriger, die Metallklammer festzuhalten.

»Scheiße!« Sie fluchte. Die Klammer war ihr aus den Fingern gerutscht und in einem Spalt zwischen den Bodendielen verschwunden. Jennifer atmete tief durch, wischte sich die blutigen Hände an der Hose ab und zog die zweite Klammer aus den Haaren. Das war ihre letzte Chance, mehr Versuche hatte sie nicht.

× × ×

Lukas bog von der Hauptstraße ab. Den Weg zu der verlassenen und halb verfallenen Hütte im Stadtwald kannte er im Schlaf. Er hatte sie schon in seiner Jugend entdeckt und war in den letzten Jahren oft hier gewesen, um Teile zu lagern, solange er mit der Tarnung des dritten Kellerraums in seinem Haus und dem Bau seiner Frauenkammer beschäftigt gewesen war.

Nach einem Kilometer stellte er das Fahrzeug ab. Die letzten paar Hundert Meter musste er zu Fuß zurücklegen. Lukas kontrollierte seine Waffe. Die Schulterverletzung zwang ihn dazu, mit rechts zu schießen, das hatte er als Linkshänder noch nie versucht. Zum Glück hatte er nur ein unbewegliches Ziel zu treffen. Lukas war fest entschlossen, Frank das zu nehmen, was er am liebsten hatte, und danach war das Miststück Miriam an der Reihe.

× × ×

Diese verfluchten Handschellen! Jennifer war nahe daran aufzugeben. Endlich löste sich mit einem lauten Klick die Verriegelung. Jennifer befreite ihre Hand, stand auf und lief zur Tür. Sie war verschlossen. Auch die Fenster ließen sich nicht öffnen.

Dann eben mit Gewalt. Jennifer nahm Anlauf und trat mit aller Kraft gegen das niedrige Fenster. Zwei Scheiben splitterten, das Holz ächzte. Nach einem weiteren Tritt sprang das Fenster mit einem lauten Knall auf. Jennifer hielt sich die Hand vor die Augen, so sehr blendete sie das einfallende Licht. Sobald sich ihre Augen einigermaßen an die Helligkeit gewöhnt hatten, kletterte sie ins Freie.

× × ×

Lukas war nur noch wenige Meter von der Hütte entfernt, als plötzlich Jennifer um die Ecke des Gebäudes kam. Wie angewurzelt blieb sie stehen und starrte ihn an.

Er riss die Pistole hoch und drückte ab. Jennifer schreckte zurück. Nur Zentimeter neben ihrem Kopf schlug die Kugel Splitter aus dem Holz des Fensterrahmens. *Verdammte Schulter!* Ein zweiter, dann ein dritter Schuss. Lukas spürte einen stechenden Schmerz und seine

Beine knickten ein. Verwirrt sah er sich um. Hinter ihm stand Frank mit gezogener Waffe. Lukas richtete seine Pistole auf den Kommissar, doch bevor er schießen konnte, drückte Frank noch einmal ab. Die Kugel durchschlug Lukas' rechte Schulter. Er ließ die Waffe fallen. Mit schnellen Schritten kam der Kommissar heran und schob die Pistole mit dem Fuß zur Seite.

»Bist du in Ordnung?«, fragte er Jennifer. Sie lehnte regungslos an der Hütte. Wahrscheinlich hatte sie kaum begriffen, was sich in den letzten Sekunden abgespielt hatte. Als Holper sie ansprach, löste sich ihre Anspannung und sie fiel ihm schluchzend um den Hals.

»Glaubst du, es ist vorbei?«, schrie Lukas wütend. »Ich werde dir alles nehmen, was dir etwas bedeutet!«

Langsam wandte sich Frank ihm zu. Er hob die Waffe auf, leerte das Magazin und steckte die Patronen in seine Tasche. Ein einzelnes Projektil legte er außerhalb von Lukas' unmittelbarer Reichweite auf den Waldboden und warf dann die Pistole vor den Verletzten.

Lukas versuchte, sich aufzurichten, sank jedoch stöhnend zurück. Mit den ersten Schüssen hatte Holper ihn in beide Beine getroffen. Aus den Wunden in Oberschenkel und Knie sickerte Blut und durchtränkte langsam den Stoff der Hose.

»Die Kollegen werden gleich eintreffen.« Holper hörte die Sirenen näher kommen. »Du hast die Wahl, wie es für dich endet.« Mit diesen Worten legte Holper den Arm um Jennys Schulter und wandte sich zum Gehen.

»Holpeeeeer!«

Der Kommissar vernahm das verräterische Klacken des Magazins, wirbelte herum und zog instinktiv die Waffe aus dem Holster. Lukas stützte sich mit einer Hand auf dem Boden ab und hatte die Pistole auf ihn gerichtet. Im selben Moment, in dem Holper den Abzug betätigte, sah er das Mündungsfeuer und spürte den brennenden Schmerz in seinem Bauch. Er hatte die Geschwindigkeit und kaltblütige Entschlossenheit seines Gegners unterschätzt. Neben ihm schrie Jenny auf. Er sah, wie Lukas auf den Boden sackte, dann wurde ihm schwarz vor Augen.

ROSWITHA

Roswitha stand am offenen Grab und blickte auf den schlichten Holzsarg hinab. Sie hatte es sich nicht nehmen lassen, herzukommen. Nach diesem entsetzlichen Weihnachten, das sie zum allerersten Mal nicht zu Hause als Familie feiern konnten, musste sie einen Abschluss finden. Dort unter ihr lag der Mann, der ihr beinahe die Tochter und den Ehemann genommen hatte.

Nach Tagen voller Sorge und am Krankenbett durchwachten Nächten hatten die Ärzte Entwarnung gegeben. Frank würde überleben und keine bleibenden Schäden zurückbehalten. Lukas Bender hingegen wurde heute in aller Stille beigesetzt.

»Kommst du, Mom?« Jennifer legte ihren Arm um Rosi. »Er kann uns nichts mehr tun.«

Roswitha nickte stumm. Sie starrte noch einige Sekunden auf das Grab zu ihren Füßen, dann wendete sie sich abrupt ab. Arm in Arm mit ihrer Tochter ging sie zurück zu ihrem Wagen, während es langsam begann zu schneien.

Lieber Leser,

ich hoffe, dass dir „Die Frauenkammer" gefallen hat. Wenn das der Fall ist, würde ich mich über eine Weiterempfehlung oder eine Bewertung auf Amazon, lovelybooks, goodreads, watchareadin oder ähnlichen Seiten sehr freuen.

Möchtest du wissen, welche Rolle Lukas Bender in einem anderen Fall gespielt hat, mit dem Frank Holper zu tun hatte? In »(W)ehe du gehst«, die Handlung spielt kurze Zeit vor »Die Frauenkammer«, hat der Privatdetektiv eine Nebenrolle und zeigt einen Teil seines perfiden Charakters. Hier geht es zum Buch: https://jannesccramer.de/wehe-du-gehst/

Wenn du mehr über mich oder meine anderen Bücher erfahren möchtest, besuch mich doch auf meinem Autorenblog unter https://jannesccramer.de, auf meiner Facebook Seite unter https://www.facebook.com/JannesCCramer oder folge mir auf Twitter via @JannesCCramer.

Gern kannst du mir auch eine persönliche Nachricht mit deiner Meinung oder Kritik zum Roman schicken. Schreib mir einfach eine E-Mail an jannes@romanfieber.de, ich antworte bestimmt.

Herzliche Grüße
und auf ein baldiges Wiederlesen

Jannes

Schattentäter
Jannes C. Cramer

Erhältlich als E-Book
oder Taschenbuch

Schattentäter

von Jannes C. Cramer

Schatten ist die Abwesenheit von Licht – der Tod das Ende des Lebens. Doch was, wenn manches von dem, was wir denken zu wissen, ein Irrglaube ist? Wenn es diejenigen gibt, für die andere Regeln gelten?

Felix' Leben gerät mehr und mehr aus den Fugen. Seit dem plötzlichen Tod seiner Frau zieht er sich völlig zurück und greift immer häufiger zur Flasche. Selbst seine beste Freundin Melanie findet kaum noch Zugang zu ihm. Nach einem schweren Unfall glaubt sie, ihn für immer verloren zu haben, doch Felix überlebt wie durch ein Wunder. Hatte er einfach nur Glück? Oder steckt mehr dahinter?

Eine Leseprobe finden Sie auf
https://jannesccramer.de/schattentaeter/

Mira Magica – Böse und Gut
Jannes C. Cramer

Erhältlich als E-Book
oder Taschenbuch

Mira Magica – Böse und Gut

von Jannes C. Cramer

Mira ist ein ganz normaler Teenager mit ganz normalen Problemen. Zumindest bis sie auf ein Wesen von seltsamer Gestalt trifft. Vigil, der schon viele Jahre nach ihr sucht, zeigt Mira eine magische Welt, die ohne ihr Wissen bereits Teil ihres Lebens ist.

Doch Vigil ist nicht der Einzige, der auf das Mädchen aufmerksam geworden ist. So werden die Sorgen und Pflichten ihres Teenagerdaseins bald zu Miras geringstem Problem und sie erlebt Dinge, die sich oft nur schwer mit ihrem bisherigen Alltag vereinbaren lassen.

Schon bald lernt Mira die junge Magierin Luisa kennen und glaubt, in ihr eine Freundin und Weggefährtin gefunden zu haben …

Eine Leseprobe finden Sie auf
https://jannesccramer.de/mira-magica/